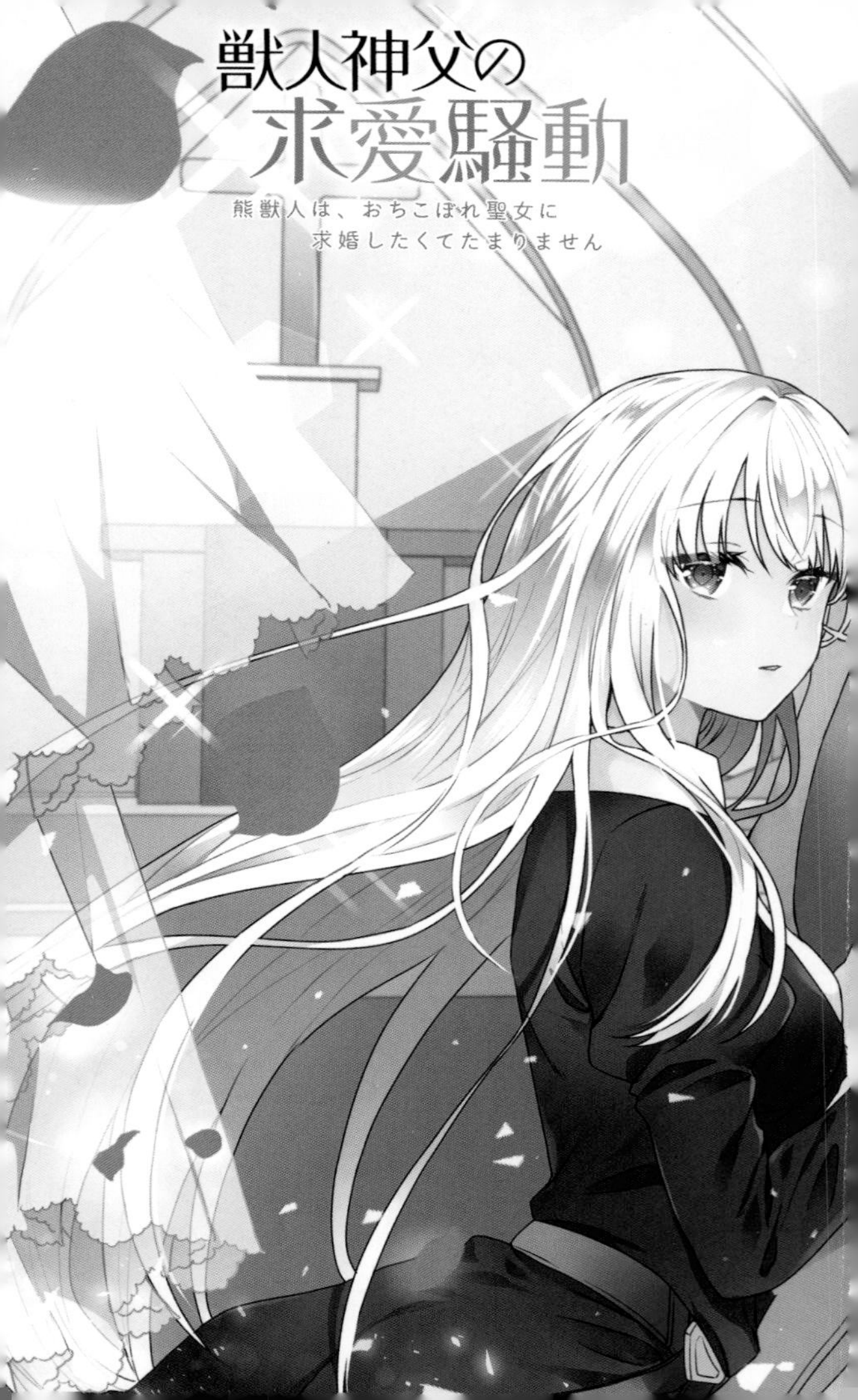
獣人神父の
求愛騒動
熊獣人は、おちこぼれ聖女に
求婚したくてたまりません

獣人神父の求愛騒動

熊獣人は、おちこぼれ聖女に求婚したくてたまりません

百　門　一　新

I S S H I N　M O M O K A D O

一迅社文庫アイリス

CONTENTS

獣人神父の求愛騒動

熊獣人は、おちこぼれ聖女に求婚したくてたまりません

characters profile

ザガス・ウィルベント	人族貴族であるウィルベント公爵家の当主。 王都の治安部隊の隊長。
ダニエル	人族の音楽家。楽団で演奏し作曲も手がける。 兼業で刺繍店を営んでいる。
アーサー・ベアウルフ	ベアウルフ侯爵家の当主で軍部総帥。 狼の最強獣人。
レオルド・ベアウルフ	ベアウルフ侯爵家の嫡男。 王都警備部隊の隊長。
クライシス・バウンゼン	バウンゼン伯爵家当主。 ベアウルフ侯爵とは幼馴染で親友。
セバス	バウンゼン伯爵家に仕える優秀な老執事。
アルフレッド・コーネイン	コーネイン伯爵家当主。黒兎の獣人で、 王族の護衛騎士。
ベネット・ジョセフバーナード	ブライアンの弟。小熊の耳のある獣人の少年。 兄を尊敬している。

…用語…

獣人	戦乱時代には最大戦力として貢献した種族。 人族と共存して暮らしている。祖先は獣神と言われ、 人族と結婚しても獣人族の子供が生まれるくらい血が 濃く強い。家系によってルーツは様々。
仮婚約者	人族でいうところの婚約者候補のこと。 獣人に《婚約痣》をつけられることによって成立。 獣人は同性でも結婚可能で、一途に相手を愛する。
求婚痣	獣人が求婚者につける求婚の印。 種族や一族によってその印は異なる。 求婚痣は二年から三年未満で消える。

イラストレーション◆春が野かおる

序章　それは突然に

イリヤス王国の王都、ガルディアン教会。

それは中心地から西に少し向かった、人々の生活感溢れる町中の一角にあった。

造りは近代的ではないものの、広さは立派で結婚式の会場の一つとしても知られている。葬式の他、子供達を預かってくれたりと都民の生活の中で親しみがあった。

この国では、土地柄による小さな信仰も全て許している。多くの神々がいるのだろうと信じられ、人々は健康や幸福を願い、時には亡き者への鎮魂を祈るために足を運んだ。

そんなガルディアン教会の奥で、本日も始まろうとしている教会職の支度を整えている男がいた。鏡台の前で、慣れた手付きで裾の長い神父衣装を逞しい身体に着けていく。

ここを任されている、神父のブライアン・ジョセフバーナード、二十九歳である。彼は支度の仕上げに整髪剤を手に取った。

「あっちの仕事の指示を受けてから、二週間とちょっとか……」

鏡に映った男らしい端整な顔は、お世辞にも神父に見えない威圧感を放っていた。一人ぼやく彼の眉根は寄り、喧嘩を売るような翡翠色の獣目の印象が増す。

「おかげで寝不足続きな気がするなぁ」

整髪剤を両手で伸ばしながら、欠伸をこぼした口から獣歯が覗いた。

この国は、はるか昔から人族と獣人族が共存していた。獣人族の大人は、人族と同じ外見をしているが、『獣目』や『獣歯』などの目立った特徴もあった。

獣人族は、大昔から王都に暮らしている種族だ。優れた五感と身体能力を持ち、戦乱時代には国の最大戦力として活躍したほどの戦闘系種族である。

――つまり、ざっくり言うと王都には、やんちゃで喧嘩に強いのが、ゴロゴロいる。

ついでに言えば、そんな暮らしに揉まれた人族達も、なかなか逞しい。

朝一番だというのに、教会の外からはぎゃーぎゃー喧しい声が聞こえ続けていた。おかげで神父ブライアンの鋭い眼差しは二割増しで、しかし鏡を見ながら、きちっと最後の仕上げにアッシュグレーの髪を両手で後ろへ撫で付けた。

「よっしゃ、今日も一日やるか」

神父服と、かなり違和感を生む強面風に仕上がってしまっている。だが本人は『清潔感』『ピシッとした仕事スタイル』で真面目に職務と向き合っているつもりだった。

ブライアンは部屋を出ると、長い廊下を進んで教会の正面入口に向かった。

勢いよく両開きの扉を開け放つと、そこには教会の前で騒いでいる二人の中年男がいた。それを確認した直後、彼は品もなく足を上げて男達の背中を踏み付けた。

「やめろや。朝一番からうるせぇんだよ」

ブライアンは、ブチ切れ顔で低い声を出した。

「神父だコノヤロー。テメェら朝から何やってんだ、あ？」

がさつな対応を受けた中年男達が、堂々と威圧してくる神父を前に戸惑いを浮かべた。通りを行き交う朝一の商人達は、またかと慣れた様子で歩き過ぎていく。

「これ以上うちの教会の前で続けるようなら、力ずくでその辺に投げ捨てるぞ」

「仲裁するわけでもなく俺らを捨てるって、ひどくね⁉」

「あんた神父じゃないの⁉」

二人の男達の発言を受けたブライアンは、面倒そうに首の後ろを撫でながら「あのなぁ」と慈悲も慈愛もない顰め面で続ける。

「獣人がゴロゴロいる王都で、んな大人しく神父やれると思ってんのか？　言っておくが俺は容赦しねぇ。ここは女子供も通る道なんだから、喧嘩ならよそで――」

その時、ブライアンは視界の端に映った『色』にピクッと反応した。

直後、まるで水にでも打たれたかのような不思議な感覚が走り抜けた。それは相手との相性を察知出来る獣人族の感覚なのか、気付いた時には、ハッと目が吸い寄せられていた。

その人波の向こうには、薄紫がかった銀の珍しい髪色をした少女がいた。

――神秘的とも思えるほど、儚げで繊細な美しさ。

パッと目に入った瞬間、脳裏に過ったのはそんな言葉だった。ブライアンはたった一目で、その姿に、そうして彼女の存在に目を奪われた。

彼女は始業で出歩く者が多い今の時間、仕事に向かうわけでもなさそうにゆっくりと歩いている。そのせいか、ただ一人違う空気をまとっているかのように浮いていた。

人混みから見えた横顔は、少女というには大人びている。一般的な町娘の衣服に身を包んでいても尚、朝の日差しを受けるその姿は神聖さすら感じさせた。

ブライアンは、衝撃が走り抜けるのを感じた。それは全身を殴り付けるようにして、直後には彼の中の鐘を力いっぱい打ち鳴らしていた。

リーン、ゴーン、と鐘の音が鳴り響いた。

二人の中年男が、「え」と目の前の彼を見た。気付いた通りの一部の人々が、硬直状態のデカい神父である彼を振り返り「何事!?」と叫ぶ。

その時、通りを歩く少女が、音につられて辺りをきょろきょろした。不思議そうにしていたものの、教会の上の鐘を目に留めて理解に至ったようだった。

「ああ、なんだ教会の鐘が鳴っているのね」

柔らかさを主張している胸元に、そっと手をあてて小さく微笑(ほほえ)む。

そんな彼女が、ふっとこちらに気付いて顔を向けてきた。そのままぴたりと視線が合ったブライアンは、立ちつくしたまま己の獣目を見開く。

彼女の大きな目は、とても美しい神秘的なアメジスト色だった。透き通るような白い肌に映える、その魅力的な瞳から彼は目が離せなくなった。

彼女は、目の色と同じく稀有な薄紫色の銀髪をしていた。儚げな表情さえ絵になる端整な顔立ち。その雰囲気や立ち姿だけでなく、胸にあてている手の指先まで品が感じられる。

――つまり彼女は、清楚感漂う絶世の美少女だった。

ブライアンは、身の内側に受けた強い衝撃によろけた。身体を支えようと教会前にある石像に手を置いたら、つい力が余って向こうへ押して倒してしまう。

その石像が、大きな音を立てて地面にめり込んだ。

途端に少女が、びっくりしてアメジスト色の目を丸くする。

めっちゃ可愛い、控え目に驚いている表情もヤバイくらい可愛いぞ。え、何、超可愛いんですけど？　こんな可愛い生き物が存在していいのか？

どこもかしこも細くて小さい――等々、頭の中はもう彼女のことでいっぱいだった。

何もかも可愛い、だなんて思ったのは生まれて初めてだ。膨れ上がる気持ちで身体がひどく熱い。ブライアンは「うおぉぉぉ……」と口の中に声がこぼれそうになった。

すると心配したのか、少女がやや急ぎ足で向こうからやってきた。

実際に正面から向かい合ってみると、自分と比べてどれほど小さいのかよく分かった。顔なんて、俺の手で隠せるくらいに小さいんじゃ――。

「あの、大丈夫ですか…？」

その時、少女がこちらを見上げ、小首を傾げつつそう訊いてきた。

ブライアンは、その声を耳にした瞬間に「ぐはっ」と身を丸めてしまっていた。求愛衝動で獣歯が疼くどころか、愛らしい声は、ガツンと彼の理性まで直に叩いてきた。

こ、こここここれは――運命の女神である。

これまで交際の一つも考えたことがなかった恋愛偏差値０の神父は、今日、この時、自分の恋が始まったのを自覚した。

エザレアド大国は、国としての巨大さを誇るような王城を構えている。

すぐ隣には、神聖性を堂々と示した大聖堂がそびえ立っていた。国柄を象徴するように王都は高さで階級分けされた教会群が並び、その間に民衆の建物が詰められていた。

一つの神以外を許さない大国。その一番の巨大な聖殿である大聖堂の離れに、聖女一族として崇められているサンクタ大家の本邸があった。

その五番目の娘、今年で十八歳になるオリビアは、廊下の椅子に座っていた。

年頃なのに飾り一つされていない長髪は、一族特有の薄紫がかった銀髪だ。緊張を呑み込んだ瞳もまた、一族の女性なら当然の神秘的なアメジスト色だ。

だが、自国で「姫」の位を与えられる大家の一族の女性にもかかわらず、彼女のドレスは質素だった。

七人もいる姉妹達と違って、そこには煌びやかさはない。スカート部分は、少しの風で足が見えてしまわないよう重い生地が使われている。

――そうして彼女は、それを当然のことと受け入れて、いつも俯く姿を見せていた。

その時、部屋の扉が開閉される音がした。

オリビアは、ビクッと華奢な肩を強張らせた。廊下に出てきたのは、二つ年下の妹だ。純白が目立つ、一族の高貴なる聖職衣装のドレスに身を包んでいる。

廊下に出るなり、彼女が波打つ薄紫の銀髪を自信たっぷりに払った。まだ十五歳ながら、既に背丈はオリビアに届いており、全身から気品溢れる令嬢だった。

「お姉様、お母様が呼んでいらしてよ？」

その眼差しに、姉への尊敬など微塵もない。彼女の蕾のような唇は、見下しているのを隠そうともせずに意地の悪い笑みを浮かべている。

自分には、一族としての聖職衣装を身にまとうことすら許されていない。思わずその正装を見つめていると、彼女が機嫌を損ねたように眉を寄せた。

「何か言ったらどうなの？　お姉様のぐずぐずしているところ、ほんと嫌いだわ」

「あ、ごめんなさい……大聖女就任の決定、おめでとう」

「当然じゃない。私が結婚する事になったら、次はイリーサが大聖女――役立たずで一族の恥さらしなみすぼらしいお姉様の顔を、今日で見なくなると思うとせいせいするわ」

彼女は他の姉妹達と同じく、品を兼ね備えて生まれながら気高く美しい。自分はその足元にも及ばないくらいにみすぼらしいと、オリビアは、ますます小さくなって俯き加減になる。

「どうしてお姉様だけ、聖女としての力がないのかしら」

苛立たせられたかのように言いながら、彼女が歩み寄った。

「能力もなしだから、幼い頃から儀式のお仕事をさせられるのは私達だけ。その間、お姉様はのうのうと自室でお勉強？　ほんと、やんなっちゃう」

「…………ごめんなさい」

「それに、足の醜い痣！」

無邪気を装った指を向けられ、オリビアはビクリとした。またスカートを乱暴に掴まれて見せ付けられるのではないか……と警戒して怯えてしまったのだ。

すると彼女が、それを嘲笑いながら顔を覗き込んできた。

「ほんと、なんて醜い痣を持って生まれてきたのかしら。身を清める場所が同じだった頃、気持ちが悪くて、私はあの時間が一番、大嫌いだったわ」

「本当に、ごめんなさい……だから、家でも見せないように頑張っているわ」

「最後だから言ってあげるけど、見えなくとも『ある』だけでダメなのよ。聖女の義務もないどころか、政略結婚もしなくていいだなんて、ほんっといいご身分よね」

返す言葉が出てこない。本当であれば、大貴族である大家の一族の令嬢として、政略結婚をするだけでも役に立たなければならなかった。

それなのに、大家側から破格の縁談を持ちかけたものも全て断られていた。聖女としての能力がないだけでなく、両足の全部を気味の悪い醜い痣が覆っていたのだ。

「なんでお姉様って、無能で役立たずなのに平気で生きられるのかしらね」

自信に満ち溢れた彼女が、くすりと嗤って歩き去る。

オリビアは、離れていく足音を聞きながら、ドクドクする胸を押さえた。お母様が呼んでいる。お待たせしてしまってはいけない。増した緊張で、息が詰まりそうになるのを感じながら立ち上がった。

入室してみると、薄紫の銀髪を見事に結い上げた母が待っていた。部屋の中央に立つ彼女は立ち姿も美しく、老いても毅然とした美貌は健在だった。

「オリビア。こちらへ座りなさい」

冷たいアメジスト色の目が、オリビアを見て開口一番そう指示する。

「まだお前の嫁ぎ先さえ見付かっていません。ああ、こんなことは一族が始まって以来の醜態ですよ」

部屋の中央に置かれていた長椅子に腰を下ろしてすぐ、母がキンキンする声で説教から非難までを捲し立て始めた。

「申し訳ございません、お母様……」

オリビアは、右へ左へと動く母を見ていられず俯き、ただただ申し訳なさに謝った。姉妹と分別するように、わざとくすんだ色が選ばれた分厚いスカートを見つめる。

「そんなお前に、留学の機会を設けてくださると、有り難いお声がかかりました。先日、お父上から話された通りです。来国したウィルベント公爵様の書面が、先程、陛下に正式受理されましたから、お前は、今すぐ支度を整えてご一緒に出立なさい」

「はい、お母様……」

実質的に勘当だ。もう、この地に戻ることは許されないだろう。

でも、それは数年前からオリビアの望みにもなっていた。もう、こんなところにはいられない。自分のことを知らない地に行きたい、と、ずっと思っていた。

「イリヤス王国のウィルベント公爵家は、王族とも繋がりのあるお方です。失礼のないように気を付けなさい。よいですか、これ以上我が家名に泥を塗ることは許しませんよ」

「はい……、心得ております」

続く母の厳しい言葉を受けながら、これが最後、これで最後なのだ、と自分に言い聞かせてオリビアはその時間を耐えた。

ようやく退出許可が下りて部屋を出た。ふと、見知った男が歩いてくるのに気付いて廊下の途中で足を止めた。

それは、たびたび来国してくるイリヤス王国のウィルベント公爵——ザガス・ウィルベントだった。どうやら、王城から真っすぐこちらへ来てくれたらしい。

「お疲れさん、オリビアちゃん」

気さくにかけられた声の反面、ザガスが今にも泣きそうな顔で微笑む。

彼は、イリヤス王国の大貴族というだけでなく、王都の治安部隊という組織に属する軍人でもあった。そのためか、四十代には見えない引き締まった体をしている。

「ごめんな。放っておけなかったんだ」

貴族としての紳士衣装に身を包んだ彼が、申し訳なさそうに言いながら、長いコートの裾を揺らして向かってくる。

今回の件について謝っているのだろう。先日、父に聞かされて留学の許しが出たのを知ったオリビアは、弱々しく首を横に振ってみせた。

「いえ、私にとってもチャンスでしたから」

まさか留学の話が通るなんて、夢にも思っていなかった。この国が、聖女一族の人間を外に出すなんて本来ないことだ。

だからこそ、それほどまでに自分が不要だったことも分かった。この国からの護衛もお供も、監視人の神官もいないとすると、自分はただただ追い出されたのだろう、と。

でも、それで良かった。ずっと、ここから出たいと思っていたから。

「おかげで私は国の外へ出られます、だから……こんな私に話しかけてくれて気にかけて……一度だけじゃなくて、来るたびお話ししてくれて、本当に、ありが、とうござい、ま」

あなたのおかげです、そう言葉を続けようとしたのに出来なかった。

目の前に来たザガスの存在に、緊張が一気に解けてしまった。みるみるうちにオリビアのアメジスト色の目から、ぼろぼろと涙が溢れてこぼれ落ちた。

私の、唯一のお話し相手。

たった一人だけ、お友達になってくれた、優しい外国の公爵様。

慌てたザガスが、ハンカチを取り出してオリビアの目元にあてた。母にも触れられたことのない頬を、手で包み込んで伝い落ちる涙を丁寧に拭う。

「『こんな私』だなんて、そんな風に自分を卑下しちゃいけないよ。用がなければ話さない方が異常なんだ」

そう言われて、オリビアは首を横に振った。

泣くのはみっともないことだ。淑女としてそう教育を受けたのに、そうされて当然なのだと語ろうとした途端、堪え切れずぎゅっと目を押さえて、もっと泣いてしまった。

「一人でひっそりと生きていきたい」

思わず胸の内がこぼれ落ちた。ここにいると、息が詰まりそうだった。

「オリビアちゃん……」

「誰にも、会いたくないの」

一族の女が持っているはずの、『聖なる力』がないから聖女にはなれない。そればかりか貴族の令嬢として、誰も貰ってくれない身体で生まれてしまった。

世にも醜く、おぞましい両足の大きな痣。

とくに神聖さを重んじるこの国では、醜いもの持ちだと嫌がられた。皮膚病ではないと診断されたものの、一族始まって以来の異例のこともあって誰もが気味悪がった。

「一人で生きたいだなんて、そんな寂しいこと言わないで」

　ザガスはオリビアの手を優しく下ろすと、顔を覗き込みながら彼女の涙を拭った。

「オリビアちゃん、俺と会えるのが嬉しいって言ってたろ？　きっと交流が好きなんだろうなって思ったよ。だってさ、おっさんの俺と話しても楽しいって笑ってくれた」

「ザガス様は、とてもいい人だもの……」

「ほら、また『様付け』に戻ってるぞ。ザガスさんでいいって」

　少し言い返してきたオリビアを見て、彼はホッと柔らかな苦笑を浮かべた。自分のハンカチを貸すと、高い背を屈めて彼女に言い聞かせる。

「まずはさ、ウチでゆっくり過ごそう。んで少しずつ、オリビアちゃんがやりたいことを見付けていけばいいんだ」

　ニッと気さくに笑いかけられた。不思議だ。たったそれだけで呼吸が楽になる。オリビアが涙が止まった目で見つめ返したら、彼が歩みを促しながら貴族っぽくない口調で続けた。

「向こうでの暮らしが始まったら、毎日一緒にメシを食おう」

「毎日、ですか……？」

「うん、そう。それから、ティータイムには美味い菓子！」

　公爵様なのに、彼が意気揚々と砕けた口調で話しているのもおかしくて——オリビアは、そんな未来を想像して泣き顔で少し笑った。

◆

エザレアド大国から、イリヤス王国の王都に来て二週間が過ぎた。

ここは、色々な宗教や各地の信仰風習も認められていて、『様々な神がいてその上に一番大きな神様がいるのだろう』と多宗教同士の受け入れも大らかな風潮があった。

信仰は一つで神は一人しかいない——と教えられた大国とは、大きく違っていた。

それは、この国が多種族で暮らしているところもあるのかもしれない。イリヤス王国は人間と、『獣の人』と呼ばれている種族が共存している。

正式な呼び方は獣人族である。オリビアのいた国では、ぞんざいに『獣』という呼ばれ方をされた。大国の神官達も、揃って『野蛮な種』などとも口にしていた。

だが、実際に対面してみた彼らは、知性に溢れて優しかった。獣人族が暮らす王都に来てみれば、当たり前のように『人』と『獣の人』が仲良くしている光景が広がっていた。

広い国土は、大自然が残されている土地も多くあった。王都の近くにも、山に囲まれた素敵な領地が広がっていた。

それでいてこの国は、産業・貿易も近隣諸国のトップだ。軍力も大陸の五本指に数えられる中で、国民のための政治政策の充実も注目されている強国として知られている。

そんなこの王国に、古来から続く二つの種族の共存があった。

その暮らしぶりは、オリビアに生まれや種族に隔たりはないのだと感じさせた。素晴らしい世界を見た気がして「すごい！」と感動を声に出してしまったほどだ。

オリビアは生まれて初めて、自由と平和に溢れた国を見た。

この国では、階級にかかわらず誰もが道の中央を堂々と歩けた。宗教的な制限だってされず好きに商売も行い、人族と獣人族も関係なく過ごしている。

『さて、我が国の王都を気に入ってもらえたところで。早速、散歩だ！』

『散歩、ですか……？』

『うん。まずは、それをオリビアちゃんの日課にしようと思う。大丈夫、初めは俺も付き合うから、一緒に散歩して、少しずつ慣れていこうな』

滞在初日、ザガスはそう言ってニッと笑った。

イリヤス王国の人族貴族であるウィルベント公爵、ザガス・ウィルベントは、すごく庶民派な人だ。

数年前、出会った時の第一印象と変わらず自由を愛しているみたいな人だった。オリビアのいた国では、考えられないくらいフレンドリーで気さくだ。

おかげで緊張も刻々と解れていった。

一緒の暮らしが始まってから三日ほどで、王都に慣れ始めた。

初めて一人で散歩することになった時、やはり緊張は覚えた。庶民の少女に扮しているとはいえ大丈夫かしら……でも、親しみを覚え始めた土地の気風もあって背中を押された。

一人で町を歩くという行動は、初めてのことだった。日課の散歩。それは初日から、オリビアに、これまで感じたこともない自由と解放感を与えた。

『ザガスさん！　私、今日、初めて一人で出歩けました！』

『うっうっ、良かったねオリビアちゃん』

『本当にようございました、ぐす』

『お嬢様の笑顔に俺もすんげぇ癒されました。引き続き頑張ります』

『ザガスさんに執事長さんまで、どうしたんですか?』

実のところ、屋敷の衛兵が護衛として付いていた。何度かザガス本人や執事長やらが、こっそり後ろから見守って応援していたのだけれど、彼女は気付いていなかった。

そうして、イリヤス王国の王都で暮らし始めて二週間を越えた。

日課の散歩も、今では趣味の一つのようになっていた。自ら外へ足を踏み出し、そうして出掛けるのを怖いとは思わない。

少し前まで、とても怖いとしか思わなかった『外』だ。

外を歩くのを、こんなにも楽しいと感じて、ワクワクしている自分がいる。それは大国にいた頃には想像もしなかったことだった。

頭上の青い空が、どうしてだかとても美しく目に映った。

世界が広く見えて、手を伸ばしたら届くんじゃないかしらと思ったほどだ。

実際、一人で歩いていてやってしまったことがあった。そうしたら、それを見ていた町の人と目が合って恥ずかしくなった。でも、それだけだった。

『うふふっ、私も若い頃はよくやったわぁ』

『俺なんてしょっちゅうさ。たまに美味そうな雲も浮いてるしな』

『ウチの国は、いい王様が治めているからね。空だって、昔から綺麗なもんさ』

誰もオリビアを嗤ったりしなかった。温かく笑って話しかけ、お店や公園や道なども教えてくれたりした。最近は、近くの道のりまで覚え出していた。

この日も、オリビアは日課の散策のため、一緒に朝食を済ませた後に二階の自室で身支度を整えた。

本日も町娘の衣服だ。新しい長いスカートも、王都へ来たばかりの日、ザガスと一緒に買いにいったものだった。スカートは可愛らしいだけでなく、軽くて気に入っていた。

「お嬢様、お髪の方はそのままでよろしいのですか?」

二階の自室を出たオリビアは、足取り軽く玄関フロアへ降り立ったところで、着替えを手伝ってくれた公爵家のメイド達に声をかけられた。

実は滞在初日に、世話は不要だと伝えた。そうしたら『この公爵邸では主人のザガスの他は家族がいない』『是非女の子の世話をしたい』と、逆にお願いされてしまったのだ。

こんなに良くしてもらえたのも、ここへ来てから初めてだったから、オリビアは少し照れながら小さく微笑み返した。

「大丈夫です、ありがとうございます」

まだ全部のお世話は任せていない。ただ、彼女達が手入れをしてくれるようになったとても長い髪は、この国にはない薄紫の銀色を艶立たせてさらりとしていた。

その時、一階フロアを横切ろうとしていた男性使用人が、「おや」と気付いて目を向けた。

「オリビア様、本日のスカートも可愛らしいですね」

生真面目な顔で、ピッと指を立ててそう言われた。

主人が良い人だと、のびのびとした使用人達が集まったりするのだろうか。オリビアは不思議に思いながらも、優しさがくすぐったくて小さく笑った。

「ありがとうございます。ザガスさんが選んでくれたものなんですけど、お買い物上手で驚きました」

「ウチの旦那様は、自ら歩いて買い物をされるくらいの驚きな庶民派ですからね。部隊の部下達を連れて、下町の食堂でどんちゃん騒ぎで平気でメシを食べたりしますよ」

彼らしいなとオリビアは思って、その男性使用人と別れた。

玄関フロアに向かってみると、そこに当のザガスの姿があった。何故か、必死になって玄関の扉を押さえている。

イリヤス王国の人族貴族、ウィルベント公爵は現役の軍人でもあった。家臣として陛下を支え、領地経営もしながら王都の治安部隊をとりまとめているすごい人だ。

昨日の朝と同じく、彼は軍服を着込んでおり、治安部隊の隊長格を示すマントが背中で揺れている。でも、一体何をしているんだろう？

「ザガスさん、何をなさっているんですか？」

不思議に思って声をかけたら、必死に扉を閉めている彼がハッとこちらを見た。オリビアがきょとんとすると、今にも引き攣りそうな愛想笑いを返してくる。

「いやいやいや、なんでもないんだ。うん、気にしないでいいよ」

「でも、なんだかとっても必死そ――」

「ほんと大丈夫だから気にしないで大丈夫！　なんというか、もうちょっと早めに出て逃げとけば良かったなと――げふんっ」

扉を力いっぱい押さえ続けている彼が、慌てて咳払いする。

「うん、とにかく気にしないでくれッ」

でも、とオリビアが続けようとした時、公爵家の執事長ジェイミーが出てきた。四十代であるザガスより少し年下で、主人の仕事柄のせいか一緒に鍛えられたような体をしている。

「お気になさらないでください。旦那様が騒がしいのは、いつものことです」

「はぁ、なるほど……？」

「それから、そのご衣装でしたら、こちらの細いおリボンもおすすめです」

彼が、キリリとした表情でそれを見せてくる。オリビアが「え」「あ」と戸惑っている間にも、流れるような手付きでジェイミーが世話を焼いて、襟元に細いリボンをセットした。

その時、バコーンッ、と扉が外から強制的に押し開けられた。

大きな音を聞いて、オリビアは跳び上がった。強制突破した訪問者が、コツリと靴音を立ててそのまま公爵邸内へと踏み込んでくる。

「全く、往生際の悪い方ですね」

そう言いながら入ってきたのは、背がぴんと伸びた一人の老執事だった。衣装は皺一つなくピシッとしており、物腰や口調、鋭い眼差しからも現役の凄腕執事といった雰囲気を感じた。

その老いた執事を見たザガスは、口元が引き攣っていた。

「セバス……なんでお前が直接来るかな」

「ご協力くださいと、旦那様からもお手紙が何通も届いているはずですが？」

「だからッ、何遍もバウンゼン伯爵には返したんだけど！　嫌に決まってんだろ!?」

改めて返事を突き付けるように、ザガスが身ぶりを交えて強く言った。

「『婚約者同士が必要以上にくっつかないように参加して協力して～』とか、完っっっ全に個人的な都合！　つか、婚約者同士なんだから放っとけよ、娘離れしろっての！」

「私もそれは思います。ですが毎度、号泣されて大変でして」

「んなの知るかッ。そもそも俺、つい最近まで、そっちの伯爵家とほぼ付き合いなかったんだけど!?　こっちは日々仕事の現場で大変な目に遭ってんだよッ」

ふと、セバスと呼ばれた老執事がオリビアへ目を向けた。

「おや、見掛けないお嬢様ですね」

「あっ、その……初めまして、オリビアと申します」

目が合ったオリビアは、咄嗟にスカートをつまんで挨拶をした。今のところ留学の件は、国王陛下と一部の者だけにしか知らされていないので、家名を口にしないよう気を付けた。

老執事セバスが、しっかり教育を受けた仕草を目に留める。視線に気付いたザガスが、慌てて彼の前に立った。

「俺の遠縁の子なんだよ。少し預かっているんだ」

「ほぉ。遠縁の」

セバスは思案げに口にしたものの、事情があると察してか察しなかったのか「まぁいいでしょう」と言って、ザガスへ目を戻した。

「ご結婚相手にしては、ザガス様には勿体なさすぎる子だと思いました」

「意見が辛辣！　このタイミングでダメージ与える感想言うの、やめてくんない!?」

ザガスが訴えた直後、老執事が彼の軍服の後ろ襟首を掴まえた。

「さて。それでは行きましょうか」

「どこに⁉」

「一度、旦那様と話し合いましょう」

「俺は話すことなんて何もないのに⁉」

オリビアは、その賑やかな様子を見守ってしまった。見送るべく姿勢を取ったジェイミーの顔色は悪く、彼は「旦那様、行ってらっしゃいませ」と半ば棒読みで言う。

彼を引きずり出した老執事セバスが、ふと、玄関を踏み越える直前で振り返った。

「遠縁のオリビア様、どうぞ良い一日を」

「えっ、あ、はい」

ずっと無表情だった老執事が、ほんのり口元に笑みを浮かべている。

唐突に柔らかな口調で話しかけられたオリビアは、温かな気持ちを向けられていると気付いて、胸がいっぱいになるのを感じた。すると、ザガスもこう言ってきた。

「んじゃ、オリビアちゃん。また後でな！」

「はい。ザガスさん、ありがとうございます」

答えるそばから、ずるずると引きずられ始めた彼が「あっ」ともう一声上げた。

「それから、そのリボン似合ってるぜ！」

片手を振ったその手が、玄関の向こうへと見えなくなっていった。

※※※

ザガスの後、オリビアも公爵家の使用人達に見送られて外へと出た。

空はとても青くて、本日も町中は明るい賑わいに溢れていた。滞在してまだ二週間ほどだが、イリヤス王国の王都はとても過ごしやすい場所だと感じた。

見張りで立つ警備兵の光景はなく、誰もがどの区も好きに行き来している。出身地や種族の違う者達が行き交う風景は、エザレアド大国にはないものだった。

日々、日中の通りは多くの出入りがあって、人々はにこやかで明るい。巡回している軍人も親切で、よそ者であるとか、見掛けない顔や髪色を気にする人はいないようだった。

恐らく、この国の王都に暮らす獣人族の影響もあるのかもしれない。

獣人族は、ルーツになった一族の獣の特徴や性質を持って生まれる。子供の時は、耳や尻尾や鱗といった、それぞれ個性的な獣の外的特徴があった。

話を聞いていたオリビアも、実際それを目にした時は驚いたものだ。彼らは『成長変化』というものを迎えると獣耳などは人化して、大人達のように獣目と獣歯だけが残るらしい。

そんな獣耳の子供と、人間耳の子供が一緒になって遊んでいる。

それが当たり前の風景としてあるこの国が、オリビアにはとても素敵に見えた。

だってエザレアド大国は、『まっとうな人間』の他は認めない。少しでも他人と考えが違っていたり、身体に痣があったりするだけで迫害や処罰の対象になったりした。


——確かに強い国としても有名です。ですが、所詮、『獣』を友と呼ぶ愚かな国です。


オリビアの国では、そう教えられて国交も少なかった。あまり知りもしない国なのに、大国の王や神官達がそう言い切れることにも、彼女は幼い頃から疑問を抱いた。

神様は、外見や国や種族で差別するの？

どうして違っていたりするのが駄目なのか、彼女には分からない。

その時、獣耳の子供達が近くを通り過ぎていった。オリビアはつられて目を向け、彼らが元気良く町中を走っていく姿を見送った。

「やっぱり可愛い……」

堂々と声をかけられる性格ではないから、ぽつりと口の中で呟いた。

獣の外的特徴がある獣人族の子供は、どの子も、一人ずつ違っている『その個性』がすごく可愛い。自国ではほぼ部屋で過ごしていたから、実のところ、こうして近くから目に出来るようになったもふもふには、かなり癒されてもいた。

とはいえ、幼い子供であっても身体能力は非常に高い。

さすがは戦乱時代に活躍した戦闘種族というべきか。平気で二階までジャンプしたり、溝にハマってしまった商人の馬車を数人で持ち上げて道に戻したりした。

獣人族は他にも、婚姻についても独自の習慣を持っていた。ルーツとなった獣の性質を持っているせいか、相性の良さも分かるとのことでそれも関わっているようだ。

そのため、王都には『獣人法』という特別な法律があったりする。

彼らの婚姻活動は、基本的には大人になってからされる。まず婚約者候補として仮婚約を結び、その際に少し噛んで求愛の印である『求婚痣』を刻む。そして、ゆくゆくその中から生涯の伴侶を選び、正式に婚約して結婚の運びとなるらしい。

噛んで求愛の証を残す、という部分に獣的な特徴が出ている気もした。一族によって紋様は違っていて、求愛の証である求婚痣はモテ度のステータスにもなっているのだとか。

実際、オリビアも、複数の小さな求婚痣を持っている男女を見掛けたりもしていた。

「……どれも綺麗、だったな」

思い返して、見せられない自分の足を悲しげに見下ろした。

エザレアド大国のサンクタ大家の女性は、毒や呪いを浄化してしまえるほどの聖なる力を持っていた。

女性は『姫』の位が与えられ、特別大事に育てられる。結婚するまで聖女として務め、大聖堂の『大聖女』として国に貢献し、花嫁として迎えると一族に恩恵があるとされていた。

——だがオリビアは、聖なる力を持って生まれなかった。

それが原因だったのか、両足に大蛇が巻き付いたような大きな痣があった。濃さに強弱のバラつきのある太い線は気味が悪く、まるで聖女のなり損ないだと示す烙印のようだった。

今回、留学の件について、父の口から帰国に関わることは一切出なかった。

聖女一族が国を出るなど、これまでなかったことで此度の出国は異例の許しでもあった。留学書面に期限が示されていないことからも、実質、追放みたいなものであると分かる。

もう、あの国には帰れない。

幸いにして、オリビアは自分のことは少し出来た。いつまでもザガスに甘えていられないだろう。生活能力を習得し、乗合馬車の乗り方を覚えるなど、いずれ「ただのオリビア」として一人、新しい生活を始めていくことを少しずつ考えていかなければ……。

その時、リーン、ゴーンと鳴り響く音が耳に入った。

体の中まで揺さぶられるような力強い音に、ハッと我に返った。いきなりでびっくりしてしまって、辺りを少し見回したところで、立派な町の教会が目に留まった。

「ああ、なんだ教会の鐘が鳴っているのね」

胸に手をあて、自国とは違う柔らかな音に聞き入った。

不意に、人混みの間から、真っすぐ向けられている視線に気付いた。目を向けてすぐ、そちらに通りを歩く人達より頭一個分飛び出ていそうな大きな男を見付けた。

それは聖職者の衣装に身を包んだ、一人の神父だった。

アッシュグレーの髪を後ろへと撫(な)で付けていて、形のいい額と凛々(りり)しい目鼻立ちがはっきりしている。目付きが男性的で鋭いせいか、少し怖そうな印象もあった。

でも、ハンサムな目鼻立ちは誠実さも漂っている。

周りの音を忘れるくらい、その凛々しい目元に心を奪われていた。こんなにも異性に強く見据えられた経験はなかったからか、次第にドキドキしてきた。

すると、彼がよろけて教会前にあった石像に手をついた。その石像があっさり向こうへと傾いて、地面にめり込むのを見てオリビアは目を丸くした。

遠目では気付かなかったけれど、どうやら彼は獣人族であったらしい。

彼らは大人になると、更に身体能力など強化されるとは聞いていたが、その怪力にはやはり驚かされた。けれど、しばし待っても彼はぴくりとも動かない。

オリビアは、心配になって近付いた。予想していた通り、彼は獣人族特有の『獣目』をしていた。背丈は随分高くて――でも目の前にしてみたら怖い印象も吹き飛んだ。

なんて綺麗な、翡翠(ひすい)の目だろう。

真っすぐ自分を見てくる、その翡翠色の獣の目の美しさに見惚(みと)れてしまった。男性的で凛々しい端整な顔立ちもあって、眼差しから感じる誠実さからも素敵な人だと思った。

ふと、自分がじっと見つめてしまっているのに気付いた。異性の顔を見続けてしまうなんて、淑女らしからぬことをしてしまったと恥じらいが込み上げる。

「あの、大丈夫ですか……？」

反省しつつ声をかけた途端、どうしてか彼が「ぐはっ」と前屈みになって堪えるようにぶるぶる震え出した。もしかして、胃の調子が悪かったりするのだろうか……？

「神父様、大丈夫ですか？　よろしければ手をお貸ししますわ」

「手を、貸す……!?」

地面を見つめたままでいた彼が、クワッと瞠目を見開いた。

しかし直後、何やら自分に言い聞かせるようにして首を横に振った。そうして、大慌てで背を起こしたかと思うと、かなり焦った様子でこう言ってくる。

「べ、べべべべ別に俺は変な意味で『手を貸す』に反応したわけじゃないからッ」

「変な意味？」

つい、オリビアは小首を傾げた。

どうやら彼は元気そうだ。もしかしたら一時、腹が痛んでしまった程度なのかもしれない。もう大丈夫なのだろうと思って、辞退を申し出るべくペコリと頭を下げた。

「神父様のお仕事は大変かと思いますが、無理をされないよう、どうかお大事になさってください。それでは、私はこれで失礼します」

オリビアはそう告げると、そのまま別れるべく背を向けた。

「待ってくれ！」

直後、後ろから腕を取られてしまった。突然の大きな声と行動に驚いて振り返ったら、綺麗な翡翠石のような彼の獣目と再び目が合った。

「あ……。その、えっと、俺は」

男が、じわじわと頬を火照らせた。

「…………えぇと、……っそう、実は仕事が大変で、今、すごく忙しいんだ！」

しばらく視線を泳がせていた彼が、まるで考え付いたかのように目を戻してきた。

「君ッ、この時間に歩いていたのは散歩で？　もしかしたら、少し手伝いに通える時間はあったりするかな、短い期間でもいいんだ。ちゃんと奉仕費は払うよっ」

「奉仕費……？　もしかして、お手伝いって教会の？」

「そうなんだ。もし君が良ければ、ウチの教会を少し手伝ってくれると助かる！」

唐突なお手伝い要請に、オリビアはびっくりしてしまった。

すると彼が、腕を掴んだままであるのに気付いて「すまないッ」と謝って手を離した。視線を少し泳がすと、言い訳でもするかのようにぎこちなく話し出す。

「実は、その、この教会の管理責任者は俺しかいなくてな」

「こんなに立派な教会なのに、神父様はお一人しかいらっしゃらないのですか？」

オリビアは、すぐそこに見える教会をチラリと目に留めた。この規模であれば、普通は数人いるのにと思って目を戻してみると、彼がよく知ってるなという表情をしていた。

「まぁ、それなりに多くの役割を持ったところだと複数いたりするが、ここは町の教会だからな。――指示・判断は全て俺が『一任』されている」

どうしてか、語る目が一瞬ひどく落ち着いて見えた。しかし彼は、オリビアが不思議に思うよりも早く、雰囲気を元に戻して大人びた柔らかな苦笑を浮かべていた。

「他の聖職者とシスターにも手伝ってもらってはいるんだが、元々ギリギリの人数でやっている。通常業務の他に、別件で大きな結婚式の予定も入って忙しくなってな」

「ご結婚を控えている方がいらっしゃるのですか？」

「ああ。そのスケジュール調整や準備やらの他、今の時期にしなきゃならないこともあって、人手も足りないんだ。少しでも手伝いに来てくれる子がいると、俺としても助かるよ」

そう説明する彼は、少し表情を変えるだけで雰囲気に品が出て誠実さが増した。交えられる手振りは、袖の長い神父衣装もあってか育ちの良さを感じさせる。

いきなりの協力要請だが、それほど困っているのかもしれない。

「お手伝い……」

聖女一族の出身であるのを隠している中、この遠い国で神父様に出会った。ならばこれも一つの縁なのではないかしら、とオリビアは考えさせられた。

自立するべく、少しずつ行動を起こしていきたいと思っていたところだ。タイミング的にもいいし、色々と生活力を身に付けられる良い機会になるだろう。

「あの、仕事着などは、どうなるのでしょうか……？」

気になって尋ねてみた。両足にある大きな痣が、うっかりでも見られてしまう危険は出来るだけ避けたい。

もし彼の言う『お手伝い』の人に与えられている衣装が、自国のような教会手伝いの薄地の白衣装だったり、奉公シスターの風に弱いタイプの衣装だったりすると難しい。

すると、男がピタリと硬直した。

数秒ほど待っても動く様子がない。声が小さい自覚があるオリビアは、もしかしたらうまく聞こえていなかったのかもしれないと思って、再度声をかけた。

「神父様？　お仕事の際の服なのですけれど」

「あっ、えぇと、仕事着はシスター服だ。秋になって衣替えをしたばかりで、なんというかその、内側に一枚、それから少し生地に厚みがあるやつを上から着て、細いベルトで留める感じだ。正式に所属していない者に関しては、頭の被り物はしなくていい」

わたわたと早口に説明する彼は、何故かほんのり顔が赤くなっている。

スカートの部分がかなり長いので、踏んでしまわないようベルトで上げて調整する。ということは、長さは十分であり、衣装生地も風にめくれてしまう心配はなさそうだ。

「分かりました」

「ほ、本当か⁉　ありがとう！　シスター扱いになると思うけど、大丈夫かな？」

「衣装は同じですから、心得ておりますわ。それでは、私はいつから入れば――」

オリビアは、答えかけてハタと口元に手をあてた。

「あ、申し遅れました。私はオリビアです」

「え⁉　あっ、こちらこそ名乗るのが遅れてしまい申し訳ない。俺はブライアン。ブライアン・ジョセフバーナードだ。えぇと、その、早速だが明日から来てくれると助かる！」

どうしてか彼が、慌てたように言って見事なお辞儀で頭を下げてきた。

なんだか元気な人だ。少しだけ怖い印象の見た目をしているけれど、話してみると、ちっともそれを感じないくらい真っすぐな性格であるのを感じた。

「明日から、よろしくお願いします」

オリビアは、少しだけ笑ってそう言った。そうしたらブライアンがパッと頭を上げ、翡翠色の獣目の明るさを増して「こちらこそ」とホッとしたような笑みを浮かべた。

◆

帰宅した後、オリビアは夕食の席で、ザガスに昼間の一件を話した。

散歩で知り合った人に協力を求められ、少しばかりお手伝いをすることを決めた。その内容について、彼は「それはいい」と前向きに応援する姿勢で相槌を打ってくれた。

話を聞いてくれる彼に、出会った経緯についても語った。それから、神父様の名前まで口にしたところで、唐突にザガスが口に運んでいた紅茶を「ごほっ」と咽せた。

「…………ジョセフバーナード、って、あの……!?」

「もしかして、社交関係でのお知り合いなんですか？」

神父ブライアンは、どことなく貴族っぽい品をまとっている気もしていた。気を付けてお帰り、と別れの言葉を述べた際の仕草も、マナー教育を受けている印象を受けた。

するとザガスが、顔の前で「いやいやいや」と急ぎ手を振ってきた。

「知り合いじゃない。うん、その獣人一族の家名――じゃなくって名前は、今、聞いたばかりさ、はは、は……」

なら、自分の気のせいなのだろう。

もしかしたら人族貴族であるザガスが、知っているかもしれないとチラリと考えてしまったことを頭からどけた。そしてオリビアは、最後に手伝う先の建物の名前を教えた。

「お手伝いする場所は、ここから近いガルディアン教会です」

「ごほっ！」

今度は持っていたティーカップまで揺らし、彼が激しく咳き込んだ。控えていた二人の男性給仕が、慌てて駆け寄って口元などを拭った。

「やっぱりガルディアン教会、なのか……ッ」

ザガスがティーカップをテーブルに押し付けて、何やらぶつぶつと言って震えている。

男性給仕達が世話をしている最中ということもあって、オリビアは尋ねられないでいた。すると戸惑う視線に気付いた彼が、先にこう言ってきた。

「いや、なんでもないんだオリビアちゃん。そんな顔させちまってごめんな。その、なんつうか、近々その教会で結婚式を挙げるやつがいる、というか……」

「あら。お知り合いがご結婚されるんですね」

それはめでたい話だ。結婚式と聞いて、とても幸福で喜ばしいことだと、オリビアはアメジスト色の目を柔らかく微笑ませた。

昔、憧れて、そうして自分には無理だと悟って手放した夢の一つ。

幼い頃、君のことが好きだ、と足の痣ごと愛してくれる王子様を夢みた。でもそれは、ただの夢。両親でさえ嫌がるこの足を見て、そう言える人なんてこの先も現れないだろう。

「おめでとうございます」

愛し合う者同士の結婚。それがとても素敵なものであると分かっているからこそ、結婚する見ず知らずの女性を祝いたい気持ちでいっぱいだった。

対応を終えた男性給仕達が離れていく。オリビアから祝福の言葉を真っすぐ向けられたザガスが、「うん」と言いながら頬をかいた。

「まぁ、ありがとう」

「もしかしてザガスさん、照れていらっしゃいます？」

微笑ましくなって小さく笑ったら、彼が少し視線を泳がせた後、観念するように吐息をもらして「ちょっとな」と言った。

一人の男性給仕がやってきて、ザガスのティーカップを新しいものに入れ替えた。

「どういったお知り合いなんですか？」

オリビアは、彼が紅茶で一息つくのを見届けてから尋ねた。

ザガスが思い返すような表情を浮かべて、それから手に持っているティーカップへ目を落とした。

「実を言うと、うちの部隊員なんだ。部下になって、三年くらいの女の子でさ」

「女の子の軍人さんなんですね」

オリビアは、控え目に驚きの表情をして口元に手をあてる。それを見たザガスが、貴族っぽくない柔らかな苦笑を浮かべた。

「オリビアちゃんとは、正反対の子だよ。髪も短くてすごくやんちゃで、入隊してからずっとトラブルメーカーでさ。つい最近まで、全然女の子だって分からなかったくらいだ」

「その子が、今度ご結婚を？」

「来月の誕生日に、挙式予定。まだ春、まだ夏だと思っていたら、あっという間に秋になっているんだもんなぁ」

しみじみとしたような口調で、彼がティーカップに口を付ける。

「ま、最近は髪も少し伸びてきて、女の子っぽいよ」

紅茶の風味を楽しんだ落ち着いた表情で、ザガスがそうシメた。そんな彼の様子を見つめていたオリビアは、ふんわりと敬愛の眼差しを浮かべた。

「ザガスさんは、その部下さんを大切にされているんですね」

そう声をかけたら、再びティーカップを口に運ぼうとしていたザガスが、ピタリと手を止めて——ふっと穏やかで柔らかな雰囲気をまとった。

「トラブルメーカーで落ち着きがない。そんでもって、一番手のかかる、可愛い部下さ」

その表情と声は、彼が思い遣りに溢れたとても優しい男であるのを、オリビアに伝えてきた。

二章　教会と頑張る神父

翌日、オリビアはお手伝いの初日を迎えた。

外で活動するなんて、初めてのことだ。私にも手伝えることはあるのかしらと、次第にドキドキ感も強まった。

励ますザガスと使用人達に背中を押されて、ガルディアン教会へと向かった。

その道中、緊張しっぱなしで落ち着かなかった。やがて昨日(きのう)の教会が見え始めると、きちんとやれるだろうか、という不安感も込み上げて胸がドクドクした。

両開きの正面扉の前に立った。緊張はピークに達していて、手が震えそうになって何度か深呼吸をした。そっと扉を開き、教会の中へと一歩足を踏み入れた。

「あの……、こんにちは」

おずおずと声を出した。ふと、どこからか衝突するような音が鈍く響いてきたが、オリビアは目に飛び込んできたその光景に、ハッと心を奪われてしまった。

正面に広がっていたのは、礼拝者達がまずは目に留める礼拝堂だった。

そこはとても広々としており、先程のオリビアの遠慮がちな声も余韻を残しているほどだった。均等に並ぶ沢山の長椅子(ながいす)、高い天井と絵画、祭壇まで続く支柱――。

そうして、デザインまで美しいステンドグラスからは、外の光が光のヴェールのように優しく降り注いでいた。

朝の日差しを受けた教会内の光景は、オリビアの目にとても神々しく映った。醜い足で生まれてしまった異国民の自分でさえも、関係なしに歓迎してくれているような錯覚に捉われた。

——ああ、神よ。

オリビアは感銘を受けてしまい、アメジストの大きな目をしっとりと濡らした。こんな風に自由な心で、教会へ来られることなんて自国ではなかった。

「こうしてお手伝い出来ること、感謝致します」

思わず指を組み合わせて祈りを捧げた時、先程よりも近くで、何かがぶつかるような物音がした。

ハタと我に返って手を解いた。一体なんだろうと思って目を向けてみると、ドカン、ガツン、バコッと聞こえてきて、続いてバタバタと誰かが走ってくる音がした。

すると向こうの廊下から、不意にブライアンが飛び出してきた。

「すまないッ、待たせたか!?」

彼が目の前で急ブレーキを踏んで、裾の長い神父衣装がふわりと揺れる。来るまでの間に色々と破壊してきたようにも思われて、オリビアは控え目ながら尋ねてみた。

「あの、もしかして来る最中に、足をぶつけたりしませんでしたか……？」

「えっ？　あ、いや、どうだったかな」

突拍子のない質問であったのか、ブライアンが戸惑いを浮かべた。見下ろしてくる美しい翡翠色の獣目からも、心当たりがないような困った様子が見て取れる。

どうやら彼が起こした音ではなかったらしい。足をぶつけていたら覚えているものだろう。

「私の気のせいだったみたいです」

「そうか、ここは物音がよく響くからな。それじゃあ案内しよう。こちらへ」

「あ、はい。よろしくお願い致します」

かなり背の高い彼を見上げていたオリビアは、ハタと思い出して、これからお世話になる教会の神父である彼に慌てて頭を下げた。

ブライアンに案内されて教会内を進んだ。目に留まる所を説明されながら向かったのは、職員関係者の部屋だった。そこには男性用、女性用に分けられた更衣室もあった。

「君のロッカーも用意してある。朝、ここに来て着替えることから始まる」

律儀に入口越しで説明した後、彼からシスター服一式を手渡された。一旦、扉の前にブライアンを待たせて、早速オリビアは更衣室で着替えることにした。

こちらの国のシスター服は、基本的に内着と外着の二枚重ねであるらしい。秋用にこしらえられたものであるせいか、どちらもしっかりとした上質な生地が使われていた。

確認してみたら、白い内着も透けないよう作られていた。肌触りや通気性も考えられているのか、全て着心地はかなり良い。それは階級や身分で、支給品にもかなり格差があるエザレアド大国では、考えられないくらい良品だった。

オリビアは、お尻までずっぽりと隠す薄紫の銀髪を後ろへとやって、仕上がった衣装を鏡で確認してみた。

着替えてみたシスター服は、ちょうど良いサイズだった。柔らかな肌触りで全く気付かないけれど、実際、スカート部分を少し手でつまんで持ってみると重さもある。

余程のことがない限り、中が見えてしまうことはないだろう。そう分かって、ほっと胸を撫で下ろした。

絶対に見られてはいけない。外で待っていてくれているブライアンや、ここにいる人達の目に、自分の足の痣がどんなに気味悪く映るか、知っているから。

――ああ、なんて気味の悪い娘なのでしょう。

――わたくし達、世話など出来ません。

――おぞましいですわ。お湯に呪いがしみ出して移ってしまったらどうするのです？

幼い頃、自国で何度も見た光景を思い出した。高度な教育を受けた女性使用人達でさえ、金を積まれてもやりたくないと世話を嫌がった。

聖女一族の女性は、十歳までは髪を切ってはいけない決まりがあった。当時オリビアは、自分の長い髪を引きずって、幼い手で身を清めたものだった。

気味が悪いのは分かっている。ただただ申し訳なかった。それもあって、ザガスの屋敷に連れられた時には、全く違った女性使用人達の反応にびっくりした。

『湯浴みの世話をさせてください！』

『私も是非！　美少女を磨きに磨きたいです！　マッサージも全部やりましょう！』

『鼻息を荒くするな、君達やめないか。執事長権限で指示する、少し落ち着──ぐはっ』

『お嬢様はマッサージとか好きですか⁉　あああぁ、お肌もキレイ～っ！』

『眠る際のご衣装も、バッチリ可愛くしちゃいましょうね！』

足の痣を見られたくないのだ、と言ったら、オリビアの方が悪いのに「怯えさせてしまってごめんなさい」と謝られてしまった。

見られたくないなら別の方法だって考える、だから少しずつ、あなたの世話をさせてくれると嬉しい──そう彼女達はとても温かかった。

今は、着替えるのを手伝ってもらっている。見えているだろうに、彼女達はオリビアのために視線を上げてくれていた。初めて目に留めた時も大きなリアクションなど取らなくて、世話のため動き出した際にさりげなく労った。

『お嬢様、とても頑張ってこられたんですねぇ』

『え……？』

『少しずつでいいのです。いつか、美容のマッサージもさせてくださいね』

彼女達と違って、屋敷の外の人達は足のことを知らない。

ただの『町娘オリビア』として王都で過ごし、一人立ちするためにここで生活力を身に付ける勉強をしていくためには、秘密を守っていくしかない。

オリビアは、よし、と意気込んで更衣室を出た。

「ブライアンさん、着方はこちらで大丈夫でしょうか？」

部屋の外で待っていてくれた彼に確認した。少しぼうっとしていたのか、少し遅れてブライアンがこちらを見下ろしてきた。

直後、彼がバッと口元を手で押さえてしまった。

「どうかされましたか？　私、何か着方を間違えていますか？」

「……っ大丈夫だ、問題ない。すごく似合っている」

何か呑み込むような顔をした彼が、チラリと目をそらして「えぇと、じゃあ行こうか」と促した。歩き出してすぐ、小さな部屋が並ぶ廊下を進みながら説明する。

「だいたいは掃除がメインだ。時間ごとに違っていて、担当場所も日で変わったりする。前日の終業前には、担当場所をシスター長が貼り出してくれるんだが、まずはうちに所属している聖職者とそのシスター達を紹介しようと思う」

足元からは、木材が立てる小さな軋みが聞こえてきていた。廊下の壁側に並んだ木材造りの小さな小窓は、昔からある建物なのがよく分かってオリビアには新鮮だった。

これまでずっと、こういった場所は緊張しかしないと思っていた。

それなのに、自分が落ち着いた気持ちで『神父様』の隣にいて、どこか安心感すら覚えて歩いている状況を不思議に思う。

「掃除の他は、参拝者から何かあれば対応するくらいかな」

横目に見上げると、話している彼のハンサムな横顔があった。切れ長の鋭い獣の瞳は、知的で思慮深さが見えて、怖さよりも落ち着いた紳士の空気を漂わせている。

「参拝者の質問よりも、よく来る子供達からの話し相手が多いかもしれないな。君は、子供の相手は大丈夫か？」

ブライアンの目がこちらに向いて、オリビアはドキリとしてしまった。きっと自分が、こうして異性の近くにいるのが慣れないせいだろう。

「あっ、はい。大丈夫です。この教会では、子供達を預かりもしますか？」

「必要があれば預かるが、友達の家を訪ねるみたいに顔を出しに来る子が大半だ。子供同士で親待ちの子の相手をしたり、しっかりした子もいるし、何も難しいことはないよ」

その時、通り過ぎようとしていた部屋から、唐突に大きな声が上がった。

「いぃやぁあああ僕のルーナがッ、僕の可愛いルーナが結婚しちゃうよおおおお！」

そこは『控室3』と表札のある部屋だった。開かれた木の扉の向こうで、くすんだ金髪をした紳士が、テーブルに突っ伏して大号泣している。

大人の男性が、そうやって堂々と泣く姿は初めてだ。オリビアがびっくりして見守っていると、隣にいる大男がその肩を掴んで揺らし、口から獣歯を覗かせて言う。

「こらクライシス、そこでまた泣き出すんじゃないッ」

「えぐ、うえぇ、だってアーサー、僕のルーナがあああ」

「結婚式は来月だろうが！　お前の想像は、いつも斜め上にぶっ飛びすぎなんだ！」

それでも紳士の号泣は止まらず、大男に抱きついてぎゃーぎゃー騒ぎ出す。

その様子を見たブライアンが、「くっ」と額を押さえた。まるで邪魔でもされたとでもいうように眉を寄せて、ものすごく何か言いたそうにして少し考える間を置く。

「……すまない。俺は少し、あちらの方の対応をしてこようと思う」

やがて、手をどけた彼が、オリビアへ翡翠色の獣目を向けてそう言った。

「来てもらって早々で悪いが、一つ頼まれてくれるか？」

「はい、私に出来ることでしたら」

「別室にもう一組、同じ結婚式の関係者が来ているんだ。他のシスター達に紹介する前に、本当は君を連れて一緒に様子を見てこようかと思っていたんだが……来てから結構時間も経っているし、先に様子を見にいってもらえると助かる」

それを聞いて、オリビアは察して部屋の方へ目を戻した。

「あの人達は、来月に結婚式のご予定がある、新郎新婦様のご家族様なんですね」

「両家の父親達だ」

ブライアンは、彼女と同じ方を見て小さく息を吐く。

「別室にいるのは、今回のドレス衣装を全部担当している刺繍（ししゅう）店の人間で、デザイン制作の一環でうちに来ている。入り用なものがあれば訊（き）いておいてくれるか？」

「分かりました」

朝一番に来訪した際、資料と飲み物などは出してあるらしい。その後には誰も回れていない可能性もあるからと、オリビアは部屋までの道順を聞いて別室へと向かった。


教えられた『控室7』の部屋は、廊下を更に奥へと進んだ先にあった。

客人が入っていることを示すためだろうか。その部屋も、先程の部屋と同じく扉が開けられていた。隣には『資料室』と表札がかけられた部屋がある。

知らない人のいる部屋だ。オリビアはドキドキしながら、開いた扉をノックした。

「失礼します」

緊張でか細くなった声を出し、おそるおそる室内を覗き込んだ。

すると、中にいた二人がオリビアを見た。それは足を楽に組んだ長身の中年男と、貴族服に身を包んだ座り方も綺麗な美少年の組み合わせだった。

「あれ？　この前まで見なかった子だな、新しいシスターさんか？」

スケッチブックを膝に立てた中年男性が、親しげに訊いてきた。顎のあたりに少し無精髭を生やしているが、こざっぱりした身なりは不思議と清潔感があった。

「はい。本日から、少しの間お手伝いに」

「へぇ。こりゃまた随分綺麗な子が入ってきたもんだ」

続けてそう言われたオリビアは、返答に困って遠慮がちな笑みを口元に浮かべた。

自国では言われたことがない社交辞令だ。それは、自分にはほど遠い褒め言葉だった。美しい姉妹と違って、自分はみすぼらしいだけでなく身体も醜い。そんな価値すらないと、家族からも言われていた。

それを思い出したオリビアは、どうにか気を取り直すように控え目に微笑み返した。

「私はオリビアと申します。どうぞよろしくお願い致します」

人見知りしない印象のある中年男が、垂れた目をパチリとさせた。本気で言ったんだけどなぁ……と呟くと、察した様子で「了解」と言って空気を変えるようにニカッと笑った。

「よろしく。俺は音楽家のダニエルだ」

「音楽家？」

刺繍店の人と聞いていたから、その自己紹介を不思議に思った。彼は奏者でもあるのかしらと考えていると、隣の美少年が困ったように微笑んで彼を指でつつく。

「あ。悪ぃな、混乱させちまったか。本業が音楽家で、ここにいるのは刺繍店としてなんだ」

「そうだったのですか。そういえば、刺繍店なのにドレスも作っていらっしゃるんですね」

「要望があれば、ウチはオーダーメイドでドレスまで作るぜ。今度ここで結婚式をあげる子のも、そうだな。ドレス自体はほぼ出来上がっているんだが、式場に合わせた仕上げを装飾部分とかに盛り込みたくてな～」

人とのやりとりにかなり慣れているようだ。ダニエルはスケッチブックに目を戻しつつも、とても聞き取りやすい調子の声でつらつらと述べる。

「ああ、それでいらっしゃっているんですね。とても丁寧なお仕事をされていて、素晴らしいですわ」

オリビアは、一生に一度の結婚式を思って感心の声を上げた。

「ははっ、ありがとよ。ホントはこういうデザイン画の作業だと、もう一人の方が得意なんだけどな。一緒に刺繍店をやっているジョシュアって画家がいるんだ」

「絵を描いているプロの方……？」

「おぅ。とはいえドレスデザインを考えたり描くのは得意なんだが、ビーズやらなんやらのアレンジを考えるのは、俺の仕事でね」

音楽家と画家がいる刺繍屋さん……なんだか不思議だわ。

そう思ったオリビアは、視線に気付いて美少年へと目を向けた。随分綺麗な子だ。先程見掛けたようなくすんだ金髪、目を引く明るいエメラルドの美しい瞳が印象的だった。

「僕はセシル。結婚するのは、僕の姉さんなんです」

彼が先に口を開いて、大人びた対応で柔らかく微笑み返してきた。

オリビアはその気遣いに気付いて、少し恥ずかしくなってしまった。どうやら、こちらが声をかけやすいよう配慮してくれたらしい。

「お姉様がご結婚されるのですね、おめでとうございます」

「先程、同じ髪色をしたお父様らしき人を見掛けました。まさかご子息様が、業者様と一緒にいらっしゃっているとは思いませんでした」

言いながら、ああ、やっぱりそうだと思い至った。

「そこにいる彼は、僕の友人でもあるのです。姉さんに紹介されたのがきっかけで」

ちょっとセシルが照れて頬(ほお)をかく。すると、ダニエルが鉛筆を持った手を向けて口を挟んできた。

「顔もよく似てるんだ。うちの店に連れてこられた時『二人いる!?』て、マジで驚いた」

「そんなに似ていらっしゃるんですね」

「姉さんと僕は、髪と目の色も一緒でして」

そう言ったセシルが、ふっと表情を和らげる。

「僕は姉さんのおかげで、世界が一気に広がったんです。それは今も広がり続けていて——時間があっという間に思うくらい、毎日がとても楽しいんだ」

オリビアは「そうなんですね」と微笑み、心から彼らの幸福を祈った。自分の姉妹達にはない素敵な関係性を思って、少し切なげに目を伏せる。

その様子を横目に留めたダニエルが、ふうむ、と首を傾げた。

「ここで働くことになった事情は知らないけどさ。まぁ、心配するなって。神父様、結構いい男だぜ」

「え？　神父様、ですか？」

どうして唐突にそんな話を振られたのか。オリビアが不思議そうに見つめ返すと、ダニエルの方もきょとんとしてこう続けてきた。

「恐らくは、何かしら寄越される事情でもあって、今日が初対面だったんだろう？」

「あっ、いいえ、お家の経済事情などではな——」

「紹介者だってさ、あんたのことを考えてこの教会を選んだんだろう。神父様はデカいし強面だけど、親切で面倒見もいい人だって評判らしいぜ。今はまだ分からないことだらけでも、すぐに教会の仕事に慣れるだろうよ」

どうやら心配してくれて『元気を出せ』と言っているらしい。そう分かってオリビアは、強面というより凛々しさを覚えるブライアンを思い出した。

「ありがとうございます。私も、頑張ってみようと思います。大丈夫ですよ、私も神父様が素敵な人だと分かっていますから。なんだか品がある方ですよね」

「え。……………品？」

長らく考える間を置いて、ダニエルが「そうかなぁ」と首を捻る。

「俺、あの神父様には、どうも育ちの良さを感じたことはないんだが……」

「みんなのお兄さん、みたいな頼れる感じはありますよね。僕も、おかげで安心してお任せ出来る神父様です」

セシルが、フォローするように口を挟んだ。

「とくに子供からは好かれているみたいですよ。教会の中だけじゃなくて、外にもよく出て町の人のために慈善活動に励んでいる神父様だと、僕も話を聞いています」

「出入りも多い神父様なんですね」

「お忙しくされている神父様だとは思います。前もって打ち合わせの時間を取っていないと、急きょ訪問してもいない場合もあるみたいですから」

他に同じ仕事を任せられるサポート神父も置いていない状況だとすると、個人的に慈善活動まで行っているとしたのなら、より忙しいだろう。

少しでも、お手伝い出来るといいな。オリビアはそんな気持ちが芽生えて、頑張りたい思いで二人の客人へ向き直った。

「何か他に入り用な物はありませんか？　飲み物のお代わりとか」

ダニエルとセシルが、テーブルに置かれている資料やらコップやらを見た。それから息ぴったりの様子で「大丈夫だぜ、ありがとな」「大丈夫ですよ」と答えた。

◆

その日から、教会でオリビアの手伝いの日々が始まった。

朝に出勤してシスター服に着替え、担当表を確認してからまずは掃除に取りかかる。そうしている間に、ぼちぼち礼拝者達が来始めるので、臨機応変に対応に回ったり子供達の相手をしたりした。

教会内は広くて細かい掃除箇所も多くあり、一日をかけて清掃を行っていく感じだった。その日で出来なかった箇所があれば、翌日にそこから丁寧にやっていく。

この教会でたった一人の神父、ブライアン・ジョセフバーナードはとてもいい人だ。任されている責任をきちんと果たそうとするかのように、いつだって自ら進んで動いている姿をよく見掛けた。

お年寄りがいれば手を伸ばし、独りぼっちの子供がいれば真っ先に声をかけた。教会の内外に目を行き届かせ、掃除や修繕作業といったことも積極的に行う。

獣人という戦闘種族としての頼もしさもあった。

ブライアンは、教会内で騒ぐ者がいれば「他の奴（やつ）らが迷惑するだろ」と物怖（ものお）じもせず問答無用でつまみ出した。それを「乱暴神父だ」と言う人もいるけれど、きちんと教会に通っている人達からはヒーロー扱いされていた。

とくに彼は、女性や子供には優しい一面がある。町の人達は、それをとても高く評価していた。お手伝いの初日から、オリビアもよく見掛けていて良い印象を覚えていた。

――あ、まただわ……。

オリビアは、またしてもそんな彼の紳士な様子が目に留まった。礼拝堂が見える位置で、正面扉の横に並ぶ窓を背伸びで拭（ふ）いていた手を止めて見つめてしまう。

「ご婦人、どうか足元にお気を付けて」

杖（つえ）をついて席を立とうとしていた老婦人に気付いて、ブライアンが手を貸している。少し腰が曲がっている小柄なその人は、いつもすまないねぇ、と有り難そうだった。

オリビアは、そのやりとりを見つめて自然と微笑みを浮かべた。今では、たまに出る、彼の少し乱暴な言葉遣いもすっかり気にならなくなっていた。

ブライアンは、高い背を屈（かが）めて老婦人を正面扉までエスコートしている。その姿に、ほら、やっぱり優しい人、と彼に対して温かい気持ちが込み上げるのを感じた。

年齢を問わず、女性に対してとても優しい紳士的な一面。それでいて強くて逞しくて、教会の誰からも頼りにされている凛々しい神父様だ。

そんな彼の頑張りを、こうして少しでも手伝えるのが、今は嬉しかったりする。

手伝いを始めて数日、教会の聖職者やシスターが少ないのも分かっていた。オリビアは、自分が出来ることを頑張ろうと、ここへ来てから教えてもらった窓拭きを再開した。

その時、老婦人を送り届けて扉を閉めたブライアンが、パッとこちらを見た。

「オリビア、俺も手伝おうか」

言いながら向かってくる彼の獣目が、先程の二割増しで柔らかな笑みを浮かべている気がするのは、正面から向けられているせいかしら？

数日の交流で、同僚として親近感を抱かれているらしいとは分かっていた。今となっては、名前を呼ばれることも定着してしまっていた。

「いいえ、大丈夫ですよ」

普段から忙しくしている彼に手伝わせられない。オリビアは、全然平気だと伝えるように、あっという間に目の前まで来てしまった彼に笑顔でやんわり断った。

そのまま作業に戻ろうとした。そうしたら不意に、ブライアンが手を伸ばしてきた。

「そこの高いところ、届きにくいだろう。だから手伝うよ」

「え？　――きゃっ」

直後、身体を持ち上げられて声が出た。慌てて目を戻してみると、自分を平気で持ち上げているブライアンが見えて、オリビアはアメジスト色の目を見開いた。

彼は疑問にも思わず、真っすぐ愛想良くこちらを見ていた。

彼の大きな手や腕が熱い。そんなところを異性に触れられた経験はないオリビアは、自分とは違う男性らしい逞しさを覚えて、じわじわと羞恥で体温が上がるのを感じた。

「こっちの方が届くだろ?」

そう言って笑った彼が、直後、ハッとした顔で固まった。

しばし間が空いて、オリビアは恥じらいに身じろぎした。衣擦れと肉感をダイレクトに察したのか、ブライアンが一気にぶわりと赤面した。

「すっ、すすすすまない！　君は子供じゃないのに、こんなことをしてしまって」

慌てて下ろすとバッと離れた。そのまま背を向けてしゃがみ込んだかと思うと、彼は頭を抱えて「想像していたよりめっちゃ柔らかい」「どこもかしこも細いッ」と口の中にぶつぶつこぼし出した。

初心なオリビアは、ドキドキしてその声を聞き取る余裕はなかった。男性にこんなことをされたのは初めてで、窓拭き用の布巾を手に心を静めることに集中していた。

彼は親切に手伝おうとしてくれただけ……そういえば年齢だって教えていないし、そもそも大人の彼からすると、自分は未成年枠くらいの印象があるのかもしれないし……。

心の中で言葉を連ねていたら、次第に落ち着いてきた。

「ブライアンさん。あの、突然で驚いただけなんです。ごめんなさい」

驚くなんて失礼だったかもしれないと、かえって申し訳なさが込み上げた。歩み寄りながら声をかけると、ブライアンがしゃがみ込んだ姿勢で見つめ返してきた。

凛々しい獣目でじっと見つめた彼が、ふっ、と唐突に柔らかな苦笑を浮かべた。

「ははっ。なんだか君は、よく謝っているなぁ」

「えっ。いえ、だってあの」

「こういう時は、謝るのは君じゃなくて、俺の方だよ」

立ち上がった彼が、少し困ったように笑いかけてくる。

不意に、オリビアは気付いてしまった。自分は物心付いた頃からずっと、生まれてきてしまってごめんなさい、とあの国で謝りながら一分一秒を過ごしてきたのだ、と。

どうして平気で生きられるのかと、実の妹に言われた台詞(せりふ)が耳元で蘇(よみがえ)った。

自分には、そんな痛みに立ち向かう勇気さえもなかったからだ……と今になって答えに気付いた。思えば、こうして謝られる資格もない人間なのだ。

「……………あの、ごめんなさい」

俯(うつむ)いた拍子に、先程指摘されたばかりの謝罪が口から出た。

オリビアは、また言ってしまったと気付いて、スカートをぎゅっと握り締めた。彼にも『駄目な子』だと思われたかしら、そうますます胸が痛くなった時――。

「ほんっとうに申し訳なかった！」

唐突に、ブライアンが勢いよく頭を下げて謝ってきた。思ってもいなかった反応をされたオリビアは、直前までの湿っぽい思考も吹き飛んで目を丸くした。

「まさか、そこまで君を困らせてしまうとはっ。先程の行動は軽率だったと反省している、本当にすまなかった！」

大人の女性にするのは失礼だった、と心から謝っているのが伝わってきた。

発言するタイミングも逃して、しばしポカンとしていた。するとブライアンが、仕切り直すように近くに置かれていたバケツの中から、窓用布巾を手に取った。

「俺も少し時間があるから手伝わせてくれ。向こうの窓だってまだだろう？」

労う笑みを向けられたオリビアは、ようやく「あっ」と声が出た。

「他の方々が教会の裏手の清掃に回っているので、正面扉側の窓は任せてと請け負って……でも、ブライアンさんに手伝わせるわけにはっ」

「二人でやれば早く終わる」

断りの言葉を、心遣いを感じる優しげな笑顔で遮られてしまった。先程の件もあったオリビアは、親切を素直に受けることにして、スカートの前で手を揃えて小さく頭を下げた。

「確かに、二人の方が早いかもしれません。ブライアンさん、ごめんなさい、それではよろしくお願いします」

「ほら、また謝ってるぞ」

「あっ……」

頭を戻したオリビアの控え目な反応を、ブライアンがちょっとおかしそうに見つめる。

「こういう時は、『ごめんなさい』を『ありがとう』に言い換えればいいんだよ」

ごめんなさいを、ありがとうに……？

オリビアは、なんだか少年みたいに笑っている彼を見つめた。そんな彼が、とても眩しく思えた。そんなこと全然思い付きもしなかった。

「――『ありがとう』、ブライアンさん」

促されてそう口にしてみたら、言葉がしっくり自分の中に落ちてきた。

ああ、確かに、謝罪より感謝を伝える方がいいのかもしれない。ブライアンが、どこか嬉しそうな顔で「こちらこそ、ありがとう」と笑ってくれていた。

オリビアは、そんな彼に不思議な感覚が胸に広がるのを感じた。

◆

それから数日後、オリビアは午後の少し遅い時間に一休憩に入った。

教会の裏口の段差に腰掛けたところで、ようやく足を休められて思わず「ふぅ」と吐息をもらした。身体の緊張を解くと、雑草も刈られて綺麗になっている教会裏手の様子を眺める。

今日は、どうやら毎月ある鎮魂日というものであったらしい。神父が決まった時間に祈りを読み上げる中、亡き親や友を思い出しに、そうして先祖達の安らかな眠りを思って、朝から多くの人達が祈りに訪れた。

オリビアは、パタパタと動き回るシスター達に協力して動き回った。パンフレットを配ったり、席の案内や退出の手伝いをしたり……神父の祈りが終わるたび、男性聖職者やシスター達と一緒になって、大急ぎで礼拝堂の掃き掃除をしたりした。

正直言うと、次から次へとやることが降って湧いて、自分が何をどれほどこなしたのか覚えていない。でも、足に覚える慣れない疲労には、達成感もあった。

『ありがとう。すごく助かったわ。オリビアさんは、少し休んでらっしゃいな』

『結構時間が取れるのは、今のタイミングだよ。次の祈りの時間までに余裕がある。俺らも今のうちに、交代で少し休憩に入るよ』

ここの人達は、初日からずっとオリビアに親切で優しかった。同じ場所で働き出してから交わす言葉も増えたけれど、なかなか感謝の言葉が追い付かなくて。

だから今日、こうして彼らの助けになれたことは嬉しくもあった。彼らの助けになれて良かったなと、スカートの上から満足げに自分の足を撫でさすった。

その時、後ろで裏口の開閉音が上がるのが耳に入った。

「疲れた？　今日はバタバタさせてしまって、すまない」

上からひょいとブライアンが覗き込んできて、にこやかな翡翠色の獣目と合った。彼の手には、どちらにもホットココアのカップが握られている。

そのまま、カップの一つを差し出された。少し肌寒くなった秋の風には、とくに美味しく感じられる飲み物だ。オリビアは、やっぱりとても優しい人なのよねと、込み上げるものを覚えながら受け取った。

「ありがとうございます。いえ、疲れは大丈夫ですよ」

「途中、よろけそうになっていたと、シスター長が言っていたが」

「…………体力が、皆様に追い付かなくて」

オリビアは、隣に腰を下ろす彼の視線からそっと顔を逃がした。

今のところの悩みは、体力が並みの令嬢以下なのは改善したいところだ。まだ見続けてくる彼に言い訳の言葉も出てこなくて、カップを両手で持ち直して口元へと運んだ。

こくり、と口にしたホットココアは、とても美味しかった。温かさがじんわりと身体の中に広がるのを感じて、ほうっとオリビアの小さな口から吐息がこぼれる。

ブライアンの喉仏が上下した。その音に気付いて、彼女は目を戻した。

「どうかされたんですか？　ホットココア、美味しいですよ？」

「えっ、いや、なんでもない」

固まっていた彼が、慌ててココアを自分の口へ運んだ。その近い距離から獣歯が見えたオリビアは、つい尋ねてしまう。

「獣人族の皆様は、種族も色々とあるんですよね。子供だと、耳や尾もあって推測出来たりもするのですけれど、ブライアンさんの一族はどんな動物なんですか？」

「ああ、オリビアは獣人族がほとんどいない遠い地方から来ているんだったな。こっちだと家名で分かったりもするが……」

ふと、ブライアンの声が小さくなった。続く言葉を躊躇うような間を置いて、少し不安そうに揺れたその獣目がそらされる。

「…………俺の一族は熊で……、熊科の中で『灰熊』と呼ばれている種類になる」

熊、とオリビアは口の中で繰り返した。言われてみれば、大きくて逞しいブライアンのイメージに少し重なるかもしれない。そう思うと微笑ましくなった。

「素敵ですね。熊と言えば、神聖な森の守り神ですし」

そう口にしたら、彼が勢いよくこちらを見た。整髪剤で後ろへと撫で付けられているアッシュグレーの髪の先が、少しだけ揺れていた。

「君は、その、熊が怖くはないのか？」

「いいえ？　だって神聖な生き物でしょう？　私がいた場所では、信仰されている生き物の一つでした。どうしてそんなに驚くんですか？」

「いや、あまりそちら方面の話は知られていなくて……。大抵、地方が来る者からは、獰猛だとかでとくに怖がられたりもするものだから」

前へ目を戻したブライアンが、照れたように口をつぐんだ。その横顔は、まるで子供が予想外にも褒められて、嬉しさを噛み締めているみたいにも見えた。

ふっと吹き抜けていった秋風が、彼とオリビアの髪を揺らしていった。

オリビアは、その風につられて正面へ目を向けた。とても心地のいい風だ。こうして外で安心して座っていられるなんて夢みたいだと思いながら、胸の前に落ちてきた薄紫の銀髪を耳にかける。

熊さん、か……見られたりしないかしら？

オリビアは、そんなことを考えながらココアを口にした。大国はとても動物が少なく、外を知らない彼女は、肉食獣や草食動物といった考え分けにも馴染みがない。初めて目にした獣人族は「とても親切で優しい種族」、そして子供は「もふもふで愛らしい」のイメージが印象強かった。

隣り合う二人の間を、風がそよそよと流れていく。まだ顔の火照りが少し冷めないでいるブライアンの手が、下に置かれたオリビアの手に気付いて伸びる。

「あっ、そういえば」

彼女の手が、すぐスカートの上に戻された。彼はパッと手を引っ込めると、表情を元に戻して平静を装って尋ね返す。

「なんだ？」

「体調が悪そうだったデニスさん、大丈夫でしたか？」

オリビアは思い出して尋ねた。教会で少しずつ知り合いも増えていて、デニスは週に何度か教会へ立ち寄ってくれている礼拝者の一人だ。

すると、ブライアンが前へ顔を向けて眉間（みけん）に皺（しわ）を作った。

「──あの野郎は、きちんとシメて埋めておいた」

低い声で、何やらぼそりと呟かれた。

聞き取れなかったオリビアが首を傾げると、彼が視線を返してきた。機嫌が悪くなったように感じたのは気のせいだったようで、その表情は落ち着いている。

「君も、いきなり肩に触られて驚いただろう」

「え？　ああ、まぁそうですね」

言葉を交わしていたら、唐突にフレンドリーに肩に腕を回されて驚いたのを思い出す。てっきりこの国では、貴族以外はあの距離感が普通なのだろうかと思ったほどだ。

「貴族であれ庶民であれ、紳士淑女の礼儀はある」

まるで心でも読んだようなタイミングで、彼がどこか苛々（いらいら）した声で言った。

「互いの了承がない限り、いきなり女性の肩を抱いたりなど普通はしない」

「そうだったんですね。私てっきり、王都には獣人法もありますし、撫でられたりといったスキンシップを好む種族も多いと聞いていたので、土地柄的に一部認められているのかな、と思っていました」

とくに子供の獣人族だと、そういった習性が目立った。先日、二家族で教会へ来ていた少年達も「親友なんだ」と嬉しそうに自己紹介すると、ふわふわとした獣耳付きの頭をぐりぐりと押し付け合ったりもしていた。

あの時、オリビアは大変癒されたものである。シスター達の話によると、獣人族は種族に関係なく親友を持ち、家族と同じくらい大切にしているのだとか。

そう思い返したところで、ふと、彼の方はどうなんだろうと気になった。

「ブライアンさんの『灰熊』は、撫でられたりするのが好きな種族だったりするんですか？」

そう問いかけた瞬間、目の前の地面を睨んでいたブライアンが一時停止した。その横顔が、こちらを見ないままじわじわと火照っていく。

「え？　あの、どうかしたんですか？」

「その、女性には答えづらいというか……………確かに俺も、一部それに似た性質は持っているが……」

もごもごと答えていた彼が、そこでゆっくりと顔を伏せて手で押さえた。

「それは撫でられることとは、また別だったりするんですか？」

「……いや、種族的には、撫でられるのも好き……かも、しれん。でも種族として一番やってしまいたくなるのは、それではなくて、だな」

ブライアンは、もう耳まで真っ赤になってしまっていた。手で顔を押さえて隠しているものの、かなり恥ずかしがっているのが分かった。

「動物的な理由からであれば、何も問題ないと思いますよ？」

オリビアは、不思議に思ってそう言ってあげた。すると視線を受け止め続けていたブライアンが、長い葛藤の末、律儀にもポツリと教えてきた。

「………実は、相手に身体を、ぐりぐりと擦り付けてしまいたくなったり、する……」

あまり動物には詳しくないオリビアの頭の中に、パッと浮かんだのは、熊が心地よさそうに木に身体を擦り付けているイメージだった。

——それが木ではなく、彼の場合だと、人になる。

そう想像した途端、彼が言いづらそうにしていた理由が分かった気がした。熱が伝わってきそうなくらい赤面しているブライアンを見ていると、なんだかオリビアも恥ずかしくなってきてしまった。

紳士だからこその恥ずかしさもあるのだろう。無理に答えなくてもいいのに、女性に対しては本当に優しくて誠実な人だ。

「あの、ごめんなさい。ブライアンさんは立派な紳士ですものね……。でも、それもまた一人ずつ違っている、獣人族としての良さだと私は思います」

「そ、そうか。君がそう言うのなら……」

それぞれ目を合わせられないまま、しばし頬の熱を冷ました。

オリビアは顔の温度が下がったところで、温くなったココアを口にした。ほっと一息吐いて
片手を下に置いた時、ふと、視界の端で何かが動くのが見えた。

なんだろうと思って目を向けたら、素早くブライアンが手を引っ込めていった。

「どうかされました？」

「うっ。あの、その、もし君が良ければ、……手を……だな」

少し頬に熱を残した彼が、ごにょごにょと言ってくる。

その時、後ろにあった教会の裏口が、バタンッと荒々しく開いた。ビクッと肩をはねてオリビアが振り返ると、そこから男性聖職者が慌てて飛び出してきた。

「ブライアン様っ、休憩中のところ申し訳ございません。急ぎ知らせたいことが」

「構わない。一体なんだ？」

咳払いをして態度を改めた彼に、男性聖職者はこう続けた。

「つい先程、バウンゼン伯爵家から知らせがあったのですが、これは緊急を要することであると使いの者が渡してきました。手紙には『少々都合が付かなかったせいで厄介なことに』『恐

らく到着も早まる可能性があるのでご用心ください、対応お願いします』、と」

「用心？　衣装の支度担当と、新郎新婦側が簡単な確認の打ち合わせをするだけだろ？」

ブライアンが、疑問だと言わんばかりに眉を寄せる。珍しく早口になって報告していた男性聖職者が「いえ、あの、違うんです」と言った。

「実は、当初の予定ではそうでした。しかし花嫁様と、刺繍店の女性店主様で確認することができなくなってしまったため、急きょ、双方が『代理人』を寄越す形になったとのことです」

「は……？　代理人？」

そうブライアンが訝(いぶか)った直後、教会の表側辺りから大きな音が上がった。

不穏な空気の振動が、余韻を残してこちらにまで伝わってきた。それを聞いた途端、ブライアンがカップを置いて立ち上がり、男性聖職者と一緒になって走り出した。

「あっ、私も……！」

少し遅れて、オリビアは慌てて二人を追った。あっという間に引き離されてしまい、彼らが見えなくなってしまった教会内部を一生懸命走り表側へ向かった。

正面扉から表へ出てみると、そこには立派な馬車が二台停(と)まっていた。

だが、その馬車の手前には、何故(なぜ)か案内標識が二本突き刺さっていた。その現実離れの光景が目に飛び込んできた途端、オリビアは思わず足を止めた。

御者と馬達が、大変怯えきった様子で震えている。通りの人々も一緒になって怖々と注目している視線の先には、仁王立ちで睨み合っている二人の男の姿があった。

　一人は軍服のコートを肩からかけた大男で、もう一方は騎士だった。どちらも軍人で、野獣と紳士、といった対象的な雰囲気の美男子である。

「なんでテメェがいんだよ。引っ込んでろ兎野郎」

　まるで牽制するかのように、大男が威嚇して喉を鳴らすような低い声を発した。

　すると相手の大人な騎士が、黒髪をさらりと揺らして袖口を整え直しながら淡々と答えた。

「私もエミリアの頼みでなければ『代理人』として、ここにいない」

　騎士の方は、涼しげな表情でいるものの、両者の間には険悪そうな空気が流れている。

　ざわめく人々が、不安そうに囁く声がオリビアの耳に聞こえてきた。

「おいおい、狼隊長と黒兎伯爵が睨み合ってるぞ」

「どっちも馬鹿力系獣人だし、治安部隊か王都警備部隊を呼んだ方がいいんじゃないか……？」

　よくよく見てみれば、確かに二人の軍人は獣人族の特徴である獣目をしている。

　ふと、双方から代理人が寄越される、という先程の話をオリビアは思い出した。刺繍店というキーワードからすると、恐らくは来月に入っている結婚式の件なのだろう。

　すると騎士の方が、こう言葉を続けた。

「私としては、君が来ていることの方が想定外だ」

「それは俺の台詞だ。他の連中もいねぇ、一旦テメェはここで負かす」

「君を負かすのは私だ、狼侯爵のところの坊や」

互いが構え合うよう殺気立ち、不穏な空気が一気に増した。通りの人々が警戒して後ずさりを始めた中、ブライアンが「おいコラ」と声を上げて前に進み出た。

「こんなところで喧嘩すんなよ、テメェらぶっ飛ばすぞ。迷惑だ」

神父衣装を揺らして歩み寄った彼は、こめかみに青筋を浮かべている。

睨み合っていた男達の目が、ブライアンへ向いた。その姿を認めた騎士の方が、何故か至極真面目な顔をして一つ頷いたかと思うと、手を差し向けて提案した。

「強いのであれば、手合わせしたい」

「おい。ここで兎のマウンティング行動を出して俺の好感度を下げたら、ただじゃおかねぇからな」

ブライアンが手を動かし、仕草で『おとといきやがれ』と伝える。そんな騎士の声を聞いた大男は、一気に戦意をなくしたように額を押さえていた。

神父衣装の後ろ姿を見守っていたオリビアは、騒ぎを収めた彼の勇敢さを尊敬した。

男性聖職者が、そこで小さく手を上げて彼へ声をかけた。

「えぇと、ブライアン様。ひとまず次の祈りの時間もありますし、遅れが出ないよう先に打ち合わせを済ませましょう」

どうぞ、と彼は三人を教会内へ促すと、さりけなくオリビアを男達から引き離してシスター達の手伝いに向かわせた。

◆

ウィルベント公爵家は、本日も屋敷の主人——ザガスは何かと慌ただしい。

朝も明けぬ時間から、書斎室に閉じこもって公爵としての仕事。いつも通りオリビアと朝食時間を過ごした後、執事長のジェイミーに「お時間です」と終了を告げられるなり、出されたばかりの食後の紅茶をぐいーっと飲みほして、軍服へ着替えるべく猛ダッシュした。

オリビアは、ぽかんとして彼を見送ってしまった。

「今日は、また一段とお忙しそうね……」

「お嬢様はお気になさらず、どうぞごゆっくり」

そうジェイミーに言われ、いつも通り紅茶をゆっくり飲んだ。

その後、オリビアも普段通り出掛ける支度へと入った。教会でのお手伝いが始まってからは、二人の出発時間はほぼ同じになっていた。

「ここ連日ちょっとバタついていて、すまないな」

軍服のジャケットに袖を通したザガスが、階段から駆け下りながら言った。ボタンを留め、

袖口も慣れたように締めつつ玄関フロアへ向かってくる。

仕事の多忙さを感じさせない爽やかな笑顔だ。見送りがてら先に来ていたオリビアは、長い薄紫の銀髪を揺らして姿勢を整えると、微笑みを浮かべた。

「いえ、ザガスさん。私は大丈夫です」

彼はどんなに忙しくとも、決まった時間には帰ってきて一緒の時間を過ごした。自宅にいる時はオフモードで、まるで本当の家族みたいにオリビアと過ごしてくれている。

多忙だとか疲れたとか、愚痴をこぼすこともない。

そんな普段の彼の姿勢からも、心遣いと優しさを日々感じさせられていた。

その時、「外は肌寒いですから」とメイドに声をかけられた。もう一枚上から羽織るものを手渡されて、オリビアは感謝を伝えて有り難く受け取った。

「今日の夕飯、ルドアーノ地方の名産料理を予定してあるんだ」

「この前、お話しされていた?」

メイドに手伝われて上着を整えたオリビアは、近くまで来たザガスをきょとんとして見上げる。

「うん。オリビアちゃん、興味持ってたろ? デカい鶏肉を丸々使った料理だ、きっと驚くから楽しみにしていてくれ。帰ってきたら一緒に食べよう」

そばから別のメイドに軍服のマントを着けさせる中、ザガスが襟口に指を入れて整えながらニカッと笑う。

こんなにも優しい男性なのに、結婚もしていないというのが本当に不思議だ。彼となら、どんな女性も幸せになれるだろうにと思いながら、オリビアは「はい」と答えた。

「ああ、そういえば昨日の疲れは取れました？」

「え」

ふと、思い出して尋ねてみたら、何故か彼がギクリとして固まってしまった。

「昨日、お帰りになった際、マントもよれよれになっていらっしゃったので。何かあったのかしらと、少し心配に思っていたんです」

「いや、うん、その、大丈夫。なんでもないんだ」

ザガスが、しどろもどろに言って視線を泳がせた。

大丈夫という顔には見えなくて、オリビアは心配した顔で見つめていた。その優しげな眼差しを受けた彼が、逡巡したのち、余計な心配をさせてしまわないよう口を開いた。

「部隊の仕事現場に、結婚予定の部隊員の親が突撃してきたりで、仕事とプライベートの騒ぎが一日の後半にいっぺんに来た日だった」

「まぁ……、それは大変でしたね」

オリビアは、公爵と軍人隊長を両立している彼を思った。

準備で動いていた使用人達が、一旦礼を取って離れる。そこでザガスが、調子を変えるようにして大人びた笑顔を彼女へ向けた。

「でも良かったよ。最近は、一段と明るくなった」

親と子ほど歳が離れている立場から、そう不意打ちのように直球で指摘されたオリビアは、くすぐったいような恥じらいがあってほんのり頬を染めた。

それは、実は最近、自分でも感じ始めている変化だった。

少しずつ自然に笑えるようになっていて、当たり前のように毎日を感謝の気持ちで過ごしている。こんなこと、自国にいた時はなかったものだった。

「はい。あの、ごめ……ありがとうございます、私も毎日が楽しいです」

癖のように口から出そうになった『ごめんなさい』に気付いて、オリビアは今の気持ちのままに感謝を述べ、恥ずかしいながらもポツリと本心も伝えた。

ザガスが、満足そうに笑った。

「うん。やっぱり良い方向に変わっているな。俺は安心だよ。…………ただ、まぁ、もしかしたらオリビアちゃんの相手もまた、獣人ということ……」

「え？　なんて言ったんですか？」

ぼそっと呟かれた言葉が聞き取れなくて、オリビアは訊き返した。ハッと口をつぐんだ彼が「いや、なんでもない」と慌てて話を終わらせた。

その直後、前触れもなく外から玄関扉がバコーンッと開かれた。

覚えのある強制突破時の勢いある開閉だった。そこから入ってきたのは、案の定、先日見掛けていた老執事セバスで、オリビアは「あら?」と目を向ける。

「ザガス様、お迎えにあがりました」

「…………俺、んなの頼んでないし、そもそもお前はあっちの伯爵家の執事だろ」

向かってきた彼に、ザガスは顔を引き攣らせている。

すると、近くに控えていた公爵家の執事長であるジェイミーが、そんな主人の後ろから「すみません」と小さな声で謝った。

「俺、睨まれたら逆らえなくって」

「……うん、そこで溜息を吐くのはやめよう。圧倒的なキャリアの差で圧力を受けているんだろうなとは察してる。お前は、よく頑張ってるよ」

最後は労ったザガスが、「道理で、あの泣き虫伯爵がやっていけるわけだよなぁ」と溜息交じりにもらした。

ザガスがセバスと出たのを見送った後、オリビアもガルディアン教会へ向かった。

辿り着いてみると、教会の正面扉は大きく開かれていて、既に人の出入りがあった。彼女は不思議に思いながら中へ入ると、まずはすっかり仲良くなっていた聖職者達へいつものように挨拶をしていった。

「おはようございます」

「おはよう、オリビアさん」

声をかけたら、今日も温かい挨拶が返ってきた。奥の廊下へと進んで、出入りしている一般の方々に声が聞こえない位置まで来たところで、擦れ違うシスターに尋ねた。

「なんだか忙しそうですね。もう人が沢山いらっしゃっていて驚きました」

「今日は、各教会が一般公開される礼拝日なのですよ」

「一般公開?」

きょとんとしたら、その一回り年上のシスターが、柔らかく微笑んだ。

「実は、教会をあげて孤児院等への寄金を募る行事なのです。本日分の募金は、全て贈られることになっています。普段教会に馴染みのない方もどうぞ、とお声がけをしていて、通りがてら立ち寄ってくださる方々も多くいらっしゃるのです」

「ああ、そうだったんですね。もし私にも手伝えることがあれば、どんどん協力させてください。お掃除も、お忙しい皆様の分までせいいっぱい頑張りますから」

「ありがとうございます。それでは、私は礼拝者様の対応へ戻りますわ」

短い立ち話を終えたシスターが、にこっと笑って急ぎ足で礼拝堂側へと戻って行った。それを見たオリビアは、更衣室で手早く仕事服に着替えて彼女達に合流した。

しばらくは、出入りする人達の対応に追われた。

子供はほとんどおらず、来る者は大半が落ち着いた年頃の大人達だ。近くに寄ったついでにと、観光がてら王都の教会を見に来ている者もいるようだった。

「こういう日でもないと、教会なんてなかなか立ち寄らないからねぇ」

「子供の頃、忙しい両親に預けられていたのを思い出したよ」

来訪の理由はそれぞれだ。この国は色々な信仰や宗教が認められていて、神を信じるだとか立場も関係なく、彼らにとっては暮らしの中の一つなのだと感じさせられた。

オリビアは、そこに改めてエザレアド大国との大きな違いを覚えた。信仰の篤さに関係なく、誰もが祈りたい時に好きに教会へ入れる、イリヤス王国。

――そんな素敵なこの国と、この平和な空気が好きだと思った。

やがて、ようやく人の流れが少し落ち着き出した。ざっと話し合って、引き続き礼拝者の対応にあたる者と、一般業務にあたる者とで作業分担することになった。

オリビアは、一部のシスターと数人の男性聖職者と共に、清掃へと回った。出入りする人達の邪魔にならないよう、水は使わないことを決めて廊下、椅子、柱部分の装飾の埃払い、窓の掃除を行っていくことになった。

その中で、オリビアは廊下の窓を担当した。これまで自国で「お前には何も出来ない」と言われ続けていたのに、窓の清掃も随分慣れて台を使うのもお手のものだ。

この国へ来てから、一つずつ出来ることが増えている達成感と充実感を覚えていた。こうして役に立てているのが嬉しい。疲労も、汗を流すのもちっとも苦にはならなかった。

高い位置にある窓枠の角まで、タオルで丁寧に拭いていく。すっかり慣れたと気を抜いたのが悪かったのか、不意に、つま先立ちをしていた足元がぐらりとした。

「あっ」

支えが一気に不安定になるのを感じて、背筋が冷えた。このままでは、後ろに転倒してしまう――そう思った時、聞き慣れた声と共に肩の後ろを支えられた。

「おっと。危ないぞ」

声だけで誰か分かった。ドキリとして肩越しに見てみると、そこには神父服に身を包んだブライアンがいた。

今日も、アッシュグレーの髪をしっかり後ろへ撫で付けて決まっている。それは物怖じしない堂々とした雰囲気を強めていて、彼の男性らしい逞しさを、より魅力的に引き立てているかのようだった。

優しさと強さを兼ね備えている彼の獣目が、真っすぐ自分を見据えてくる。まるで引力のように強く惹き付けて、その凛々しい翡翠色の瞳に吸いこまれそうになった。

「あ、ありがとうございます」

なんだかくらくらしてしまって、オリビアは遅れて言葉を返した。

最近、彼が魅力的な男性であることを、妙に意識してしまうことがあった。荒くも思える強さや、誠実で優しいところが不意打ちのように胸に突き刺さったりする。

そのどれもが、とても素敵に思えてドキドキしてしまうのだ。これまで異性とは無縁で、そういった男性を他に知らないせいかしら……？

「俺も一緒にやっていいかな」

ブライアンが、予備の掃除用タオルを拾い上げてそう訊いてきた。

「え？　でもお忙しいでしょうし、ようやくの休憩なら無理にされなくても」

「全然無理はしていないっ、俺は君と一緒にやりたくて――あっ、じゃなくてその、えぇと、時間があるから是非手伝わせてくれッ」

彼が隣の窓に向かい、火照った顔の熱を冷ますように手早く窓を拭き始めた。その手を止めるのも申し訳なくて、オリビアは彼と一緒に作業にあたることにした。

二人で始めてみると、もう少しかかるだろうと思っていた廊下沿いの窓拭きも、あっという間に終わった。彼が高いところを率先して行い、効率的に進められたおかげだった。

一緒に用具を片付けた後、職員通路側の廊下の水場で手を洗った。

「あの、さ。オリビア」

手をタオルで拭い終わったタイミングで、ふと隣から声をかけられた。目を向けてみると、ブライアンがタオルに手を押し付けながら、ごにょごにょと切り出してきた。

「時間も余ったし、その、もしよかったら、買い出しついでに少し俺と散歩し――」

その時、向こうから上がった騒がしさが耳に入ってきた。

「何かあったのかしら……？」

オリビアは、心配になって廊下の先にある礼拝堂へと目を向けた。耳を済ませてみれば、騒がしさの発生元は正面扉側のように感じた。

その隣で、ブライアンがピタリと手を止めて、周りの空気を五度下げた。

「…………今度の邪魔は、一体誰だ……」

そう低く呟かれる声は、そちらへ向かい出していたオリビアには聞こえていなかった。

正面入口が近付いてくると、出入りしている人々がチラチラとある方向を見ているのが分かった。そこにはシスター達に囲まれている、小さな子供の頭が覗いていて――。

「あっ、いた！」

そこにいた子供が、オリビアに気付いた途端、そう叫んで大人達を押しのけた。パタパタと走ってきたかと思ったら、彼女の正面に立って仁王立ちする。

「お前が、兄ちゃんの言ってた『新しいシスターさん』だな！」

腹の高さから、ビシッと指を突き付けて喧嘩腰に言う。

それは十一、二歳くらいの獣人族の少年だった。美しい翡翠色の獣目と、アッシュグレーの髪――それはオリビアのよく知っている人とは違って、癖毛である。

「おい、聞いてんのか？　お前がッ、新入りのシスターかって尋ねてるんだけど！」

「えっ、あの、はい」

オリビアは、その頭部に釘付けになって少し返答が遅れた。ムキになって確認した彼が「もうっ」と、子供っぽく可愛らしい怒り方をした。

「反応が鈍いぜ！　バッチリ決めた俺の第一声が、恥ずかしい感じになるじゃん！」

「えっ？　あ、その、ごめんなさい……？」

戸惑いがちに謝ったら、彼が名探偵っぽいポーズで指を突き付けてきた。

「いいか！　俺は三番目の兄ちゃん、ブライアンの弟、ベネット・ジョセフバーナードだ！」

そう正体を明かされ、オリビアはアメジスト色の目を少し見開いた。目や髪の色が同じだったから、もしやとは思っていたがやはり弟であったらしい。

大人であるブライアンを、幼くして小さくしたような印象があった。そのせいで可愛いとしか感じなくて、先程から強い言い方もまるで効果がなかった。

これが、熊さんのお耳……？

オリビアは引き続き、ポカンとして彼の頭を見つめてしまっていた。そこには、髪の色と同じふわふわな『熊の耳』があった。それは丸みがあって、彼の小さな癖っ毛頭に程良い大きさだった。

その小熊の耳は、ふわっふわでモコモコとしていて大変愛らしかった。彼の感情に合わせてなのか、表情の変化や発言のたび、ピコピコと動いたりする。

好みどんぴしゃなもふもふの獣耳だった。

何か言わなくちゃと思うのに、自分の胸よりも低い位置にある獣耳の動きで、ちっとも話に集中出来ない。こんなに近くで見られて、強い感動が込み上げていた。

するとベネットが、キッと睨み付けてきた。彼の獣耳がぴくんっと見事に立って、オリビアもつられてピクッと反応した。

「兄ちゃんの一番は俺なんだぜ！」

ポーズを変えて、彼がビシッと決めてそう主張した。

可愛らしい子供っぽい仕草だ。その途端、オリビアは我慢出来なくなって口元を手で押さえてしまった。獣耳がすごく可愛い、ブライアンさんと違った子供っぽさと態度も全部、なんっっって可愛いの！

感極まってしまって、オリビアの目が儚げな印象で潤む。それを見たベネットが、ちょっと心配した様子で獣耳をもふっと少し下げた。

「シスターの姉ちゃん、俺、あの、別に泣かせようと思って怒鳴ったわけじゃないんだぜ。その、兄ちゃんの一番は、俺なんだって言いたかっただけで――」

「お耳がっ、一段と可愛い感じに……っ！」

「はぁ？　耳？」

「ああっ、首を傾げた時の感じも可愛い！　あなたの獣耳、とっても可愛いわ！」

オリビアは想いが爆発して、普段にない積極的な様子でぐいぐい迫った。覗き込まれたベネットが、予想外の反応だ、と呟いて口角を引き攣らせる。

「ブライアンさんの、すぐ下の弟さんなのね。初めまして、私はオリビアよ。ベネット君って呼んでもいいかしら？」

「おかしいな。姉ちゃんってすごく内気みたいだ、って兄ちゃんから聞いてたんだけど……。あの、ひとまず落ち着──」

「お兄さんが、あなたを一番とするのも分かるわ。もう全部可愛いんですもの！」

ベネットが「へ？」と口を開けて、オリビアを見つめ返した。

「俺が、一番……？　姉ちゃんは、そう思うの？」

「だって、あなたが『一番の弟さん』なんでしょう？」

先程、きちんと聞いていたオリビアは笑顔で確認する。

ベネットが、ちょっと照れ臭そうに目を落とした。

「そ、そうかな？　へへ、姉ちゃんには、俺が兄ちゃんの一番に見えるのか」

すぐそこまで来ていた兄の存在にも気付かないまま、悪くなさそうな口ぶりで言うと、照れ隠しのつもりで足元を蹴る仕草をした。

「あのさ、言っておくけど、べ、別に俺は可愛くないいんだぞ。ちょっと目もきついし」

「そんなことないわ、目だってすごく可愛い。きっとお兄さんにとっても、自慢の可愛い弟ね」

覗き込み微笑むオリビアの肩に、薄紫がかった銀髪がさらりとかかった。

近くから見つめられたベネットが、ふにゃりと笑って「兄ちゃんの自慢の可愛い弟かぁ」と全開で照れた。何をしに来たのか、「あの、さ」ともじもじ切り出す。

「男は可愛いより、格好いいって言われたいもんなんだぜ。でもまぁ、姉ちゃんなら俺の兄ちゃんの、二番目くらいだったら認めてやってもいいぜ」

彼は恥ずかしがりつつも、「んっ」と手を差し出してきた。

どうやら仲良くしてくれるみたいだ。オリビアは嬉しくなって、幼いその手をぎゅっと握り返した。けれど彼は、あまり力を入れてこないまま指先だけを曲げてくる。

「あら？　もっとぎゅっとしていいのよ？」

「姉ちゃんって人族だろ？　俺の一族って、かなり力が強いんだぜ。俺、まだ特訓が足りないから、兄ちゃん達みたいに加減がそんなに出来ねぇの」

彼が照れ隠しで、ぷいっと顔をそらして唇を尖(とが)らせる。

オリビアは、そこにブライアンと同じ優しさを見て、ふふっと笑って「優しいのね」と口にした。

そんな二人の様子を、礼拝堂と通路の陰からブライアンが見つめていた。神父服の装飾の一つである羽織り帯を噛んで、ギリギリと引っ張っている。

「くっ、あいつ簡単にオリビアの手を……!」

クソ羨ましい。

一番下の幼い弟に本気で悔しがり、ギリィッと凶悪な表情になっている二十九歳の彼を、遅れて駆け付けた男性の聖職者達が、なんとも言えない表情で見守っていた。

三章　恋する神父の苦悩

数日前、自分を一番慕っている弟のベネットが教会に突撃してきた。慌てて彼を捜しに来た付き人に預けて学校に送らせたものの、後で「兄ちゃん兄ちゃん！」、とめっちゃ質問攻めにされた。

おかげで『買い出しを理由に彼女と散歩する』という計画は失敗した。それからもタイミングを逃し続け、再度切り出せず数日が過ぎてしまった。

——うまくいかない。

ジョセフバーナード伯爵家の三男、ブライアンは今日までを回想して思う。

出会った際、名前も分からない彼女が去っていこうとするのを見て焦った。このまま去られてしまったら再会の機会などないだろうと、咄嗟に引き留めたのだ。

一目惚れだった。出会ったばかりなのに「噛ませてくれ」と求愛するなんて、初心なブライアンは出来ず。ましてや愛の告白の言葉を口にするなど、更に出来るはずもなく……。

そもそも、もし「知りもしない仲だから」と断られてしまったら、自分は死ぬ。

それくらい彼女に惚れてしまっていた。ならば、まずは自分を知ってもらおう。どうにか交流を持てるきっかけが欲しくて、ちょうど多忙になっていた教会仕事の手伝いをお願いした。

そうしたら、快く引き受けてもらえたのである！

だが、あれから結構日が過ぎた。少しでも彼女との距離を縮めようと頑張ってはいるものの、まだオリビアとの関係は「お手伝いさん」と「神父様」のままだ。

恋なんて初めてだし、本人を前にすると、好きすぎて思いばかりが先走り、途端に何をどうしたらいいのか分からなくなる。結婚を前提にお付き合いしませんか！　と仮婚約を申し込みたいのだが、恋愛偏差値０からのスタートでハードルは超難易度だ。

ブライアンは、鋭い目をテーブルに向けて真剣に考えた。

彼が今いるのは、豪華な調度品の並ぶ広々とした部屋の二階テラスだ。さすがはこの国の王城とあって、そこからは美しい王都の町並みが見えた。

まだ町も開店準備が始まったばかりの朝の時間だ。空には澄んだ青い空が広がっていて、目覚め始めた鳥達が、心地よさそうに飛んで旋回していく光景もあった。

室内で使用人達が朝の仕事を始めている中、部屋の若い主人が、ブライアンと同じテラス席で朝の紅茶休憩を過ごしている。そばには彼のための護衛騎士が二人立っていた。

そばで続く、そんな優雅な紅茶タイムなぞ関係なく、ブライアンは至極真面目な表情だ。

「…………シスター服、想像以上だったな」

オリビアに仕事の服はと尋ねられた時、その衣装を着た姿を想像して、寸でのところで理性が飛びそうになった。きっと似合うだろうな、よりも前に頭を過ったのは、自分がよく知っている服だからこそ脱がせやすい、というやつで……。

正直、自分でも「思春期のオスガキかよ」と思った。これまで女性をそんな目で見たことはないし、サイテーだと思ったものの、大人のオスとしてはそれを真剣に考えてもいた。

男だから仕方がない、知られず想像するくらいなら大丈夫。

でも実際にシスター服を着てみたオリビアは、想像以上だった。衣装が余計にゆるく見える線の細さも、個人的に「小さくて可愛い」とキュンッと突き刺さったのだが、全体的に華奢なのに対して、胸がふっくらと形のいい双丘を作るほど立派だったのが意外で。

ゆとりのある衣装だと、上から見た時、膨らみ具合がよく分かったりする。

しつこいようだが、ブライアンはこれまで女性をそんな風に見たことはない。けれど服越しにも見て取れる彼女の胸の柔らかさを想像して、鼻血が出そうになった。

獣人族が恋に落ちると、求愛したくて大変なのだと周りからよく聞いた。それを以前まで鼻で笑ってきた側だが、ようやく我が身の番となってブライアンも実感している。

もう噛みたくてたまらない。

年齢の問題なのか、それとも個人差か。ブライアンの身体は耐え難く彼女を求め、飢えで喉が渇くように歯は疼いて、日増しその想いや焦がれは増すばかりだ。

彼女の『匂い』を感じるたび、理性より本能が勝って身体が先に動くこともしばしあった。

顔を見たい、声を聞きたい……気付くと、そばまで駆け付けていたこともある。

オリビアが初めて教会に来てくれた日も、同じことをしでかした。後になって教えられたのだが、すっかり事情を知られている男性聖職者達に「勘弁してください」「俺らも応援はしますけど、直すの大変なんですよ……」とチラリと泣かれてしまったのだ。

噛みたいのもあるが、オスとしては、無性に触りたくてたまらないのも問題だ。

オリビアは、もう反応まで全部可愛らしい。どうしてか一歩引いて遠慮する彼女を、自分の全部で笑顔にして、世界で一番だよ、と超甘やかしたくてたまらない。

だというのに、まだ手を握ることすら出来ていない。先日、ようやくデートの散歩に誘おうと勇気を振り絞れたチャンスは、弟のベネットに邪魔されてしまったし。

「…………」

まぁ、結果的に、弟を味方に付けられて良かったとは思っている。

これまで弟のベネットは、どうしてかブライアンの知り合いに対して、「気に食わない！」「兄ちゃんに近付くなッ」と威嚇したりするところもあった。

それなのに今回は、両親や長男達に褒められた時のようなテンションの高さだった。「綺麗な姉ちゃんだねッ」「兄ちゃんと並ぶと絵になるよ！」と、よく分からんくらいに騒いでいた。

つまり結婚してもいい、というやつだろう。

今、それしか考えていないブライアンは、そう結論付けて彼の一件を許していた。家族の中で交際云々に煩く言いそうなのは、ベネットくらいだったからだ。

次こそ、自分も、今よりもう少し彼女と仲良くなりたい。

ブライアンは気持ちが入り、凶悪な野獣のような睨み顔になった。

その時、だいぶ長い沈黙を、そばから見ていたこの部屋の主――二十歳の第二王子クラウスが、もう耐えきれんといった表情でゴクリと唾を呑んだ。

「お前、今日はいつになく人を殺しそうな目をしているな……」

そんな目をした覚えはない。

ブライアンは、そう思って約十歳下の彼へ顰め面を向けた。すると第二王子の護衛騎士二人が、すぐ付き合いの長さを語るような気軽さでこう言ってきた。

「あ。もしかして例の子ですか？」

「ブライアン様が見初めた方、でしたよね」

「なんだ、町で一目惚れしたとかいう、外から来た娘のことを考えていたのか？　ったく、お前の顔は相変わらず分かりづらいわ」

そう言いながら、クラウスがティーカップをテーブルに戻した。かなり不思議そうに顎に手をやると、しげしげとブライアンを見やる。

「それにしても、仕事一筋の不良神父のお前が、恋なんて想像も付かんぞ。お前の話からすると、最近王都に来た娘のようだが――そんなに可愛いのか？」

「可愛いのは当たり前だ」

ブライアンは、間髪容れずに答えた。

なんだか会話のキャッチボールが出来ていない。そう感じたクラウスが、「は」と呆けた声を上げ、自分の護衛騎士達と揃って彼を注視する。

「どれくらい可愛いか知りたいか、クラウス」

「いや、その前置きを聞いて知りたくなくなった。だから喋るなブライア――」

「分かった、手短に語ってやろう。いいか、彼女は俺の運命の女神で天使だ。どの表情や台詞もたまらないくらい可愛い。毎日、目の前でガン見し続けていたい」

そうブライアンは、至極真剣に言い切った。

わざわざ手で制止したのに、聞き届けてもらえなかったクラウスが、「天使……」と引き攣り気味に呟いた。護衛騎士達と一緒になって、こいつ、あぶねーな、という目をしていた。

ずっと愛で続けていたい。

温もりをずっと感じ、あの肌に触れ、噛み付いてしまいたい。

ブライアンは、そんな初めての衝動にずっと悩まされ続けていた。彼女の『匂い』を察知するたび、彼の獣歯はより強く疼いて込み上げる熱を抑えるのに一苦労だった。

とはいえ、脳裏に掠めるそのいかがわしい想像には、冷静になるたび悶絶もしていた。恋に初心な二十九歳、「女性の白い肌に口を付けるだなんてッ」と頭の中は騒がしい。

その時、ブライアンは唐突にハッとして立ち上がった。

強面だけでなく、身長の高さもあって立たれると威圧感がある。ガタンっと椅子を蹴る勢いで立った彼に、クラウス達が反射的にビクッとした。

「なんだ、いきなり立ち上がるな馬鹿者め。デカい獣が立ったみたいで、警戒心がマックスになるぞ」

クラウスは、失礼なことをさらっと言ってのけた。

だがブライアンは、そんな指摘に対して視線も返さなかった。翡翠色の獣目を見開いたまま、思い返すようにテーブルのあたりを凝視している。

「……そうだ、そうだった！　今日は、初めて彼女と外で過ごせる日！」

「はぁ？　突然なんだ？」

しかし、またしてもクラウスの言葉も聞かず、ブライアンが突然動き出した。足元も見ず突進すると、ドカンッと頑丈なテラスの塀を破壊して外に飛び出していった。

「…………ここ、二階なのですが」

しばし沈黙した後、呆気に取られていた護衛騎士の一人が呟いた。

クラウスが、溜息をこぼして前髪をかき上げる。

「今更だ、諦めろ。獣人族は皆ああいうものだ。父上の右腕の、あの総督の蛇公爵らがいい例だろう。この前も、ディーイーグル伯爵とドSの投合で城の一部が吹き飛んだばかりだ」

「確かにそうでした」

「庭園パーティーだったはずなのに、途中からドSショーを見ているようでしたね」

「俺としては、ブライアンが女神だの天使だの騒ぎ出したタイミングの方が少し気になる。確か、今やっている件が始まったのが、その二週間くらい前からだろう」

彼に確認の目を向けられ、二人の護衛騎士が思い返す。

「報告が正しければ、恐らくはそれくらいでしょうね」

「二週間ほどの違いなんて、僅かだと思わんか？」

「はぁ。俺には結構、大きな違いだと思うんですけどねぇ……そもそも殿下とブライアン様が動くことになった、密入国関連の通報があったのは、それより少し前ですよ」

結局のところ、依頼主らしき者の存在が辿れなかった一件だ。先程のブライアンからの『報告』で、王都に入っている面々についてはようやく数が把握出来たところだった。

「動向については、彼が引き続きチェックしてくださるそうです」

「奴らを張っていても、重要なことは漏れてこない気もするんだがな。馬鹿そうな寄せ集めだ、裏で糸を引いてそうな大物がいそうなんだよなぁ」

クラウスは、思案顔で椅子の肘あてに頬杖をつく。

「どうしてそうお思いに？」

「馬鹿のような集団なのに、やけに慎重だ。まるで何かを待って、動きを計っているような感じもする。動きを隠せてもいないのに、これまで何度か用意してやった『誘い』にも乗ってこなかった」

「あ。もしや、あの会の警備が薄かったのも、わざとだったんですか？」

「ひゅー、さすがですね殿下」

もう一人の護衛騎士も、棒読みで褒めたたえた。

「ご自分の兄上君のことだというのに、全く冒険をしでかしますねぇ」

「本人の許可はもらっている。この件に関しては、父上からも俺が直々に任されているからな。あの父上が、あっさり『やっておいてくれんか？』と俺に振ったのも気になっている」

「陛下が他に、何か気にかけていることがおありなのでは、と殿下はお考えに？」

護衛騎士からの問いかけに、クラウスはすぐ答えなかった。

そういえば、父である国王からその話が出たのは、ウィルベント公爵の帰還の知らせがあった後のタイミングだったような――。

「………珍しい薄紫色の銀髪、ねぇ……」

ブライアンが見初めたという、ここから随分遠い地から来たらしい少女。

思い返せば、あちらの動きも最近は落ち着いている。慎重であると考えれば違和感はないが、こそこそとした行動は、教会からさほど遠くない距離でされている気もした。

「――偶然かもしれないが、ここは一つ、俺の直感に懸けてみようか」

よしと決め、クラウスは次の行動について指示した。第二王子の忠実なる騎士達は、少し疑問の表情をしたものの「分かりました、そのように」と答えて動き出したのだった。

◆

今日は、ガルディアン教会も協力する子供達のイベントがあった。

それは母性愛が強いとされている獣人貴婦人達の会、それから各貴族達の寄付によって春と秋に行われているものだ。王都の企業らが開催主として、企画から運営までを全面的に支援して動いてくれるのだという。

そのためオリビアは、本日、他のシスターや聖職者達と一緒になって、普段より早い時間から教会へ入った。

「子供達のための、小さなお祭りみたいなものかな。遊び場が作られて、読み聞かせや演劇がされたり、子供を楽しませるプロが集まる」

「それはすごいですね。私達も、他に何か運営様のお手伝いをしたりするのですか?」

「僕らは、子供達の面倒をみるのがメインだ。緊張しなくても大丈夫だからね」

皆で出掛ける支度を進めながら、親切な男性聖職者がそう教えてくれた。

教会からは、近くのお店から寄せられた手作りの飾りや、寄付された商品なども持っていく予定だった。イベント内で出店される景品や、お菓子の中にも援助品が沢山あるという。

「今日は、まだブライアンさんは来ていないんですね」

馬車に菓子箱を載せたところで、オリビアはふと尋ねた。

朝は一番に来ているイメージがあったので、まだ姿が見えないのも珍しい。誰も何も言わないでいるから、何か先にすることがあって遅れているのだろうとは推測していた。

そんなオリビアの横で、男性聖職者が思い返すような目をよそへ向けた。

「──朝一の『報告』でもしているんでしょうねぇ」

やっぱりお仕事なのかしら？

手伝いに入って日も浅いオリビアは、呟いた声が聞こえて彼を見つめた。視線に気付いた彼が、取り繕うように愛想のある柔らかな笑顔を浮かべる。

「彼は、この教会で唯一人の神父様ですからね。僕らには出来ないこともあってお忙しいお方です。まぁ、朝の用もすぐに終えて、飛んで戻ってくるでしょう」

彼が言った通り、それから少しもしないうちにブライアンが教会に来た。どこからか走ってきたのか、アッシュグレーの髪のセットがやや崩れてしまっていた。

「すまない、俺も準備を手伝おう」

気合を入れ直すかのように、彼が髪をぐいーっと両手で後ろに撫で付ける。よりキリリとしたように感じるその横顔を、オリビアは少しぼーっとなって見つめてしまった。

馬車への荷物の運び込みも仕上げにかかった。ブライアンが加わって間もなく、無事、協力にあたってくれている馬車の会社の人達が出発していった。

鍵をかけないことになっていた教会の正面扉には、二枚の丁寧な貼り紙がされた。

――『祈りの方、どうぞご自由にお入りください』

――『急ぎの用がある方は、イベント会場の公園まで』

出掛けてしまうというのに、施錠をしなくとも大丈夫なのだという。これまで問題があったことはなく、普段から王都警備部隊や治安部隊の巡回もあるから平気だろう、と。

「そもそも本当に必要になった時、必要になった人が避難出来る可能性も考えて、こうして開けておく。町の人達は、それを知っている」

それは突然の雨だったり、どこかへ逃げ込まなければいけなくなった時だったり。

オリビアは、説明してくれたブライアンを不思議そうに見つめていた。だってエザレアド大国では、唯一の神に、助けを求めて教会へ入ることも許されていなくて。

この国の、そうしてこの王都は、誰もが誰もに優しい場所なのだと感じた。

そうしてオリビア達も、馬車に続いてその場をあとにした。


ガルディアン教会を出て、近くの公園へと歩いて向かった。

辿り着いたのは、散歩用の通路が設けられた見晴らしの良い小さな公園だった。

大通りから入ってすぐ、可愛らしく飾り付けられている入場口が目に付いた。色とりどりの小さなテントなども沢山張られて、賑わっている。

中に入れば、着ぐるみが歩いていた。道ではパフォーマーが楽しげに風船を作って、ピエロが玉乗りをしたりなど、多くの子供達を喜ばせて明るい笑い声に溢れていた。

このイベントでは、親と同伴で参加する子供は少ない。そのためボランティアで参加している大人達が、教会側を筆頭に団結して面倒をみることになっていた。

「ボランティアの『運営員』につきましては、首から許可証をさげています。協力団体に関してはすぐに見分けが付くよう制服、もしくは仕事着で参加してもらっています。どうぞよろしくお願いします」

今回のイベントで、各協賛企業からの代表として、現場の主催責任者となったフィップという男がそう説明した。

彼は、企業人らしいきちんとしたスーツに身を包んでいた。まとっている空気から年上なのは見て取れたが童顔で、優しい獣目は子供に好かれそうな雰囲気があった。

「彼、ディーイーグル社の幹部さんなのよ」

話を聞き終わって動き出したところで、シスターがこっそりオリビアに教えた。そばから男性ボランティア達が、力仕事方面で協力すべく別場所へ向かい出す。

「鳥系の種族の獣人族が集まっている会社なのだけれど、王都でトップの大企業なの」

「そんな偉い方々も、今回のボランティアとして現場に参加しているんですか？」

普通なら、資金提供くらいで自ら労働することはない。自国ではないことだから、つい驚いてしまったら、隣から別のシスターも口を挟んできた。

「ディーイーグル社は、営業力もすごいの。貴族主催のパーティーの企画から開催までやっているくらい仕事の幅が広くて、企業だけじゃなくて貴族からの信頼も厚いわ」

「詳しいんですね」

「王都では名前を知らない人はいない大企業よ。それにあのフィップさんって人、童顔で結構可愛い系のハンサムでしょ？　まだ独身らしくて、狙っている女性も多いのよ」

実は私も憧れてるの、と二十代後半のシスターがそう諦め口調で言った。偉そうにせず誰とでも気軽に話してくれて、一人で歩いてのんびり歌う、優しげな企業人紳士なのだという。

――しかし、そんな噂をされている中。

当の彼が、移動しながらこっそり悲しげな歌をこぼしていた。

「ウチの社長、エドワード・ディーイーグル社長は超ドＳ～……、ドＳな鷲なの～、このスケジュールで責任者に放り込むとかありえない～…………ぐすっ、ピーター早く出張から帰ってきて。多忙スケジュールで死にそう」

そんな自作の歌に、擦れ違ったニコラ・ヴィッジ社の男達が気付いた。彼らは察した様子で、フィップ紳士の肩をポンッと叩いた。

◆

シスター達と話し合った後、オリビアは子供達の様子を見つつ公園内を回った。

どこもかしこも、子供達を楽しませるお店や人で溢れていた。たくさんの風船や、紙の飾り、色とりどりの可愛らしい下町のお菓子……どれも初めて見る『祭り』の光景で、どれも物珍しく鮮やかに目に映った。

小さな公園内なので、迷子になってしまう子供は見掛けなかった。パンフレットを持って「これはどこにありますか？」と丁寧に尋ねてくる子は何人かいて、そのたびオリビアは、手を引いて一緒にその場所を探したりした。

男性ボランティアで仮設舞台が完成すると、子供達が楽しみに待っていた着ぐるみ体操が始まった。溢れ返っていた園内の動きも、少しばかり落ち着きを見せた。

一旦合流し、今度は男性聖職者側と、オリビアを含む女性陣のシスター側に分かれた。グループで公園内を巡回しながら、出店の大人達を労って飲み物を手渡していった。

それが一通り済んだ後、読み聞かせコーナーで落ち合った。

そこは仮設舞台の次に、子供達が多く集まっている場所だった。ブライアンを含む男性聖職者達が先に到着していて、子供達は大型絵本に見入っていた。

「僕らでざっと回った感じだと、今のところ舞台側と読み聞かせ場に集中していて、会場内の動きは全体的に鈍くなっている感じですね」

「一休憩には、いいタイミングかもしれませんわね。どうします、ブライアン神父?」

「シスター長の言う通りだろう。店の方も、企業側のボランティアが代わりに入って一時休憩を挟み出している。俺達も、今が足を休められるタイミングかもしれない」

ブライアンが、真面目な顔で判断を口にした。

しばらくは問題もなさそうなので、子供達が集まっている双方の場所の様子を見つつ、少し足を休めることになった。仮設舞台側については、男性聖職者達が進んで引き受けた。

「ついでに俺達で、運営テントの方に顔を出して状況を確認してきますよ。ブライアン様はずっと動いていらっしゃいましたから、一緒にここで足を休めていてください」

彼らが、まずは運営テントを目指して離れていった。見送ったシスター達が、休みがてら紙コップを持って、読み聞かせコーナーの子供達の間に腰を下ろした。

ブライアンは、水を飲んだ後も立ったまま読み聞かせの様子を眺めていた。

集中しているのか、移動もせずじっと見つめている。子供達だけでなく、協力してくれている大人達の一人ずつにも気を配っているようだった。

おかげでオリビアも、先程からずっと同じように立っていた。なんとなく彼をここに一人残していけなくて、その真面目な雰囲気を漂わせた横顔をこっそり見たりした。

その時、不意に後ろから声がした。

「やぁブライアン。今日も、実に神父らしいことをしているな」

振り返ってみると、そこには赤みがかった髪をした端整な顔立ちの青年がいた。上品な紳士風の衣装に身を包んでいて、どこか隙（すき）のない雰囲気をした二人の男を連れている。

それを見たブライアンが、珍しく動揺するような表情を浮かべた。

「な、なんでお前がココにいるんだ」

すると相手が、にっこりと見事な笑顔で手ぶりを交えて答える。

「何、たまたま近くを通ったものでな。お前が、最近言っていた新しいお手伝いのシスターとやらを、ちょっと見てみようかと思っただけだ」

話し方といい仕草といい、どこからも貴族としての品を滲（にじ）ませている青年だった。もしかしたら社交界の知り合いだったりするのだろうか？

そうするとブライアンさんは獣人貴族――そんな推測が脳裏を過った時、向けられた青年の目に気付いたオリビアは、慌てて淑女として礼を取った。

「は、初めまして、オリビアと申します」

「そう緊張せずともいいぞ。ブライアンから話は聞いている。最近、手伝いに入った者だろう？　確か、縁あって王都にいる、とか」

遠い場所から来て、親切な人のもとで世話になっているのだとは説明していた。

でも気のせいか、青年の声はどこか探っているようにも聞こえた。笑顔からは疑っているようにも感じなくて、オリビアは戸惑いがちに見つめ返していた。

彼が「ふうん」と言い、愛想のいい眼差しで顔を近づけてきた。

「ここまで澄んだアメジスト色の目を見たのは、初めてだな」

どこか興味深そうに目元を覗き込まれた。

不意に、ブライアンの方から冷たい空気を感じた。青年が「おっと」と楽しげに言って距離を戻す中、確認したオリビアは彼に異変がないのを見て首を捻る。

「自己紹介が遅れたな、俺はクラウスだ。そのまま『クラウスさん』、と呼んでくれても構わないぞ」

「あ、はい。ありがとうございます、クラウスさん」

呼び方まで教えてくれるなんて親切な人だ。そう思って答えたオリビアのそばで、ブライアンが「クラウス」と呻くような声を上げて額を押さえた。

クラウスに付いていた二人の男が、ちょっと同情するように目を向ける。

「――ふうん。オリビアは、俺の名前を聞いても反応しない、か」

どこか、クラウスが楽しげな顔をした。

すぐに名前呼びされたオリビアは、よく分からなくて「はぁ」と相槌を打った。そうしたら齢二十歳前後といった風貌の彼が、にっこりと笑って問いかけてきた。

「オリビア、君は随分遠くから来たのかな？」

「え？　ああ、そうですね……。ここからは、とても遠いところからです」

唐突に問われて、戸惑いがちにぎこちなく言葉を紡ぐ。

今回の留学の件は、入国に関わった一部の人達の間に留められていた。それはオリビアが外を出歩けて自由に過ごせるように、というザガスの配慮も含まれてのことだった。

この国の王都の気風であるのか、外から来たことについて出身地などを細かく詮索されたこともなかった。でも、この人は違ったりするのかしら？

ふと不安が込み上げる。秘密を抱えている身なので、そんなことを警戒できるような立場でもない。罪悪感を覚えて、シスター服のスカート部分を知らず指先で握った。

――そこにあるのは烙印。一族や国から『不必要』とされた、自分の醜さの証だ。

ブライアンが、そんなオリビアを見て少し眉を寄せた。するとクラウスが、唐突に「さて」と明るい声を出して空気を変えた。

「オリビア、忙しいところ声をかけてしまって、すまなかったな。手伝いは大変なこともあるだろうが、無理をせず楽しく頑張るといい」

「あっ、いえ、大変なことなどは……いつも楽しく頑張らせて頂いております。ありがとうございます」

少し遅れて、オリビアはスカートの前で手を揃えて頭を下げた。

「まっ、ブライアン共々よろしくな」

クラウスはそう言うと、長いジャケットの裾をひるがえして「それでは、またな」と手を振り、二人の男を引き連れて去っていった。

※

短い一休憩を終えた後、再び教会メンバーは動き出した。

子供達の動きが活発になる事から、今度は分散して公園内を歩いて回ることになった。各々状況を見て運営側を手伝ったり、参加者達に声をかけて対応にあたる。

時間が過ぎるごとに、人の賑わいは増して休む暇もなかった。

気付けば、イベント終了の午後四時まで、残り二時間を切っていた。ずっと歩き通していたオリビアは、ふと左足に違和感を覚えて不安になった。

「……きっと、大丈夫よね？」

どうか何事もありませんように。そう思って気にしないようにしていたものの、少しもしないうちにピリッとした痛みに変わった。

ああ、もしかして、と確信に至った。出店の陰に身を隠し、こっそり靴をずらして確認してみると、踵が少し擦れて血が出てしまっていた。

やはり靴ずれを起こしてしまったらしい。こんなに長時間歩き通すなんて、なかったせいだろう。左足の踵だけでなく、両方の足先にもじんっと熱い痛みを感じた。

「恐らくは指の方も、皮膚が剥けてしまっているわよね……」

そちらも確認してみたいけれど、躊躇いが込み上げた。そうすると、少し足を上げなければならない。もし、その際、誰かに『醜い痣』を見られてしまったら……？

オリビアは、途方に暮れつつも動き出した。人が溢れ返った公園内だが、こっそり傷口を洗えるような場所はあっただろうか？

イベントは残すところ二時間もない。なんとかこのまま、迷惑をかけず頑張りたい。傷を洗って何かで巻けば、今よりも少し楽になって動けるかも――。

「オリビア！」

その時、人混みの向こうから、自分の名を呼ぶ声が聞こえてきた。まさかと思って目を向けてみると、自分はここだと手を振るブライアンの姿があった。

目が合った彼が「待っていろ」と言って、人混みをかき分けて向かってきた。来るなり翡翠色の獣目で、オリビアを心配そう見下ろした。

「大丈夫か？　何か困ったことは？」

「え？　あの……なんで、ブライアンさんがここに？」

「血の匂いがしてな。獣人族は『鼻』もいいんだ。ああ、もしかして靴ずれか？　すまない、無理をさせてしまったみたいだな」

言いながら、すんっと鼻を動かした彼が、確信した様子で足元へ視線を移動して、申し訳なさそうな表情を浮かべた。

獣人族は、獣の性質を持っていて嗅覚も優れている。すぐに言い当てられてしまったオリビアは、返答に困って目を落とした。

すっかりバレてしまった。そんな表情をさせたくなかったのに……そう思っていると、ブライアンがこう謝ってきた。

「もっと早く気付いてやれないで、すまなかった」

「いえっ、どうか謝らないでください。お手伝いしなくちゃいけないのに、こんなことで靴ずれを起こしてしまった私の方が悪いんです。本当にごめんなさい」

かけられた言葉に、彼自身が持つ女性への心遣いと優しさを感じた。こんなに優しい人に心配させてしまうなんてと、オリビアは胸がきゅっと痛くなった。

お荷物、一族の恥さらし……自国で言われた言葉が脳裏を過った。

自分の無力さに悲しくなった。たった数時間、公園を歩き回るだけのことにも『使えない』お手伝いさんであると、彼に迷惑に思われてしまっただろうか――。

「すまない、少し失礼する」

不意に、そんな声が聞こえてオリビアはハッと顔を上げた。

ブライアンが、高い背丈を屈めて目の前でしゃがみ込むのが見えた。

「え？　あの、ブライアンさ――」

大きな手が左足の靴部分に触れた。少し持ち上げられ、オリビアは身体が強張った。

「無理はしなくていい。靴で締め付けたままだとキツイだろうから、一旦外すぞ。もし怪我の具合がひどいようだったら、応急処置をして俺が家まで送――」

話す間も手は動かされていて、今にもスカートから足首が見えそうだった。彼が怪我を見るために靴を外そうとしているのだ、と遅れて理解し血の気が引いた。

だって、足の甲にまで、その烙印のような痣が巻き付いているのだ。

「見たらッ、駄目！」

靴を脱がそうとする彼の手を、思わず払いのけた。

オリビアは、ひどく怯えて後ずさりした。肌を叩いた感触が残る自分の手が、小さく震えているのに気付いてようやく、ポカンとしているブライアンの顔が目に入った。

どうして手を振り払われたのかと、ショックを受けているようにも見えた。

彼は心配してみてくれようとしただけなのに、自分はそんな優しい人が差し伸ばしてくれた手を、叩き落とすようにして力いっぱい払ってしまったのだ。

オリビアは、ひどい罪悪感に胸が締め付けられた。彼と過ごす時間を、最近とても心地よく感じていたから、一気にギスギスした空気にとても切なくなる。

「ごめん、なさい……」

どうにか声を絞り出したオリビアは、目も合わせていられなくなった。抱えているこの秘密が苦しい。胸には、謝罪の言葉ばかり込み上げた。

「…………本当にごめんなさい、ブライアンさん……。私、自分で帰れますから」

罪悪感と胸の痛みが増したオリビアは、苦しくて彼の前にい続けることが出来なくなり、痛む足を引きずってその場から逃げ出した。

痛む足を懸命に動かしてまで、オリビアが自分のところから去っていく。

ブライアンは真っ青になった。まるで拒絶するような背中にショックで声も出ず、遠くなっていく彼女の後ろ姿が、人混みに紛れていくまで動けなかった。

今にも泣き出しそうな顔をしていたのを思い返したら、ショックが増した。

求愛したくてたまらない人に去られた衝撃が、ガツンときた。そのまま身体がぐらりと揺れ、ブライアンは膝から崩れ落ちて地面に両手をついた。

「もしかして、余計なお世話、だったのか……!?」

周りにいた子供と大人達が、ざわっと戸惑うのも聞こえない。

もしや、触られたくないくらいに、距離など全然縮まっていなかったのか？　失礼な男、な

んてことすんのよ、というくらいオリビアを怒らせていたりしたら——どうしよう。

先程見た彼女の表情が、ぐるぐると頭の中を回る。

追い付かないほどの猛烈な罪悪感と反省で追い込まれ、これまで女っ気もなかった二十九歳の神父、ブライアンは吐きそうになった。

紳士的に接したつもりだった。緊急事態だったから、きちんと断りを入れて慎重な手付きを心掛けたつもりだった。しかし何かしら配慮が足りずに、自分はオスとしてオリビアの女性心を傷付けてしまったのか？

——もしや自分だったから、迷惑がられたのでは。

ぐるぐると考えていたブライアンは、そこでそんな最悪な推測に至って「ごはぁッ」と吐血する思いで苦しい咳まで出た。

そうすると、もし先程のことをやったのが他の男性聖職者であったのなら、彼女も安心して靴ずれを見せてくれていたのだろうか？

つまり、俺、出会った時から全然警戒心を解かれていない。

「な、なんということだ……！」

自分で自分のことを推測しただけなのに、何百トンというダメージがきて、とうとうブライアンは地面に沈んだ。

うっかり力がこもった拳が、地面にメキリと凹みを作る。それを眺めていた一人の男の子が、そんな彼へと指を向けた。

「ねぇ、あの神父様べしゃって倒れたよ――」

「そこの坊や、ちょっと向こうでゲームでもしていようか」

通りすがりの獣人族の中年男が、その子供をひょいと脇に抱えた。棒読みで言いながら、急ぎ歩きでそこから去っていく。

ブライアンは、自分が注目されているのにも気付かないまま、今日までを振り返って猛烈な焦りを覚えた。

考えてみれば、手を握ることすら成功していない状態だ。彼女との距離感を少しでも縮めようという努力は、一つもうまくいっていない気がする。これは、もっと頑張らないとまずいのでは――。

その時、彼のシリアスな思考を邪魔する、周りのざわめきを押しのけるほどのぎゃーぎゃーやかましい騒がしさが聞こえてきた。

「大道芸のピエロと似顔絵屋のおっさんが、本気の殴り合いを始めたぞ!?」

「笑顔で威圧し合っていたけど、原因は一体なんだったんだ!?」

「そばを通った路上音楽団が参戦してきて、大乱闘だッ！」

「なんで芸術家連中は、どいつもこいつも火に油を注ぐんだよ!?　ああッ、止めに入ったフィップ様が吹き飛ばされた！」

騒がしさは一気に増し、通りをバタバタと忙しなく走る音まで聞こえ出した。

完全に思考を邪魔された神父ブライアンは、そのままの姿勢で、ピキリと青筋を立ててマイナス五度の殺気を背負った。

「…………こういう時くらい、邪魔すんなよなぁ」

そう彼が低く呟く声に重なって、向かってきた男性聖職者が「ブライアン様っ！」と呼んで駆け寄った。

「申し訳ありません、どうかお力をお貸しください！」

言われるまでもない。

ブライアンはゆらりと立ち上がると、両手でアッシュグレーの髪をぐいっと後ろへ撫で付けた。そして、オリビアには見せない凶悪なブチ切れ顔で、騒ぎの音の方を見据えた。

「俺の考えを邪魔すんじゃねぇよ。全員、一人残らずぶちのめす」

彼は翡翠色の獣目を殺気立たせ、バキリと右手を鳴らして動き出した。

それからほんの数分後、現場は「町の不良神父が来た――――ッ！」という悲鳴と、「町の正義の神父様が来てくださったぞ！」という、温度差が真逆の歓声に包まれていた。

◆

小走りで公園を出たオリビアは、足の痛みがつらくなって立ち止まった。どうやって帰ろうか困っていると、巡回していた王都警備部隊の青年達に声をかけられた。

「御者の人に住所を言えば、そこまで連れて行ってくれますからね」

親切にも馬車を呼んでくれた二人は、獣人族のようで優しい感じの獣目をしていた。近くの店の人族の女性店主も、オリビアを心配してくれて、結局、馬車が来るまで一緒に待ってくれた。

この国の人達は、本当に優しい。先程のブライアンだってそうだ。店前のテラス席で馬車を待ちながら、思い出していよいよ胸がぎゅっと痛んで切なさも増した。

「本当にありがとうございます。どうか、神の祝福がありますように」

馬車に乗る前、オリビアは涙がこぼれそうな目で、一人ずつしっかりと見つめて手を握って祈った。この土地が好きだ。共存し合っている彼らが好きだ、という想いに突き動かされた。

「ははっ、大袈裟（おおげさ）だなぁ。うん、でも嬉（うれ）しいよ、ありがとう」

「残りの業務も頑張れそうです。どうぞ気を付けてお帰りください」

「御者の兄さん、任せたよ！　お嬢さん、あんたにも『神の祝福』を」

ふくよかで逞（たくま）しい女性店主が、もう一度しっかり手を握ってきた。そうやって祈り返されたのは初めてで、またオリビアは胸にぐっと込み上げるものを感じた。

その優しい温かさを思うと、先程、ブライアンの手を払いのけてしまったことが蘇（よみがえ）って涙がこぼれそうになった。秘密を隠そうとしたばかりの、自分の愚かな行動に、謝罪の言葉と罪悪感ばかりが増した。

馬車で公爵邸に帰宅した後、夕方に帰ってきたザガスにも心配された。湯浴みを手伝い、処置してくれたメイド達の話を聞くと、彼はよろけた。

「オ、オリビアちゃんが怪我……。もしや、俺が用意した靴がいけなかったのか？　俺が女性物を買うのを、もう少し勉強しておけばッ」

「え？　いえ、あの、ザガスさんは男性ですし、これは私が悪――」

「本っっっ当にごめん！」

何も悪くないのに、ザガスに全身全霊で謝られてしまった。

土下座をした主人を見て、執事長であるジェイミーもおろおろしていた。オリビアもとても困ってしまって、自分の足が強くなかったせいなんです、と何度も謝り返した。

その後に軽く夕食を済ませ、早めに自室へと引き上げた。

室内の灯りを小さくして、オリビアは窓辺の椅子に腰掛けた。星空の中に欠け月が浮く美しい夜空を、しばらくぼんやりと眺める。

「……ブライアンさん、きっと心も痛かっただろうな」

昼間見た彼の顔が思い出されて、胸が張り裂けそうになった。

あの時、叩いた肌の感触に手が小さく震えた。親切にしただけなのにどうして、といたく彼の心を傷付けてしまっただろう。

ああ、どうしよう。オリビアは涙まで出そうになった。

女性への礼儀を知っているブライアンが、断りを入れてまで靴に触れたのは、それほどまでに心配してくれていたからだと分かっていた。

それなのに自分は、優しくしてくれようとした彼の手を、振り払ってしまったのだ。

――コツリ。

その時、不意に小さな物音が耳に入った。胸を押さえて俯（うつむ）いてしまっていたオリビアは、何かしら、と顔を上げた。

「まるで、小石があたったみたいな……」

もう一度、同じ音がしたので目を向けてみると、そこは窓だった。ふと、閉められた窓の下を何気なく見下ろしたところで、ブライアンの姿があるのに気付いて驚いた。

「えっ、ブライアンさん!?　どうして」

立ち上がって慌てて窓を開けた。身を乗り出して確認してみると、下にいたブライアンが片手に持っていた菓子袋を掲げて見せ、ちょっと申し訳なさそうに笑いかけてきた。

「迷惑をかけたみたいだから、そのお詫（わ）びに」

彼は、まるで自分だけが悪かったというような言い方をした。

こちらが秘密を抱え、隠して何も話せないでいるのが悪いのだ。オリビアは、またしても胸のあたりがきゅっとして切なくなった。

この人、やっぱりとても優しいのね……。

こちらを見上げているブライアンの眼差しは、心遣いが溢れて昼間と変わらないでいた。何も気にしてはいないよ、と、表情からも優しく伝えてくる。

唐突な登場には驚いたものの、わざわざ彼が来てくれたことを考えた途端、オリビアはなんだかドキドキしてしまった。

身体の内側が、トクトクトクトクと忙しなく鼓動する。どうしてか顔まで少し熱くなってきた。その理由が分からないまま、高鳴る胸を手で押さえて「あの」と声を出した。

「どうして私が、ここにいると分かったんですか……？」

「その、失礼だとは思ったんだが、ちょっと心配になって君の『匂い』を辿って……」

「匂い？」

昼間に分かれた際、傷口から血の匂いがすると言っていたことを思い出した。

でも、私の匂いってなんだろう？　そう思って再び見つめ返したら、ブライアンが言いづらそうに視線をそらして首の後ろをさすった。

「その、獣人族は嗅覚も鋭くて、個人の『匂い』も識別出来るんだ。種族によっては、数キロ先だろうと嗅ぎ分けられて……俺も、三キロ先くらいまでなら軽く分かる」

小さく口にされた言葉を聞いて、オリビアはポカンとしてしまった。

まさか、そんなに嗅覚がすごいだなんて思っていなかった。でも冷静に考えれば、動物の性質を持っているのだから、そうであってもおかしくないのかもしれない。

するると、彼が目を合わせられない様子のまま、ごにょごにょと続けてきた。

「君は、獣人族のいない土地から来たみたいだから、そんなことを言ったらますます怖がられたりするかな、とか色々と考えて……俺は熊科でもあるし……」

こうして来てくれた彼を、怖がる？

そんなことない！　強い想いが込み上げたオリビアは、淑女としての行動だとか仕草だとかも頭から飛んで、考えないまま窓から身を乗り出していた。

「いいえッ。いいえ！　そんなことありません！　私の方こそ、ブライアンさんを傷付けてしまったと、とても謝罪の気持ちでいっぱいで、心配もしていて」

そう口にしたところで、ふっと落ち着きが戻って「あ」と口元に手をあた。

こちらを見上げているブライアンが、少しびっくりした様子で獣目を丸くしている。パチリと瞬きすると、彼は「はぁ」と、感心と呆気が交ざったような声をもらした。

「君が大きな声を出すのは、初めて聞いた気がするな」

「あの、すみません……」

自分でも少しびっくりしていて、オリビアは小さくなって恥じらった。

「ははっ、また謝ってるぞオリビア」

「だって、昼間の件は私が悪くて」

「いや、あれは俺が悪かったんだ。まさか人族の大貴族、ウィルベント公爵の知り合いだとも思っていなくて。まぁ、ここなら警備も万全だし、安心だよな」

彼が親しげに言って、なんでもないように建物の様子を見やる。

この時点で、町娘ではなく令嬢の可能性を疑われてもおかしくはない。けれど彼は、それ以上、個人的な情報を訊き出してくるような質問はしてこなかった。

「足の怪我が良くなるまでは、しっかり休んでな」

「え……？」

「これ、王都で人気の、サーマル・ブランドのクッキーなんだ。家の人に渡しておくから、あとで受け取ってゆっくり食べてくれ」

目を戻してきたブライアンに、あっさりとそう言われてオリビアは拍子抜けした。詳細を尋ねないばかりか、来たばかりであるのに別れを告げられているのだ。

「あのっ、もう帰ってしまうんですか？」

思わず、窓からもっと身を乗り出して尋ねた。

その途端、彼が獣目を見開いて「ぐはっ」と妙な声を上げて口を素早く押さえた。締め付けるものもないオリビアの胸元が、動きの余韻で膨らみをふんわりと揺らしている。

「オリビア、さっきから、その、薄地の服が、俺にはちょっと、刺激が強すぎ……」

何やらもごもご言っている。しかし、階下にいる彼の声がうまく拾えなくて、オリビアはもっと身を乗り出して「え？」と訊き返した。

直後、ブライアンが神父服をひるがえして猛ダッシュした。

「とりあえず足が良くなるまで手伝いは『お休み』で！」

「あっ、ブライアンさん待って！」

呼び止めようとしたものの、一呼吸で叫び返してきた彼の姿は、あっという間に公爵邸の表側へと進んで見えなくなった。

オリビアは窓から離れると、痛む足で慌てて部屋を出た。


ブライアンは、一直線に公爵邸の正面玄関へと向かった。先程、塀を飛び越えた一件が知られたのか、そこには私兵が二人と執事長らしき男の姿があった。

そして、さすがは現役の軍人として治安部隊長を務めているだけはある、といったところだろうか。

不審者あらば自らの手で対応しようとでもするかのように、社交界で顔を見たことのある『ウィルベント公爵』本人が、上着を肩に引っ掛けた軽装で玄関前に出ていた。

「あ、俺の剣は部屋だわ。よし、お前ら、剣を借せ」

「いやいやいや旦那様、あなたは主人なんですからやめてください」

「俺らにちゃんと仕事をさせてくださいよ」

「じゃあ体術戦に持ち込むわ」

「そういう脳筋なところ、どうにかした方がいいですよ旦那様」

執事服に身を包んだ男が、テンションが落ちた表情で指摘する。

どうする？　相手は人族貴族の中でも大貴族の一つ、ウィルベント公爵だ。ここは、正式に挨拶でもした方がいいのだろうか？

ブライアンは、玄関扉に辿り着くまでのコンマ二秒で考えた。

いや、しかし彼女の足音も近付いてきている。雇い主です、と悠長に事情を説明する時間はなさそうだ。彼女から話を聞いているなら、これで一気に伝わってくれるはずだろう。

そう考え終わると同時に、ブライアンは強靭な脚力で一瞬後には距離を詰めていた。「えっ」「は⁉」と驚く彼らの前で立ち止まると、姿勢正しく力いっぱい頭を下げた。

「夜分遅く申し訳ない！　『神父』のブライアン・ジョセフバーナードだが！」

そう力強く挨拶した彼の横で、持っていた菓子袋がカサリと音を立てる。

ウィルベント公爵達が、一発で理解したような顔をして「あ」と呟いた。やや考える間を置いた後、大事にしない方向でぎこちなく切り出す。

「あ～……えっと、うん、オリビアちゃんからは聞いてる。確か、雇い主の神父様、だよな」

主人の様子から察したのか、執事長らしき男が顎で指示し、二人の私兵が一つ頷いて持ち場へと戻っていく。

「えっと、正直、睨んでいるのか真顔なのか掴みかねるんだけどさ……あの、誤解しないで欲しいのは、俺は彼女の保護者枠であって、歳の差的なラブはないわけで――」

「それは、よく分かってる」

「え……?」

ブライアンは翡翠のような獣目で、ザガス・ウィルベントを見据えていた。

彼のことは、オリビアから何度か聞いていた。自分のことについてはあまり話さないでいる彼女が、唯一嬉しそうに話してくれるのは『一緒に住んでいるその人』のことだ。

遠いところから王都へ来て、とても親切な人のところで世話になっている。その人は、朝と夜の食事は必ず共にとる。「おはよう」から「おやすみ」までくれて、毎日、話を聞いてくれる時間を作ってくれるのだ……。

そんな小さなことまでしてくれている。そこにはまるで、子を愛する親のような深い情をブライアンは感じていた。

「普段の彼女を見ていれば、どれだけ大切にされているのか分かりますから」

毎日を過ごす彼女を見ていれば、大切にされているのは明白だった。

話を聞いた際、お父さんみたいだね、とブライアンが言ったら、オリビアは素敵な人だと述べていた。

まさかウィルベント公爵家だとは思わなかったが、人がいいせいで、ドロドロとした政治的事情はあまり手伝わせていないのだと、陛下達からも耳にしているくらいの男で――。

「……えーっと、その、君はオリビアちゃんが好きなのか？」

不意に、そんな声が聞こえて、ブライアンはゆっくりとウィルベント公爵を見つめ返した。質問の意味をようやく理解すると、その顔をじわじわと赤くする。

その時、パタパタと足音が聞こえてきてハッとした。

「これ、お見舞いの菓子です！　オリビアにッ」

言葉も足りないほど慌てた彼は、菓子袋をザガスへと押し付けてそのまま逃げ出した。

オリビアは、どうにか必死に一階の玄関へと向かった。そこにザガスとジェイミーが立っているのに気付いて、大急ぎで声をかけた。

「あのっ、ブライアンさん来ませんでしたか!?」

すると二人が、ポカンとした顔でこちらを振り返ってきた。

「…………うん、なんか、『雇い主の神父さん』が来てた」

長い沈黙を置いた後、ザガスが持っていた菓子袋を見せた。

「えっと、食後のティータイムもまだだし……食べる？」

彼の提案で、そのお見舞いのクッキーを一緒に頂くことになった。オリビアは呼吸を整えた後、紅茶の用意が整った広いリビングに案内された。

どうやらブライアンが言っていた通り、王都で一番のクッキー屋さんであるらしい。ココア味、ハーブ、柑橘系、どれも味が違っていてとても美味しかった。

ザガスがざっくり『サーマル・ブランド』という店があることを教えてくれた。彼も昔からよく食べてきたクッキーで、好きな菓子の一つではあるのだとか。

不思議だったのは、美味しい紅茶とクッキーに対して、彼の気分が上がらないでいる様子だった。向かい側にいるザガスは、時々神妙な表情で、ジェイミーと何やら悟ったようにぼそぼそと喋ったりしていた。

「……あの様子から見るに、確実にアレだな……春が来た、的な……」

「……そうでしょうね。出会いからするに、一目で、という獣人特有のやつかと」

尋ねたら、なんでもないと返された。

口の中に広がる甘さのせいか、ブライアンが『俺は全然平気だよ』と伝えるように来てくれたせいか。それか彼と謝り合えたおかげで、胸のしこりが取れたせいだろう。

オリビアは、それが気にならないくらい良い気分だった。

本日、ようやくオリビアが復帰して教会にきた。

この数日間、悶々としていたブライアンは、朝一番に『匂い』に気付いた。正面扉まで走って出迎えた際、「おはようございます」と笑顔を向けられて心底安心した。

どうやら公園の一件については、クッキーを直に持って詫びにいったおかげで許してもらえたらしい。

あの出会った日、町を歩く姿さえ人目を引く神聖さをまとっていたから、もしかしたらいいところのお嬢さんなのではないだろうか、という予想は抱いていた。

だから先日、ウィルベント公爵が預かっていると知った時は納得もした。

彼女が一番に信頼している『保護者』なのだとしたら、ブライアンにとって敵意を向ける相手ではない。未婚なのに、いいパパしてるみたいだなぁと、本人を前に尊敬を覚えた。

「ブライアンさん。とても美味しいクッキーをありがとうございました。ザガスさんと一緒に美味しく頂いて、おかげでしばらく楽しいお話の時間が持てました」

再会早々、彼女は和やかにクッキーの感想についても話してくれた。

もし令嬢であったら、靴に触れてしまったことを激怒していてもおかしくない。それなのに手を払ってしまったことを気にして、心配してくれてもいたようなのだ。

そう考えると、少しは好印象を持ってもらえているのではないだろうか？

ブライアンは、祭壇側の掃き掃除をしながら朝のことを思い返していた。つい気になって、並ぶ礼拝用ベンチの背を拭いている彼女を、遠目にこっそり盗み見た。

どこもかしこも愛らしいオリビア。今日も、なんとも美しい。

はぁ、と想い焦がれる熱い吐息をもらした。ああ、彼女に少しでも、男として魅力的だと思われて好感度が上がっているのなら嬉しい。

そうだったらいいなぁ、とニヤけてしまいそうになった。しかし直後、謝罪に行ったあの夜の衣装のことが思い出されて、彼は下半身にガツンときた熱に「ぐはっ」と崩れ落ちた。

「くッ。オスとしての性が、つらい……！」

これまで女性とのことなんて考えもしなかったのに、求愛行動をしたくてたまらない。求婚して結婚して、とりあえず許される限りのイチャイチャをしたくてたまらなかった。

恋愛偏差値ようやく一レベル、だというのに大人として強く欲求不満だ。

出会ってからこの本能的な欲は増すばかりで、俺は襲いかからんぞ絶対に同意のない求愛行動も子作りもしないぞッ、と毎日何度も自分に言い聞かせて耐え続けている。

それくらいにオリビアは魅力的で、好きという想いは膨らむ一方だった。

あの夜、初めて見たオリビアの就寝衣装は、頼りないほどに生地が薄くて、ゆとりある首周りからのぞく白い肌が月明かりに美しかった。

窓からもっと身を乗り出した際、豊かな谷間が目に留まった。悲しいことにオスの本能で「手で包んだらこのくらい」と、咄嗟にブライアンは大きさを察してしまってもいた。

おかげであの夜、全然眠れなかったと打ち明けたら、今度こそ彼女に拒絶されてしまうだろうか。

瞬時に脳裏に駆け巡った色々な妄想と一緒に、結婚した後の様まで想像し、とにかくもう何十回と、就寝姿を思い出しては下半身を押さえて悶絶してしまったものだ。

おかげで睡眠不足に拍車をかけたが、今日、彼女の顔が見られて全部吹き飛んだ。

「……………それにしても、意外にサイズがあって驚いたな」

ブライアンは思わず、両手で形を作って素直な感想を口にした。

通り過ぎようとしていた男性聖職者が、ピタリと足を止めて彼を見た。

「すみませんブライアン様。心底彼女に惚れているのは分かりますが、頼みますから、教会で不埒な台詞はやめてください」

「分かっている」

ブライアンは鷹揚に頷くと、向こうで老夫婦と話し出したオリビアへ目を戻した。彼女の姿を見るのは数日ぶりのせいか、遠くから見える姿だけで理性がぐつぐつ揺れるのを感じた。

「神に仕える身としては、俺は今すぐ彼女と、身も心も即ゴールインしたくてたまらないわけだ」

「あなた、全然分かっていませんよ。手をあやしく動かしながら言わないでください。いいですか。目が危ないので、神に仕える身としてっ、すぐに抑えてください」

男性聖職者がぴしゃりと言って、持っていた本を抱え直して歩いていった。

彼を見送ったブライアンは、「はぁ」と溜息をこぼした。仮婚約を申し込みたくとも、今だとまだ高確率で断られるんじゃないだろうか、と不安マックスで告白も出来ない。

彼女は、王都に来たのは最近で、獣人族にはあまり馴染みもないから。

「………ほとんど進展していないんだよなぁ……」

彼女にとって、自分はただの『神父様』だ。まだまだ縮まっていない距離感が遠いなぁ、と、箒に寄りかかってブライアンは肩を落とした。

先日、彼女が、この国の第二王子の名前も知らなかったのには驚いた。けれど、それくらい遠い土地から来たのだろうと考えたら腑にも落ちた。

あのザガス・ウィルベント公爵は、人族貴族の中でも、遠い国外の王侯貴族と社交を持っていることでも知られている。その点を踏まえると可能性は上がる。

入国しているということは、限られた人物達に話を聞けば分かるかもしれない。でも彼女が時々見せる憂いの表情を思うと、いつもみたいに調べてしまえないでもいた。

「……何か悩みがあるなら、話してくれるくらいまで仲良くなれるといいのに……」

ブライアンは、彼女が老夫婦に温かく微笑む様子を見つめて、ぽつりと呟いた。

とはいえ、悠長にしていられないのも事実だ。最近、彼女の清楚な美しさに見惚れて教会に通う獣人族の若いオスや、人族のオスもチラホラ出始めている。

このまま、横から見知らぬオスに、彼女を掻っ攫われでもしたらたまらない。そう考えたら、先日の焦りが二割増しになって襲いかかってきた。一体どうしたら――。

めちゃくちゃ真剣になって考えた時、老夫人と別れたオリビアが、遊びに来ていた二人の獣人族の子供にお願いされて、頭を撫でてあげているのが見えた。

「そうだ。確かベネットも、彼女の心を一発で掴んで信頼を得ていた……ッ」

彼は弟のことも思い出すと、斜め上の結論を叩き出して決意した。

「よしッ、まずは彼女の一番の『可愛い枠』を、俺が取る！」

その時、駆け寄ってきた若い男性聖職者が「え」と言葉を詰まらせた。さすがにそれは、と呟いて青い顔をする。

「あの、ブライアン様、それはやめた方が……そもそも、あなた様が『可愛い枠』とか絶対無理でしょう」

呟く声に気付いて、ブライアンは彼に目を向けた。

「ん？　なんだ、なんか用か？」

そう尋ねられた男性聖職者が、すっと雰囲気を変えて下からこっそり紙切れを手渡した。

「――急ぎのご用です。実は、先程『白い知らせ』が来ました」

ブライアンは、それをさりげない仕草で受け取ってポケットへとしまった。持っていた箒を、男性聖職者が慣れたようにして預かる。

「――少し行ってくる」

ブライアンは彼に「いってらっしゃいませ」と見送られて、一番近い扉から外へと出ていった。

◆

靴ずれが完治してから数日、メイド達のケアのおかげもあって傷跡も消えた。

王都では二日ほど雨が降ったものの、本日はカラッとした秋晴れが広がった。オリビアは今日も、いつも通り朝の時間から教会へ行って手伝いに励んでいた。

「おっ、おはようございますオリビアさん！」

教会の前で掃き掃除をしていると、ふと、声をかけられた。

それは学院で教授助手をしているメイソンだった。こうして外に出ていると、偶然にもよく顔を合わせている一人だ。

最近は顔を覚えられているようで、こうして通りがけに挨拶（あいさつ）してくれる人も多くなっていた。

交流が増えているおかげで、人と接することへの億劫（おっくう）さも少しずつ減ってきている実感があった。今は、挨拶がてら話すのも楽しみになっている。

「メイソンさん。おはようございます。今日もお仕事ですか？」

「本日もまた、この通りです」

外出用のコートを羽織った彼が、ややそばかすの浮く顔に苦笑を浮かべた。脇に抱えている教授からの『おつかい』が詰まった大きめの書類鞄を、言いながら少し持ち上げる。

「獣人族の方が、体力的にも速くこなせるんですけど。まぁ、頼まれている分のものをこなせるのが、生憎僕しか空いていなくって。それで、近くを通ったものですから」

彼が少し頬を染め、まるで言い訳のように続けてくる。

自国では、オリビアは全て家庭教師で教育を済ませていた。学校に通った経験はないので、きっと色々と教える側も複雑で大変なのだろう、と想像した。

すると、会話が途切れたのを見たメイソンが、前もって用意していた台詞でも読むみたいに早口で「そういえば！」と切り出してきた。

「最近、夜が少し物騒みたいですよ」

勿論ご存じですよね、という風に尋ねられてオリビアは小首を傾げる。

「そうなんですか？」

「黒いコートの男達の噂、聞いていません？」

「いいえ、初耳ですわ」

オリビアがそう答えると、知っておくべきですよと言わんばかりに彼が語り出した。

ここ最近、揃って同じ黒コートを着ている男達が、チラホラと目撃されているらしい。この国の第一王子の結婚が近いこともあって、不穏分子が動いているのではないかとも噂されているのだとか。

メイソンも実際、二度ほど見掛けたのだと、よく通うその『店』の場所まで教えてきた。水面下では警戒もされているのでは、と面白がってそんな話もあがっているようだ。

「面白がった憶測、ですか……穏やかではないお話にも感じるのですけれど」

「いえいえ。王都ではこういう話題もあまりないので、酒場では——おっと。下町の食堂あたりだと面白がる人も多くて、憶測も楽しく飛び交ったりするんですよ」

メイソンが、真面目な調子に戻すかのように咳払いをして、こう続けた。

「実は昨夜、僕、その店で少し気になる別の噂も聞いたんです。その黒いコートの男のすぐ後ろに、ここの神父の姿があったのを見た、と」

「ブライアンさん、ですか？」

唐突に彼の名前が出て、オリビアは戸惑った。

するとメイソンが、距離を近付けて手を握ってきた。

「何か関係があるのか、どうなのか事実関係は分かりません。でも彼は、たびたび教会を抜けているところもあるみたいですし」

「まさか、もしかしてブライアンさんを怪しんでいるんですか？　だって彼は――」

「オリビアさん」

話し聞かせるように、強めの声で言葉を遮られてしまった。

「僕としては、あなたを心配しているんです。ここにお手伝いに入ったばかりなのに、仲が良いみたいですし。あまり、彼を信頼しすぎない方がいいと思います」

まるで、距離を置いた方がいい、と言われているような気がした。

彼は、この教会の神父であるブライアンが、何か不穏な動きと関わりがあるかもしれないと憶測して、疑っているみたいだった。

毎日、人を思い遣って動き回っている。誠実に頑張っているあの人を疑うなんて……そう少し胸が苦しくなった時、聞き慣れた声が聞こえて、メイソンがパッと手を離していった。

「どうした？　何かあったのか、オリビア？」

ブライアンが、開いた正面扉から神父衣装を揺らして出てきた。

つい先程、迎えた訪問者と奥の部屋で話し合っていたはずだ。オリビアが少し驚いてしまうと、察した彼が先に教えてきた。

「廊下の窓から見えたんだ」

よくよく見てみれば、彼のアッシュグレーの髪は、なんだか慌てて走ってきたみたいに少し落ちてしまっている。

ブライアンが、ずいっと間に割って入った。かなり身長が高いこともあって、少し顎を上げるだけでより大きく見えて威圧感も増し、メイソンが気圧されたように一歩後退した。

「おい。ウチの者に何か用か？」

「いえっ、なんでも……。じゃあオリビアさん、僕はもう行きますね」

メイソンが、そそくさと歩き出して人混みに紛れていった。

その姿が見えなくなると、手を握られていた緊張も解けていった。先程のブライアンからの問いかけが脳裏に浮かんで、オリビアは目を落としてしまう。

何かがあったわけではないのだけれど、胸の中が心地悪い。話した中で、初めて『なんだか嫌だな』という気持ちになっていた。

「見つめ合っていたようだが――」

ふと、苦しそうに絞り出す声が聞こえた。

目を戻してみると、ブライアンが続く言葉を呑み込むように口をつぐんだ。調子でも悪いのだろうか。その顔には、少し寝不足か疲労でも滲んでいるようにも感じた。

心配になって、オリビアは手を伸ばした。すると彼が、身を引いてそっと避けた。まさかよけられるなんて考えてもいなかった彼女は、拒絶されたみたいで小さく胸が痛んだ。

「あ、ごめんなさい。その……、熱があるのかしらと思って」

今のは、紳士である彼に対して失礼だったかもしれない。相手は大人の男性だ。淑女である自分が気軽に触れてしまうのはいけないことだったろう。

　そう反省して、戻した手をぎゅっとしたら、いつもより固いブライアンの声が降ってきた。

「すまない、オリビア。手を洗ってきてもらえないか？」

「手、ですか？」

「ここの掃除は俺がやっておくから。実は、中にいる子供達の方を見てやって欲しいんだ」

　見上げてみると、取ってつけるように言った彼が、ふいっと目をそらした。

　掃除した手で子供達に接しない。そう決められていることを思い出したオリビアは、「はい、分かりました」と笑顔で答えて、彼に箒を手渡した。

◆

　なんだか嫌だな、という気持ちが残っていたせいだろうか。

　子供達の相手をした後、オリビアは次第にブライアンの動きが気になってきた。一時間が過ぎ、二時間が経ち……気付くと、メイソンの言葉が彼女の中で存在感を増していた。

　短い間に、ブライアンの姿は二回も見えなくなった。でも、いつの間にか彼は教会内に戻っていて、午前中のメイソンの話が過ってオリビアは落ち着かなくなった。

　神父様のお仕事って、そんなに外出が多いものなのかしら……？

観察していると、その後も何度か教会内で彼の姿がしばらく見えなくなった。結構長らく戻って来ない時もあって、一体どこへ行っているのだろう、と心臓がドクドクした。

「……まさか、本当に……？」

つい、良くない方に考えてしまいそうになった。慣れない怖い話に流されかけているのだろう。オリビアは、そんな想像を振り払うように首を横に振った。

そんなことない。だって彼ほど優しくて良い人を、私は知らない。

不安に揺れる心を落ち着けるように、胸の中でそう自分に言い聞かせた。そうしている間にも時間は過ぎていき、夕方前になった頃、またしても彼がいなくなってしまった。

確かメイソンは、夕刻あたりにも神父の目撃情報があった、と言っていた。

思い出して不安を煽られ、オリビアは途端に落ち着かなくなった。気付いた時には動き出していて、思わず近くにいたシスターに声をかけていた。

「あの、すみません。私、今日は早めに帰りますね」

急ぎ私服へと着替えて教会を出た。

彼は関係ないということを、自分の目で確かめてみようと思った。自分が弱いばかりに、彼をよく知らないでいる人からの話に不安を覚えているのも、申し訳なくて嫌だった。

あの時、メイソンは「彼を信頼しない方がいい」と言った。

それを聞いて嫌な気持ちがしたのは、彼を知りもしないのにひどいことを言わないで、という思いが込み上げたからだと気付いた。

日々の彼を見ていたら、そんなことをする人じゃないと分かるはずなのに。

もしかしたら怪しげなことに関わっているかもしれない、だなんて、ブライアンが少しでも疑われるのは悲しかった。

「そんなこと、絶対にする人じゃないもの」

オリビアは無罪を証明するような気持ちで、普段にはない勇気で足を進め、メイソンから聞いた酒場を目指して歩いた。

急ぎ足で歩いていたものの、じょじょに秋の西日が濃く色付いてきた。

これまで足を運んだことがない入り組んだ場所だったから、次第に狭まってくる道に不安を覚えた。緊張で、自分の心臓がドクドクしているのを感じていた。

「遅くならないうちに帰らないと、ザガスさん達を心配させてしまうわ……」

空から差す明かりが、だんだんと弱くなっていくのを見て心細くなる。

細い路地に入ってみると、陰りになっていて既に灯(あか)りが付き始めていた。大声で話す男達が歩く姿が多くあって、慣れない雰囲気にビクッとしてしまう。

その通りに並んだ店々は、今頃になって開き出しているようだった。次々に『営業中』の看板を出していく様子に、オリビアは目を丸くした。

店は昼間に開くものだというイメージが強かったから、これから始まる店の並ぶ通りは、まるで不思議な世界に迷い込んだみたいだ。

「王都に、こんな場所があるなんて知らなかったわ」

道は、かなり細くて入り組んでいた。通路は敷き詰められた建物に縁取られて、空もとても狭く感じる。

看板を見てみると、どの店の扉や壁にも酒のマークがあった。でも酒場通りをよく知らないでいるオリビアは、ここが一体どういう場所なのか分からないでいた。

店の男女が、道行く男や女達に「寄ってかないかい」と親しげに声をかけ始めた。店の者達だけでなく、この通りの人達も気さくなようでオリビアも話しかけられた。

「お姉さん、俺と一緒に一杯どうだい？」

「えっ？　あの、ごめんなさい。私は散策中なので……」

「私達と少しだけお酒を楽しまない？　飲み方、教えてあげるわよ」

「いえ、今日はちょっと……」

初対面なのに、どんどん誘われて驚いた。断っても次から次へと声がかかり、メイソンが話していた店を誰かに尋ねてみようという思いも、勇気ごと急速にしぼんでいった。

もう、ここを出てしまいたい気持ちがしてきた。どうして皆誘ってくるんだろう？

なんだか怖くなって引き返そうとしたオリビアは、今度は年齢の近い男女のグループに呼び留められた。なかなか来た道を戻り進めなくなってしまって、困ってしまった。

「あなた、お酒は初めてだったりする？　大丈夫よ、このお店のはとても甘いの」

「美人さんなら、俺らいつでも大歓迎だよ！」

「君、名前なんて言うの？　ちょうど男女五人ずつだし、楽しく飲まない？」

「私が奢ってあげるわよ、是非いらっしゃいな」

みんなとても親切だ、仲良くしてくれる雰囲気をまとっている。でも、ようやく最近人との交流に慣れ始めたばかりのオリビアは、一気に話しかけられて目が回りそうになった。

「あの、その、すみません私」

どうにか断りを口にしようとするものの、若い男女が集まった店から「さぁさぁ」「どうぞ」とにこやかに言ってきて、聞き入れて引いてくれる様子がない。

その時、不意に後ろから手を掴まれた。

ぐいっと引っ張られたオリビアは、彼らから隠されるように背後から抱き締められた。大きな身体、全身を包む高い体温。男だと気付いた瞬間、声も出ないくらい驚いた。

だが、恐怖で身が竦んでしまった直後、聞き慣れた声が聞こえた。

「すまない、彼女は道に迷ってしまったらしい。ここの客ではない」

目を向けてみると、そこにはブライアンの顔があった。

神父服の上から、見慣れない大きな黒いコートを羽織っている。そのせいか、若者達を見据えている落ち着いた表情は、いつもの彼とどこか雰囲気が違っているように見えた。

「なぁんだ、迷子の子だったのね」

「残念だなぁ。兄さんもその子と一緒に、俺らと一杯どうだい？」

「遠慮しておく」

淡々とした口調で断られ、彼らが残念そうに店の中に入っていった。ブライアンがオリビアを抱えたまま、その通りから隠れるようにすぐ後ろの細い道へ引っ込む。

「どうしてこんなところに？」

オリビアは、すぐ後ろからそう耳元で問われてドキリとした。

抱き締められているせいで身体が熱い。ぎゅっと密着されているせいで、大きくなった心臓の鼓動も彼に伝わってしまっているだろうと思ったら、落ち着かなくなった。

「あの、実は……このあたりでブライアンさんを見たという人がいて……さっき教会でお姿が見えなかったから、私………」

素直に答える言葉は続かなくなった。彼のことを少しでも不安に考えてしまったと、分かってしまう回答だと気付いた途端、傷付いた表情が想像されて苦しくなった。

すると後ろから、予想していなかった呆(あき)れた溜息が聞こえてきた。

「あの教授助手か」

「えっ、知っていたんですか？」

「獣人族は聴覚もいいんだ、あの時、後半の会話は俺にも聞こえていた」

不意に、抱き締めてくる腕に力が入れられた。

「――すぐに不安を拭ってあげられなくて、すまなかった。少し用があってこちらを歩くことはあるが、俺は、君が心配するようなことは何もない、とは言っておく」

より腕の力が強くなった。もしかしたら、彼を心配させてしまったのだろう。またしても謝罪されてしまったオリビアは、申し訳なくて小さくなった。

「ごめんなさい、ブライアンさん……メイソンさんの話を、信じたわけではないんです」

「知っているよ。君は悪口を吹き込まれても、俺を信じてくれたことと」

後ろから抱き締めている腕の力が増して、彼の低い声が少し掠れている。

「こんなところを一人で歩くのはいけないよ。家の人が心配する」

「……その、ごめんなさい。心配をかけてしまって」

「君は、早く帰らないと」

帰宅を促してくるのに、肩口に顔が埋まるほど深くかき抱かれた。全身を包み込む高い体温と、男性らしい逞しさに、なんだかそわそわと落ち着かなくなった。

向こうに見える通りからは、人が数人行き交うのも見えていた。話し声も、遠くから鈍く聞こえ続けている。

「えっと、私、もう大丈夫ですから」

そんなに心配させてしまったのかしら。まだ離されない腕にそう思って、オリビアはしどろもどろに言った。

「帰り道は知っているか？　俺は、まだ少しやることがある」

「はい、大丈夫です。来た道は覚えていますし、通りの出口もすぐそこですから」

言いながら視線を返したオリビアは、近くから見据えてくるブライアンの強い眼差しに、ドキリとしてしまった。

薄暗くても、彼の翡翠色の獣目は、宝石みたいな美しい色を放っていた。力強く見据えてくる彼の目の奥には、じりじりと焼けるような熱があるような気がする。

どこか、普段にはないピリッとした雰囲気を感じた。

よくよく見てみれば、やはりあまり眠れていないような不調が窺える気がした。もしかしたらと心配になって、オリビアは彼の腕に手を添えて尋ねた。

「ブライアンさん？　もしかして体調が悪かったりしますか？」

不意に、彼が喉仏を上下させた。

気のせいか、服越しに伝わってくる体温が上がった。緊張するかのように腕が強張ったのを感じていると、ブライアンが匂いにでも酔ったかのように顔を顰めた。

くらっとした様子で彼の眼差しが揺れた直後、――その獣目が仄暗く光った。

「噛みたい」

ふと、唐突に吐息交じりに言われて、オリビアは困惑した。獣人族は、獣の性質を持っているのは知っている。まさか噛み癖もあったりするのかしら……？

そう戸惑っていると、熱い吐息が「はぁ」と耳に触れてビクリとした。匂いを嗅ぐように、後ろから鼻先を寄せられた。髪や耳や首の後ろを探ってくる感触にぞくぞくしてしまう。

「あの、ブライアンさん一体どうし――きゃっ」

いきなり抱き上げられ、すぐ近くにあった大きな木箱の上に乗せられた。驚いたオリビアが体勢を直す暇もなく、彼が半ばのしかかるようにして身を屈めてきた。

「ああ、君の匂いがする」

正面から抱き寄せ、首筋のあたりを嗅ぎながら、身体をぐりぐりと擦り付けてくる。

オリビアは、彼が口にしていた獣人族の種族的としての性質を思い出した。恥ずかしさが勝って咄嗟に両手で押し返したものの、大きな体はびくともしない。

「ブライアンさんっ、あの、そんなにぎゅっとされたら苦しいです……！」

「ああ、すまないオリビア。でも、毎日こんなにも他の『匂い』を付けられて、俺はいつも気が気じゃないんだ」

彼が動きを止めて、ふっとオリビアを見下ろしてきた。近くから合った翡翠色の獣目は、どこかギラギラとした熱を孕んでいる。

覗き込んでくるその瞳は、少し潤んでいてこぼれる呼吸も熱っぽい。ああ、もしかして、とオリビアはメイソンの一件の際、彼から感じた不調を思い出した。

彼は先日、自分が持つ獣人族としての癖を恥ずかしそうに口にしていた。それなのに、こうして種族的なことが出てしまうくらい体調が悪いようだ。

「大丈夫ですか？　体調もすぐれないみたいですし」

オリビアは、彼の身が心配になって手を伸ばした。その頬に触れてみると、やっぱり体温が高い。普段とどこか違って見える目元も、寝不足からきているように思えた。

不意に、その手を上から握り込まれた。ブライアンが上から顔を近付けてくる。

「こうして見つめ合うのは、俺だけがいい。どうか、他の誰かのことを考えないでくれ」

「え？　あの、さっきからブライアンさんが何を言っているのか、よく分からな――」

言いかけたそばから、顔を頭の横へ寄せられてビクッとした。

匂いを嗅ぐ獣みたいな吐息が耳元に熱く触れて、背中をゾクゾクした感覚が走り抜けた。オリビアが小さく震えると、彼がどこか興奮したように肩口を鼻先で探った。

「君を噛みたい」

「えっ!?　か、噛むって、駄目ですよ」

オリビアは慌てた。パッと浮かんだのは、噛み癖を持った動物が、木なんかをバリバリとやっている姿だった。

「さすがに絶対それは痛い――ひゃッ」

どうにか彼を引き離そうと胸板を突っぱねた途端、首を舐められて驚いた。

獣人族の動物の性質……、まさか舐める仕草も付いてくるの!?

慌てている間にも、木箱に座らされた身体を片腕で更に引き寄せられた。そのままブライアンが、オリビアの首や顎下へ舌を這わせてくる。

唇が肌の上を滑り、前歯が擦り付けてくる感触に震えた。種族的な動物の習性なのかもしれないけれど、男性にされているという意識から恥ずかしさしかない。

「あっ、ブライアンさん、待って。そうやって舐めるの、だめ」

舐めるというよりは、吸い付くようにちゅくりとした感触もあった。なんだか背筋がぞわぞわとしてきて、時々オリビアは体をピクッとはねさせた。

ゾクゾクする感覚を堪えようとしていたら、息も上がってしまった。這う舌の熱が移るみたいに身体が火照ってきて、うまく思考も回らなくなってくる。

「誰かに、見られたら、すごく恥ずかしいような気がするの、だからだめ、ンッ」

首の敏感な部分を愛撫された瞬間、ぶるっと小さく震えてしまった。

直後、彼が興奮を煽られたみたいに、オリビアの細い首の後ろを片手で抱えた。そのまま深くかき抱くようにして、鎖骨まで口を滑らせながら大きな身体を擦り付けてくる。

まるで獣に舐められているみたいだ。

彼の色々な感触で、もう、一体何をされているのか分からなくなる。呼吸が震えて、考える

ことも朦朧としてきたオリビアは、ふと、近付いてくる人の声を聞いた。

その時、ブライアンが、ピクリと反応して止まった。

直後、ガバッと身が離されて両手で持ち上げられた。オリビアはまたしてもびっくりしてしまって「きゃっ」と声が出た。今度は、優しく地面へ下ろされただけだった。

「すっ、すすすすまない！」

ブライアンが、真っ赤になった顔で謝ってきた。もう数歩下がったかと思うと、唐突にオリビアに背を向けて走り出した。

「こっちを真っすぐ進んだら大通りだから！　そっちの方が近道だからッ！」

見事な猛ダッシュだった。必死な様子で叫んで言ってきたその姿は、あっと言う間に見えなくなってしまう。

オリビアは呆気に取られた。彼の、獣人族としての動物っぽい仕草を見たのは初めてだ。

「………挙動不審なくらい、体調が悪かったみたい……大丈夫かしら？」

その体調がとても心配になった。

◆

その翌日、ブライアンは自室で苦悩に苦悩を重ねていた。

神に初めて心から懺悔したいと思った。とある調査関係から仕事が続いていて、睡眠不足もたたって疲労していたのは自覚しているが、とはいえ――。

コレはない、そんなのは言い訳にならん！

そう自分を叱り付けたりと、絶賛後悔中だった。先日の公園の一件のみならず、今度は体調管理と精神力が原因でことを起こしてしまったのだ。

昨日、もしやあのクソ教授助手といい感じになっているのではと焦った。会話を耳にして自分の誤解だったとは分かったが、すぐ冷静になれるわけもなく。

そうして、疲労している中ですぐそばから愛しい人の『匂い』を濃厚に察知した途端、猛烈にたまらなくなって、ぐらついていた理性がぷつんっときた。

欲しいと突き動かされるまま押さえ付けてしまうなど、断じて許されないことである。

しかも、そのまま求愛行動に出てしまうなど……!!

「ぐおおぉぉ………っ……俺は、俺はなんって堪え性のないオスなんだ……！」

朝一番、彼の呻きが自室に響き渡る。

こうなったら、体を張って全力で謝るしかない。愛撫した感触が夢に再現され、思い返すたび想像も膨らんでガツンと下半身を直撃され、実に悩ましいが……まずは真摯に謝罪する！

そうと決まれば、とブライアンは立ち上がった。

「即実行だ。朝一番で、謝罪する」

そう決意して部屋を出た。

そのまま玄関に向かったところで、扉の前に『白い知らせ』が落ちているのに気付いた。隙間から投げ込まれたらしいが、時間的にも珍しいタイミングだ。

不思議に思いながらも、新たな指示だろうか、と拾い上げて中を確認した。

「……………え。嘘だろ？」

ブライアンは、想定していなかった事態に引き攣った声をもらした。

※

帰宅するまで、彼に抱き締められた肌が熱を持っていた。

ブライアンが獣人族で、動物の性質を持っているせいなのだと分かっている。それなのに初心なオリビアは、男性的なものに思えてしばらくドキドキしてしまったのだ。

種族的なものを、そんな風に考えてしまうなんていけないことだ。

獣人族への理解があったつもりでいた彼女は、慎み深い淑女として自身の恥じらいを反省した。

「ブライアンさん、体調不良によってスキンシップが強く出すぎたゆえだろう。あれは、元気になったかしら……」

気持ちが落ち着けば、後はただただ彼の身が案じられた。どうして、こんなにも心配に思ってしまうのか、自分でもよく分からなかった。

翌朝、いつも一番に教会にいるという彼を思って、ザガスより早く屋敷を出た。

早朝の通りは、人も少なかった。ちらほらと開店準備が始まっていて、清々しい朝の空気感がなんだか新鮮でもあった。

ガルディアン教会は、既に正面扉が片方開いていた。

こんなに早く来るのは初めてで、オリビアは普段とは違う空気にドキドキした。

そっと中へ入ってみると、広々とした礼拝堂にはまだ人の姿はなかった。ステンドグラスから差し込んだ朝の光が、静けさに包まれた祭壇側に優しく降り注いでいる。

「……綺麗だわ……」

その光景が目に留まった瞬間、オリビアは神聖さに心が打たれた。

礼拝用のベンチの最後列まで歩み寄る。朝の清らかな時間、こうして自分を受け入れてくれた教会へ深い感謝を覚え、彼女は手を組み合わせてこの国の神へ祈りを捧げた。

――お前は未婚ではあるが、その醜さを持った身体で大教会に入ってはならぬ。

聖女一族のサンクタ大家の五姫であるはずのオリビアは、幼い頃、王と聖職者のトップ達にまるで断罪されるがごとく、多くの人々の前でそう告げられた。

聖なる国、と自ら主張するエザレアド大国では、全てが定められている。

宗教も信仰もただ一つ。祈る神は、ただ一人。国王は絶対的な支配者で、神官は神に仕える一番の偉い人間で、聖女は神に愛されてその国に与えられた『宝』――。

教会にも階級があって、身分によって入れる場所など厳格に決められ制限されていた。

オリビアは当時、幼いながらに自分の立場を理解しているつもりだった。でも、公の場でまずは大教会立ち入り禁止を告げられた時、ショックは大きかった。

生まれてしまってごめんなさいと、神に懺悔することさえ赦されないのですか……？

あの日、離れの棟の部屋で一人泣いた。せめて肉親の一人でもいい。この両足の痣に触れて、ここにいていいんだよ、と誰かに自分を受け入れて欲しかった。

「…………こうして、朝の教会で祈りを捧げられるなんて、初めてね」

姉妹達が、一日の始まりを告げる黄金の鐘の音と共に祈るため、大国の大聖堂へと行く姿を、遠くの棟の部屋から眺めていたのを思い出す。

その時、廊下の向こうから、バタバタと走ってくる音が聞こえてきた。

我に返って振り返ってみると、猛ダッシュして向かってくるブライアンの姿があった。驚いて目を丸くしている間にも、彼が全力疾走で館内を駆け抜けて目の前まできた。

――と思ったら、直後、見事な土下座を決められてしまった。

「本っっっ当にすまなかった！」

ゴッ、と床に額がぶつかる音がした。

一連の流れのどれも勢いがすごすぎて、オリビアは一瞬ポカンとしてしまった。気のせいか、頑丈な木材に亀裂が入ったような軋みが聞こえたような……。

「あの、ブライアンさん……？　今、かなり額を強く打ちませんでしたか？」

「獣人族は頑丈だから平気だ」

彼が床に額を押し付けたまま、それは重要ではないと言わんばかりに告げる。

「俺は昨日、君を困らせて怖がらせた。あんなことをして、どう償えばいいのかと悩――」

「いいんですよ、ブライアンさん。体調不良だったんでしょう？」

オリビアがそう声をかけた瞬間、彼がピタッと止まってしまった。

しばし場に沈黙が漂った。ステンドグラスの向こうで、朝の空へと飛んでいく気持ち良さそうな鳥の影が過ぎっていった。

「体調、不良……」

ようやく、といった様子でブライアンが声を出した。

「…………微塵も可能性を思われていないところに、君との遠い距離感を覚える……」

もごもごと呟かれた言葉は、半分ほど聞き取れなかった。オリビアは彼と視線の高さを合わせるように、スカートを押さえてしゃがみ込んだ。

「どうしたんですか？　この前おっしゃっていた、獣人さんとしての癖が出るくらいに体調が悪かったみたいでしたので、帰ったあとも、ずっと心配していたんです」

ブライアンが、ピクリと反応して顔を上げてきた。

「心配？　君が、俺を？」

「はい」

どこかポカンとした彼の翡翠色の獣目を、オリビアは愛想良く見つめる。

「俺は、あんな失礼なことをして、しかもそのうえ送り届けられもしなかったのに？」

「ブライアンさんは悪くないですよ。とてもお疲れになるくらいにご用事が続いていたことも気付かないで、私が勝手に不安になって行動してしまったのが悪いんです」

何か仕事で用があって忙しくしていたのだろう。その途中で手間をかけてしまったというのに、家まで送り届けられなかったことを申し訳なく思っているだなんて、と、オリビアは温かい気持ちで微笑んだ。

するとブライアンが、素早く正座姿勢を整えて、戸惑いがちに訊いてきた。

「いや、あの、でも、『怖いから近付くな』、だとか、『気持ち悪い』だとか」

「いいえ？」

わたわたとしている彼を不思議に思いながら、小さく首を横に振った。

「くすぐったくて驚いてしまいましたけど、全然そんなことは思っていませんよ。いつもの元気も戻っているようで、安心しました」

元気いっぱいに走ってきた光景を思い出して、オリビアは「ふふっ」と小さく笑った。こうして普段の元気な彼が見られて、とても嬉しく思った。

その様子を見て、ブライアンがパッと口を手で押さえた。気持ち悪さを覚えられていないってことは、ちょっとは可能性があるのでは……もごもごご感激の呟きをもらす。

オリビアは、何か聞こえた気がして彼に目を戻した。もう少し、こうやって近くからお話ししていたい気もしていた。

正座をしたままの彼と視線を合わせていると、不意にブライアンが、「あ」と思い出したような顔をした。

「えっと……すまないオリビア。その、この流れで言うのも、すごく悪いんだが……」

「いいですよ。何かあるのなら、なんでもおっしゃってください」

「実は、ジョセフバーナード家の三男として、俺のところに昼食会の招待状が届いたんだが。今回はペアで、と、君も招待されているんだ」

予想外のことで、オリビアは目を丸くした。

「……………あの……私も、招待されているんですか?」

緊張が込み上げた。ジョセフバーナード家として招待されている、というくらいだから、やはり彼は貴族家系なのだろう……でも、どうして私まで?

混乱する頭の中に浮かんだのは、自分がずっと隠していることだった。まさか、エザレアド大国からきた令嬢であることが知られてしまったんじゃ――。

「すまんッ、俺のせいなんだ！」

その時、ブライアンが脚に手を置いて頭を下げてきた。

どうやら正体が知られたわけではないらしい。けれど、そうするとますます事情が見えなくて、オリビアは戸惑いの目を彼に向けた。

「あの、どうか頭を上げてください。一体どういうことなんですか？」

「……その、なんというか……この前の『クラウス』を覚えているか？　君も是非、と勝手に主催者側へ参加者として推薦したらしい。今回の昼食会は、家同士でも付き合いがあるところが多く参加しているから、参加が決まった以上、断るのが難しくてな……」

先日、公園で会った貴族の青年を思い出した。彼と同じく、ブライアンも家関係で正式に招待されているとすれば、貴族としては大事な社交であるし断れないだろう。

そう考えていると、ブライアンがおずおずと見つめてきた。

「俺のパートナーを、頼めるだろうか……？」

誠実な眼差しに見つめられて、オリビアはなんだかドキドキしてしまった。昨日のせいかしらと思ったところで、ふと、自分の抱き始めている気持ちに気付いた。

もしかしたら、彼に好意を覚え始めているのかもしれない。

魅力的な男性だと感じることが増えたのも、朝に目覚めても彼が心配だったのも。もっとこうして、彼との時間を過ごしていたいと感じたのも、特別だから。

それが自分の、恋心ゆえの可能性を考えただけで胸は高鳴った。――そして、その証拠のように胸はぎゅっと切なくなった。

ああ、彼に恋をしているのかもしれない。

でも……もし恋に落ちてしまったとしても、添いとげるのは無理なのに。

そう分かって胸がもっと苦しくなった。今はまだ、自分の正体が知られてしまったわけではない。でも、いつまでこうしていられるのか、分からないのも事実だった。

オリビアは、生まれていた恋心を主張して痛む胸を押さえた。気付かなかった頃の自分を意識して、控え目に微笑み返し、もう少し一緒にいたい人を見つめた。

「ブライアンさん。私で良ければ、付き合いますよ」

そう答えたら、彼が「ほ、本当かッ」と言って、ずいっと顔を寄せてきた。

まるでパートナーとして承諾したことを、純粋に喜ばれているみたいに感じた。きっと断れない社交だから安心したのだろう。そう思ってオリビアは少し笑った。

ブライアンから昼食会のパートナーを引き受けた日、オリビアは帰宅すると、自国から持ってきていた衣装を自室で確認した。

その中から、一番スカートが広がりにくいものを選んだ。ブライアンに好意を抱き始めているのを自覚したせいか、もし足の痣(あざ)を見られてしまったら……と、以前より敏感になっている自分がいた。

参加することをザガスに伝えたら、遠慮しないでいいからと押し切られて、急きょ仕立屋が呼ばれ、外出ドレスが秋用へとアレンジされることになった。

「当日までに仕上げておきますから、どうぞ楽しみにいらしてください」

恰幅(かっぷく)のいい仕立屋の男性店主が、そう約束して一旦ドレスを預かった。

そうして二日後、その仕上がった衣装が公爵邸へ届けられた。仕立て直されたドレスは、元の地味さの欠片(かけら)もなく、とても素敵な衣装に生まれ変わっていて驚いた。

全体的に色がチェンジされて、薄紫の銀髪によく映える、清楚(せいそ)な若葉を思わせる基調になっていた。スカート部分も控え目な飾り付けながら、何種類もの生地でアレンジされてボリュームも増していた。

　メイド達が身支度を手伝ってくれて、オリビアは久々に昼用の外出ドレスに着替えた。元々持って来ていた衣装とは思えないほど、とても愛らしくて綺麗なドレスだ。

「素敵ですわ。どうぞ、ご覧になってくださいませ」

　仕上げてくれたメイド達に促された。おずおずと鏡を見たものの、ずっとは見ていられなくて俯いてしまった。こんなにも魅力のない自分が着るには、とても勿体ないと感じるくらいに大人の女性らしい素敵なドレスだったから。

「とてもお綺麗ですわ、オリビア様」

「いえ、そんなことは……」

　そんなこと自国で言われたこともなかった。お世辞に恐縮してしまったオリビアは、けれど社交辞令であったとしても少し嬉しく感じて恥じらった。

　そんな彼女の様子を、メイド達は微笑ましげに見つめていた。

「せっかくですから、髪も結い上げてみませんか？」

　そう言われてすぐ「いいえ」と弱々しく首を振った。自国でも結い上げた経験はなく、自信のない顔を、少しでも隠してくれているこの髪を上げる勇気もなかった。

　美しく気高い姉妹と違って、キラキラとした宝石を身に付けるのだって似合わない。イヤリングも丁寧に断って、自国から持ってきた小さなネックレスだけをした。

　一階に下りてみると、治安部隊長の軍服に身を包んだザガスが、執事長のジェイミーと共に待っていた。本来であれば、もうとっくに出勤しているはずの時間だった。

「よく似合ってる。綺麗だぜ、オリビアちゃん」

送り届けてくれる彼にニッと笑いかけられて、不思議と肩が軽くなる。

いつも真っすぐ気持ちを伝えてくる、貴族らしくないサッパリとしたところにオリビアは救われていた。お世辞であるだとか、そんな申し訳なさが込み上げる余地なんてなかった。

「ありがとうございます、ザガスさん」

彼女は自然に、そう心から感謝を伝えていた。

ザガスにエスコートされ、一緒に馬車に乗り込んで会場へと向かった。しばらく馬車に揺られた後、到着したのは湖の上に建てられた貴族屋敷だった。

車窓からでも、紳士淑女が屋敷までかけられたお洒落（しゃれ）な橋を渡っているのが見えていた。森の木々がポッカリと開けた場所で、橋の下にはキラキラと日差しを反射する水がある。

「ここが、今回の昼食会の開催場所、なんですね……」

「驚いたろ？　非日常をイメージして造られたものらしくてさ。ここの自然地全部が私有地なんだけど、湖の真ん中に一軒だけどーんっと建っているんだ」

それは旧人族貴族の別邸の一つで、一昔前に貴族達の憩いの場として建てられたものであるらしい。とくに夏場には、よく利用されて重宝されているのだとか。

湖の前の開けた場所には、何台もの貴族馬車が停（と）まっていた。その少し前で、オリビアはザガスに手伝われて下車した。

「ここまで送って頂いて、本当にすみませんでした」

「いいんだって」

気さくに言ったザガスが、そこで心配そうな表情を浮かべた。

「オリビアちゃん、大丈夫か？　こういう貴族がいっぱいいるところは、かなり久しぶりだろうし……」

「ありがとうございます。でも、大丈夫です。これでもサンクタ大家の娘として、きちんとやってこられましたから」

こちらの顔色を見て気遣ってくれたらしい。社交界にトラウマがあるのだろうと察して声をかけてくれたザガスに、オリビアはどうにか微笑んでみせた。

「お仕事だったのに、こうしてお見送りまでありがとうございます」

「俺は、比較的自由に時間を使えるからさ」

ザガスはまだ少し心配そうに、自分よりも低い位置にあるオリビアの顔を見つめる。

「うーん、――まぁ、あの獣人神父がいるし、大丈夫か」

「え？　何か言いましたか？」

「あっ。いや、なんでもないよ」

聞き取れず尋ね返したら、ザガスが柔らかな苦笑で答えてきた。別れの挨拶(あいさつ)を切り出すと、軍服のマントをひるがえして馬車の方へと戻っていく。

「つか、あれって王族所有なんだよなぁ……」

馬車へと戻りながら、チラリと屋敷の方を見て呟いたザガスの声は、その時には距離が離れていたオリビアには聞こえていなかった。

オリビアは、緊張して強張りかけた足を屋敷へと向けていた。

改めてその立派な建物を目にしたところで、自然に囲まれた素敵な別荘に感心の息がこぼれた。古き良き時代の、豪華絢爛な歴史そのままに残されているような屋敷だ。

王都沿いの、美しい森の中にある湖。

そこにある貴族御用達に相応しい外観をした建物は、キラキラと日差しを反射させた湖の中央にあり、まるで浮いているみたいにも見えて幻想的だった。

それはどの国よりも長く続く、イリヤス王国の平和を象徴しているようにも感じた。橋を渡っていく招待客達も、品良く着飾っていて、無理に権力を誇示するような格好というのは見当たらない。

その時、オリビアは物々しい警備の私兵の姿もない橋の入口に、見知った大きな人を見付けて心臓がどくんっとはねた。

そこには、待ち合わせをしていたブライアンの姿があった。

後ろに撫で付けたアッシュグレーの髪に映える紳士衣装。凛々しい端整な顔立ちもあって、一人の貴族男性にしか見えない。

なんて素敵な人なのかしら……つい、ぼうっとなって見てしまっていた。普段はずっと神父服姿だったから、軍人寄りのピシッとした衣装がとても新鮮だった。

するとブライアンも気付いて視線を返してきた。こちらを凝視したかと思うと、手に持っていた招待状がポロッと落ちていった。

「あ……、オリビア」

名を呼んだ彼が、獣目を見開いたまま、顔をみるみるうちに赤く染めていく。

オリビアは、遅れて自分の今の格好を思い出した。目の前で赤面している彼に感化されてしまったみたいに、かぁっと顔に熱が集まるのを感じた。

彼を見ていられない。顔を隠してしまいたいような恥ずかしさに、視線を落とした。

「えっと、ごめんなさい。あまり上品に着こなせていなくて……」

「そッ、そそそんなことはないぞ！　とても、君は……君はすごく綺麗だ」

まるで本音を呟いてしまったかのような言葉が聞こえた。

目を上げてみると、そこには真っ赤になった顔の下半分を、手で隠している彼がいた。視線をよそへ逃がしたまま、言葉を続けてくる。

「本当に、とても綺麗だ。俺の方が霞んでしまうくらいに、君は美しくて」

「いえっ、そんなことはないです。……ブライアンさんの方が、とても素敵です」

するとと彼が、視線を戻してきてすぐ首を横に振った。

「素敵なのは君だよ、オリビア。俺がエスコートしてもいいのかと思うくらいに美しくて……それでいて、こんな君をパートナーに出来るのを、嬉しく思っている俺もいる」

かぁっとブライアンがますます真っ赤になっている。

おかげで、初心で鈍いオリビアも、彼が本気でそう思って言っているのだと分かった。普段の謝り言葉も、申し訳ない気持ちも出てこないまま同じくらい赤面した。

二人の横を通り過ぎていった男女が、「おや」「あらま」と目を向けていく。

続いて歩いてきた一人の中年紳士が、やれやれ、とステッキを支えに、落ちていた招待状を拾い上げた。ブライアンの肩を、手袋がされた手で軽く叩く。

「レディの前なんだ、しゃんとしないか。ほら、招待状だよ」

「あっ、バレンスティ卿！　これはご親切にどうも」

気付いた彼が、慌てて姿勢を正し招待状を受け取った。

オリビアは、熱くなった頬に手をあてた。先程の言葉は社交辞令だ。なんだか好意を持っていると伝えられたみたい、だなんて考えてはだめよと自分に言い聞かせた。

◆

湖にかけられた橋を渡り、屋敷の入口の受け付けで招待状を見せた後、オリビアは緊張しつつもブライアンの隣について会場入りした。

その屋敷の中は、外観の印象通りの素敵な造りをしていた。金粉塗料も細かく使われた芸術的な天井の柄、壁には、窓に見立てた水中風景の絵画。湖の中の世界をイメージしたような美しい模様の絨毯(じゅうたん)など、まるで水の中の城に来たみたいにも思えた。

一階にある会場は、シャンデリアや高価な調度品などがきらびやかだった。本棚やピアノ、談笑用のテーブル席や会食席などが設けられ、成人以上の貴族達が自由に過ごしている。

「実はこの昼食会は、結婚が予定されている第一王子と、そのご婚約者も参加されている前祝いの集まりなんだ」

会場内を進みながら、さらりと教えられてオリビアは驚いた。

「王族の方が参加されているのですか⁉」

「ん？　そうだけど、それが何か――ああ、少し緊張させてしまったのか。大丈夫だ、今回はプライベートに集められているようなもので、挨拶だって省かれている」

「で、でも、私はただの教会のお手伝いというだけで、もし失礼をしてしまったら」

エザレアド大国では、貴族が王族と同じ場所に立てる機会は少ない。しかもオリビアは、遠い異国から来てこの国の王族の顔だって知らないでいる。

するとブライアンが、人の波をさりげなく開けてくれながら「大丈夫だ」と柔らかな苦笑で言ってきた。

「別に緊張しなくてもいい。ここではプライベート扱いだから作法もさほど重視されない。それに、参加している貴族も企業も、第一王子と、表に滅多に出てこないでいるルド帝国の王家末裔（まつえい）のご婚約者、そして『鷲伯爵（わし）』がお目当てみたいなものだ」

「鷲伯爵……？　この昼食会には、企業様も参加されているのですか？」

「今回の主催者は、第一王子派のヴィレイン卿で、そこに協力を申し出たのが大企業の社長であるディーイーグル伯爵なんだ。彼は鷲の獣人族で、社交会では鷲伯爵と呼ばれている。彼関係で、貴族以外にも大商人らが参加しているんだ」

企業が、王族関係のプライベートな前祝いに、普通に参加している。

自国では絶対にないことだ。ディーイーグルというのは、先日、王都一の大企業であるとは聞いたけれど、驚きが続いたオリビアは「はぁ」と気の抜けた声しか出ない。

「参加者の大半は第一王子殿下達と、プライベートでなかなか捕まらないその伯爵がお目当てだろうから、ゆっくり食事を楽しめると思う」

ブライアンが、そう説明をしめる。

でも、オリビアは不安だった。そもそも王族の結婚の前祝いという、こんなにもすごい昼食会だとは知らず、来てしまって大丈夫だったのかしら？

「ブライアンさん、あの……私、来てもよかったのでしょうか？　私は誰（だれ）が誰だかも分からないのです、ご迷惑をかけてしまわないか、とても心配で……」

自分は今、ブライアンの連れとして参加しているのだ。粗相をしでかしてしまった場合、彼に迷惑がかかることは令嬢として分かっていた。

すると彼が、獣歯を少し覗かせるような笑みを返してきた。少しやんちゃな雰囲気が滲んでいて、神父をしている時の雰囲気だった。

「大丈夫だ。メインはあくまで昼食会。ちょっとした祝い兼交流会だと思えばいい」

元気付けるように笑いかけられたオリビアは、唐突にハッキリと、温かい気持ちが胸に込み上げるのを感じて、その顔をじっと見つめてしまった。

彼が好きだと思った。

無理だと分かっているのに、彼にだけこの胸が高鳴るのを自覚した。

自分は、初めから異性としてブライアンにトキメいていたのだ。彼の何気ない気遣いも表情も、こうしてかけてくる台詞の一つすら心を満たすみたいだった。

「美味しいものを沢山食べよう」

言いながら、こっちだ、とブライアンが手で促す。そんな何気ない台詞も、彼が口にすると特別な心遣いで溢れているような気さえした。

急にパートナーとして参加させてしまったことを配慮しているのか、握ってこない彼の手が遠い。手を取ってくれたらいいのに、と思いながらもオリビアは笑顔を返した。

「はい、ブライアンさん」

そう答えた後、彼に誘われて料理が並ぶテーブルへと進んだ。

そこには、立食形式で軽食からメイン料理まで全て揃っていた。各テーブルに給仕の姿があり、豪快で大きな肉料理をナイフで切り分けているコックの姿もある。

「こんにちは、お嬢さん」

「今日は天気も良くていい日ね、ごきげんよう」

皿を手に料理を選んでいると、ふと、居合わせた紳士淑女達に笑いかけられた。

自国では、こんな風に温かい目を向けられることはなかったから、胸がいっぱいになって不意に涙が出そうになった。オリビアが慌てて頭を下げると、他の参加者達も話しかけてきた。

「お嬢さん、もっと取るといいよ。そっちの肉料理はワシのオススメだよ」

「あなた、先程からそればかり食べているじゃありませんか。こちらの料理も美味しかったですわよ、是非お食べになってみて」

「ほら。紳士ならパートナーの分もしっかり取ってあげないと」

唐突に後ろから老人に背中を叩かれ、ブライアンが「いてっ」と声を上げた。振り返って姿を確認するなり、彼は溜息交じりに言う。

「レイ医師、あなたですか……。頼みますから、いきなり叩くのはよしてくださいよ。今日は別件でプライベートの用があったんじゃないんですか？」

「もしかしたら、面白いものが見られるかもしれないと思ってね」

「いえ、それはあいつの『珍しくパートナーを連れた方が～』というよく分からない思い付きか、勘みたいなものであって、俺はこのタイミングで起こってもらっても困――いてっ」

「お嬢さん、どうも初めまして。そっちのスティックサラダも美味しいよ、僕のオススメは二番目のソースでね。とくに人参との相性はバッチリなの」

なんだか若々しい話し方をするご老人だ。にっこりと獣目で微笑まれたオリビアは、もう一度背を叩かれた彼を気にしつつ答えた。

「ありがとうございます。えっと、頂いてみますね」

ブライアンが気を利かせて、少量ずつ色々と料理を取ってくれた。試しに食べてみたスティックサラダは、確かに人参と二番目のソースの組み合わせが一番美味しかった。

食べている間、「やぁブライアン」と声をかけていく者はあった。だが彼らはオリビアへもにこっと笑いかけると、詮索(せんさく)もしないまま挨拶しただけで通り過ぎていった。

おかげで、料理もゆっくりと食べ進められた。やがてオリビアの肩から力も抜けた。

その時、不意に後ろで、数組の足音が止まる音と聞き覚えのある声がした。

「ブライアン、それからオリビア。楽しんでいるか？」

そこには、先日、公園で会った美青年クラウスがいた。生粋(きっすい)の貴族といった上質な紳士の衣装に身を包んでおり、その後ろには以前と同じ二人の男が付いている。

もしかしたら護衛だったりするのかしら。そうだとすると、貴族の中でも上級の――と考えていたオリビアは、クラウスと目が合ってびくっとした。

「よく似合っているな」

「えっ。あ、ありがとうございます」

持っていた皿とウォークを、慌てて片手に持ち直した。挨拶すべくスカートをつまもうとしたら、彼が「別にいい」と手で制してきた。

「食事をしている最中だ、だから無理に礼を取ろうとしなくともいいんだよ」

「でも、私はこんなところに参加出来る立場でも――」

「きちんと招待されて、こうしてブライアンの隣にいる。それこそ立派な『参加者』で、『招待客』だ。堂々としていればいい」

キッパリとした物言いだったが、オリビアは優しさと心遣いを感じて、指先から強張りが抜けた。この人も、とても優しい人なのね、と分かって微笑み返す。

「ありがとうございます、クラウスさん」

「うむ、それでいい。お前は細いからな、もっと食べるといいぞ」

クラウスが言いながら、ひょいとテーブルを覗き込んでサンドイッチを手に取った。そのままパクリと食べるのを見て、オリビアはくすりと笑ってしまった。

そんな彼女の様子に、ブライアンはこっそり胸を撫で下ろした。会場入りする前から、とても緊張していたようだったので少し気になっていたのだ。

エスコートしようとした際、彼女の強張っていた体に気付いて手を取るのを遠慮した。手を握る大きなチャンスだったけれど、彼女の負担になりたくなかった。

――それにしても、本日の彼女は更に美しい。

ようやく落ち着けたらしいオリビアを目に留めて、ほぅっと吐息がもれた。大胆さが抑えられた品のあるドレスは、まるで天から舞い降りた天使か女神のごとく、彼女の清楚な美しさを引き立てている。

華奢（きゃしゃ）な肩にかかる、長い薄紫の銀髪によく合う若葉色のドレス。衣装は細い腰のくびれが分かるもので、細身の彼女の良いプロポーションを見せ付けてもいる。

おかげで先程から、ブライアンの理性をぐらぐら揺らしてきてもいた。ドレスから覗く白いうなじから下へ目を移動すれば、普段は見えない形のいい鎖骨まで見える。

白い肌が見える胸元には、ネックレスが控え目にされていた。それが肌の上で少し動くたび、その触り心地を想像して、自分が取って代わりたい思いに駆られたりした。

着慣れている様子からすると、やはり令嬢らしいとは見て取れた。そのため会場の参加者達も、普段教会で手伝いに入っている少女とは思っていない様子だ。

ああ、彼女が可愛すぎて、身がつらい……っ！

クラウスに上品に笑い返すオリビアを見た途端、ブライアンは目に手をあてて「くっ」と天井を仰いだ。

少しでも距離を縮められていたのなら、この悶々とした苦しさも少しは違っていただろうか。今のところ、努力の効果は全く出ていない。

こんなにも頑張っているのに、一回会っただけの弟ベネットの方が先に気に入られてしまうという予想外の事態に、余裕もガンガン削られている。彼女に惹かれるオスも増す一方で、悪口を吹き込んで自分を売り込もうとするクソ教授助手まで現われた。

あの時、見つめ合っている二人を見て「まさか両想い一歩手前!?」とらしくない誤解までしかけた。『こっち側』の仕事に時間を取られている間にも焦りは積もり、酒場街で抱き締めた際、彼女の匂いにガツンときてくらくらした直後には、理性が崩れていたのだ。

あの醜態を挽回したい。

ブライアンは、もう同じ間違いは繰り返すまいと心に決めていた。襲いかかってしまわないよう、こうして彼女を連れてきてから何度も己に言い聞かせているところだ。

この昼食会に、彼女を同伴させるというのは予想外のことではあった。わざわざ先日の朝一番、クラウスが『白い知らせ』を寄越してきて妙な発案をしてきたのだ。

——これまで数回の『誘い出し』にも乗ってきていない。そこで、運命の女神でも投入してみようか？　と。

『なっ、ふざけるなよクラウス！　なんでオリビアを!?』

『朝一番に窓から乗り込んでくるなよ。彼女をパーティーに誘えるんだ、嬉しいだろう？』

『嬉しいけど！　いやタイミング……っ！』

『葛藤がいちいち煩い奴だな。いいか、奴らは今のところ動きがない、起こる確証もないだろ』

『まぁ、そうだが……』

『それに俺も少し思うところがある。今の件、考えも一任して俺に協力して欲しい』

あのクラウスが、真面目な顔で「自分に全て任せて手伝って欲しい」と言うのも珍しいことだった。父である国王から、最近何やら親子の会話で引き出そうとしている感じもあった。

『だがクラウス、俺は会場でずっとオリビアに付いていてられない、もし何か起こったら――』

『準備は今まで以上に念入りにする。俺の名にかけて彼女を守ろう。頼む、俺の剣ブライアン』

『……分かった。俺は直属の主であるあんたに従おう、クラウス第二王子殿下』

あんな風に真剣に頼まれたら、断れるはずもない。

昨日まで、ブライアンの方では異変を察知していなかった。教会での仕事に多めに取られたので、それ以外の時間の協力を頼んでいた者らに、これから必要分の話を聞く予定だ。

ちらりとクラウスを見れば、まだ移動する気配がない。

ふと、この時間をチャンスに活かせないだろうかと思った。こうして、せっかく彼女と昼食会にこられているのだ。

ブライアンは、めちゃくちゃ真剣に考えた。

そういえば先日、考えていた作戦があったのを思い出した。普段から、オリビアはとくに子供達には優しくて、自分の弟ベネットにもなんだか甘かったのである。

今の今まですっかり忘れていたが、もっともな名案だった。

「俺が、彼女の『可愛い枠』に収まってしまえば……っ！」

そんなブライアンの独り事を拾った私服姿の護衛騎士達が、「え」と目を向けた。こいつ何言ってんだ、と正直な思いを表情に浮かべている。

その時、オリビアが給仕にケーキを勧められて少し移動した。指示した第二王子クラウスが、そろりと離れ、自分の護衛騎士達と全く同じ目でブライアンを見た。

「こわっ。いきなりなんだ？　お前が『可愛い枠』とか絶対ありえん」

目に留めた途端、彼が普段の我慢しない性格で口を開いた。指を向けると、続いてはこう言い聞かせる。

「いいか、ブライアン。とりあえず、その考えている何かを実行に移すのはやめろ」

ブライアンは、必死に考えていて聞こえていなかった。何しろ親に甘えた経験はなく、そもそも『自分が甘やかしてもらう』ことを考えたことはない。

どうすれば、彼女に可愛いと思ってもらって甘えさせてもらえるんだろう？

兄弟で一番可愛がられている弟を思い返すに、母がケーキを食べさせて――だが直後、それをされている自分を想像した途端、ブライアンは鼻血が出そうになった。

先日、肌を舐めてしまった際の舌触りと、彼女の喘ぐ甘い声を聞いたせいだろう。

大人のオスとして、『彼女の口に入れたケーキを一緒に食べる』という濃厚なラブシチュエーションまで妄想が飛躍した。

それが鮮明に脳内で再現された直後、ガツンと下半身にきて「ぐはっ」と背を屈めた。

「くっ……ふわふわのスポンジとクリーム、いいな。すごくやりたい……」

口を押さえて悶え堪えた。これまでケーキ類には全く興味がなかったのだが、二人でいちゃいちゃしながら美味しく頂かせてもらえるというのなら別だ。

そんな心の声が、若干口元からもれてしまっている。ブライアンの様子をずっと見ていたクラウス達は、こいつマジあぶねぇな、という目をしていた。

「おいブライアン。お前、この場で彼女を襲ったりするんじゃないだろうな？」

頼むからそれはやめろ、マジで、とクラウスがドン引きしてそう言った。

オリビアは、声をかけてくれた獣人族の給仕に「どうぞ」とにこやかに手渡され、彼に選んでもらったケーキが集められた皿を受け取った。

ケーキは種類が沢山あって、細く切られたケーキがのった皿は色もとりどりだ。それぞれから、味の特徴を含んだ甘い匂いが漂ってきている。

「とっても美味しそうだわ。ありがとうございます」

「いえ、他にも食べたいものがありましたら、いつでもお声掛けください」

男性給仕が、続いて小さなフォークを手渡して、にっこりと笑った。

オリビアは控え目に微笑み返すと、持っている小皿へ目を戻した。自国では、ほとんど食べることがなかったな……と、ぼんやりと思い出した。

甘いものをよく口にするようになったのは、あの国を出てからだ。

ザガスは、夕食には必ずデザートを添えた。夜のティータイムでも別の菓子やケーキを用意し、「甘い物は別腹」「休憩には甘いものが必要さ」なんて言って、オリビアと一緒に紅茶を楽しんだ。

でも彼の家では、これまで日常的にケーキやお菓子が出ることはなかった、とは仲良くなった屋敷の人達に聞いて知っていた。

公爵であり、治安部隊長であるザガスは、甘いものをあまり食べないそうだ。客人を招く時か、治安部隊の青少年達を泊まらせる際くらいしか用意がない。

だから、今はそれを毎日手配するのが楽しいのだと、執事長であるジェイミーも、紅茶の組み合わせやセッティングを考えるメイドやコック達と揃って語っていた。早く結婚して頂ければいいんですけど、と彼はついでのように小言も言って笑っていた。

ザガスは他人だろうと、まるで甥か姪のように大事にする人だった。貴族らしい贅沢趣味もなくて、楽しみは、治安部隊の隊員達に「よく頑張った！」とご飯を奢ること。

『君、一人なのか？』

社交デビューしたばかりだった頃、イリヤス王国から代表の賓客として招かれていた彼に、そう声をかけられたのが出会いだった。

あの時、まさか自分に話しかける人がいるなんて思っていなかったから、驚いた。チラチラと向けられている視線に気付いた彼に、「実は……」と事情を説明した。離れた方がいいと教えてあげた。そうしたら、ザガスは引き続き笑ってこう話しかけてきた。

『俺と一緒にケーキを食べよう』

まるで直前の話もなかったかのように、当たり前のように引いてくれた手が温かかったのを覚えている。こっちに来たばっかりで色々と分からなくてさ、と、彼は言って――。

「ぼうっとされて、どうしました？」

不意に、そう呼びかける声で我に返った。

そこには、クラウスが連れていた男の一人がいた。友人だと紹介されたものの、隙のないキリリとした雰囲気は、仕事に来ている軍人のような印象があった。

「もしや、どこか具合でも？」

「いいえ、なんでもないんです」

気遣いの言葉を聞いたオリビアは、大丈夫ですと答えるように微笑み返した。

小皿へと目を戻し、まずは白いクリームがのったケーキをパクリと口に入れた。舌で溶けるほどに甘くて上品な風味は、思わずホッとして笑顔になってしまうくらいだ。

つい、二つ目、三つ目、と続けて楽しんでしまっていた。

やっぱり何度口にしても、この国のケーキはどれも美味しい。そう思って次のケーキにフォークを向けた時、ようやく自分だけが食べてしまっている状況に気付いた。

オリビアは、一緒に来ていたブライアンを目で探した。少し距離を置いたところに、何やら腹を抱えた不自然な姿勢で、クラウスに「絶対に」だとか「するなよ」だと言われている彼の姿があった。

不意にブライアンが、パッと顔を上げて視線を返してきた。気のせいか、なんだか少し顔が赤くなっている。

「な、なんだオリビア？」

「ブライアンさんも、いかがですか？」

そう尋ねてみたら、彼が質問の内容が分からなかった様子で、疑問符を何個も浮かべた顔をした。話を聞く姿勢で歩み寄ってくる。

自分の説明が足りなかったらしい。オリビアは、目の前に立ってこちらを見下ろしてきた彼に、今度はケーキののった小皿を少し持ち上げて見せた。

「ケーキ、食べます？」

直後、ブライアンが、ピキリと音を立てて数秒ほど停止した。

「……ケ、ケーキ……こ、こここれは、俺は（食べさせてあげる、に）誘われているのかッ？」

「ええ。とっても美味しいですから、一緒にいかがですか？」

どうやら甘いものは平気であるらしい。オリビアが愛想良く勧めると、ブライアンがクワッと獣目を見開いて動かなくなってしまった。

青い顔色をしたクラウスが、間に入ってきてそっと彼を引き離していった。

「えぇとな、オリビア。その、彼は今、ケーキはいらないらしい。後で食べるから、こいつのことは放っておいてくれて大丈夫だ」

クラウスは手まで前に出して、首を振ってそう伝えてくる。

先程、料理も続けて口にしていたから腹はいっぱいなのだろう。それならと残っているケーキを食べることにして、オリビアは自分の口へと運んだ。

甘くて美味しくて、またしても幸せな気分に包まれた。知らず知らず緊張も和んだその柔らかな微笑みは、彼女の儚げな美しさをより一層引き立てている。

楽しんでいる様子は少女のようだった。しかしながら、蜂蜜風味のクリームが唇にはまれ、溶かしていくさまは女性としての官能的なものも秘めていた。

そして最後のケーキが、小さな口の中に入れられる。

その様子までブライアンは凝視していた。彼がぶるぶると震え出したのに気付いたクラウスが、一瞬くらりとドン引いた表情を浮かべた。

「あー……すまない、オリビア。彼とは少し話したいこともあってな。少しだけブライアンを借りていっても構わないか？」

クラウスが、硬直している大きなブライアンの肩を抱いて、もう少し後ろへと引き離しながら言った。

彼は一族の三男として『社交』に来ているのだ。少しの間それを忘れていたことを思い出したオリビアは、自分が邪魔してはいけないだろうと考えて「はい」と答えた。

「よし。なら行くぞ、ブライアン。話を聞くうちの一人が、まずは到着した」

「あ。そうなのか……って、すまないオリビア！」

直後、ハタと我に返ったブライアンが力強く謝ってきた。何故か、続けて何度も謝罪されたうえ、まるで懺悔するかのような独り言をぶつぶつとやってもいた。

「すまない。俺は少しクラウスと行ってくる。ここで足を休めて待っていてくれ」

「はい、お待ちしております」

律儀にも、クラウスと移動する途中までブライアンが送ってくれた。オリビアは壁際の方にある休憩用の椅子(いす)の一つに腰を下ろし、その場をあとにする彼らを見送った。

◆

しばしオリビアは、足の疲労感が抜けるのを待って静かに座っていた。

待っている間、同じ給仕がたびたびドリンクやつまみを勧めてきた。自国では、こうやって気にかけられることさえなかったから、心遣いが嬉しくて「ありがとうございます」「大丈夫です」とはにかんで伝えた。

こうしてぼうっと見ていると、参加者は人族と獣人族が半々だと分かった。第一王子といった高貴な者達も多く集まっているというのに、制服を着た兵の姿は見られない。

「……………とても、賑(にぎ)やかで楽しげな雰囲気だわ」

貴族の会とは思えないくらい、と自国の様子と比べて呟いた。普通なら厳重に警備されるはずなのに、ここにもこの国の王都の特色が表れているのかしら、とオリビアは少し不思議に思う。

古くからこの地に暮らし、戦乱時代に活躍した獣人族達が守っている王都。

その話は、エザレアド大国でも少し耳にしていた。大国の王侯貴族や神官達は、「家畜と共存とは愚かな」「獣が友など、崇高な人間がすることではない」と嗤った。

同じく生きている『尊き者』です。なのに、どうして手を取り合ってはいけないの？

オリビアは、大国が建前上、親交を持っている外国の絵本を読んで思った。神の化身の熊や一角馬、森の動物達と言葉が話せる女の子の素敵なお話だった。

みんな仲良くなって、手を取り合って幸せに笑って暮らす。でも、それを素敵だと思っていたのは、不必要な外出を禁じられたオリビアだけだった。

――神は人間を選び作られた、獣の上に立って当然の存在なのです！

――どうしてお前には分からないの！　この絵本は、愚かな下等の人間が作ったものなのよ！

異国の絵本を素敵だと口にしただけで、幼いオリビアは家庭教師にぶたれ、母達にも「この高貴なる聖女一族の恥だ」と責められて、お仕置き部屋に閉じ込められたりした。

でも、孤立した棟にあった彼女の部屋が、元々牢獄みたいでもあったから怖くなかった。

たった一つある窓から、たびたび鳥が訪れてくれるのが唯一の楽しみだった。

そうして、イリヤス王国の話を少し忘れた頃、ザガスに出会ったのだ。

彼が話してくれたのは、『獣の人』という夢みたいな種族がいる国のことだ。個性的で、力持ちの人達もいっぱいいるなんて本当かしらと、聞きながら想像するのが、オリビアはとても楽しくて。

あの大国から、そうしてあの棟から出られるなんて思っていなかった。彼から聞けたその話で獣人を知れて、そんな国があることを知ることが出来ただけで、嬉しくて。

もう思い残すことは何もない、と思っていた。きっと死ぬ自由だって与えてくれない。だからザガスという素敵な友達が出来たこと、その夢みたいな国のお話を胸に、あの棟で神に祈って生涯をひっそりと終えていく覚悟だった。

『ザガス様、ありがとう……もし、叶うなら、いつか私を連れて行って』

だから、最後に彼に会った時、口からこぼれたその言葉は本気ではなかった。語ってくれた彼の国の話や、彼の存在事態が、オリビアにとっては、夢そのものだったから。

でもザガスは、こうして自分を連れ出してくれた。

ここへ来てから、毎日が驚きと新鮮に溢れていた。一人一人が大切にされて尊重されている平和な国。そうして、二つの種族が、こんなにも仲良く互いを支え合って暮らしているなんて、なんて素敵ですごいことなんだろう！

こんな素敵な暮らしを、ここでずっと送れたのなら幸せだろう。

いつしかオリビアの中に、そんな気持ちが芽生えていた。叶わないことなのに、それは日々存在感を増していってもいた。

「あなた、見掛けない顔ね」

ぼんやり思い返していたオリビアは、不意に声をかけられてハッとした。向こうから、綺麗な赤い栗毛(くりげ)色の髪を結い上げた、童顔な印象のある貴婦人がこちらを見ている。

「ああ！　横顔を見て思った通りだわっ。お人形さんみたいねぇ」

目が合うなり、彼女がそう言いながらドレスを持って走り寄ってきた。パッと隣の椅子に腰掛けると、キラキラとした大きな藍色(あいいろ)の目でオリビアを覗(のぞ)き込んでくる。

「あなた、今、お一人？　隣に座っても大丈夫かしら？」

「え、あの、はい」

もう座っていらっしゃいますけれど……どこのご婦人かも分からないオリビアは、緊張もあって押され気味にそう思った。すると貴婦人が、先に自己紹介してきた。

「私、ジョアンナ・ディーイーグルよ。あなたは？」

「あっ、初めまして、私はオリビアと申します」

何度か聞いた家名だと思い出して、声がひっくり返りそうになった。

「えっと……、ディーイーグルと言うと、大企業の……？」

「ああ、かしこまらなくても大丈夫よ。夫がすごいというだけよ。私は結婚してから、自分の相談所を持っているだけで――あ、最近はね、子供達も夫の仕事を手伝ってくれているの。みんな男の子なのだけど、母としては可愛くって」

彼女が、ドレスのスカート部分の膨らみを、パシパシと叩いてどんどん喋ってくる。

のんびりとした口調ながら、芯が強くて性格はしっかりしていそうだ。オリビアが呆気に取られていると、彼女が続いて「あっ、そんなことよりも！」と目を輝かせた。

「すっごく綺麗な髪ね！　それに瞳の色もとてもいいわっ！」

興奮気味にずいっと顔を寄せられて、ビクッとして後ろに身を引いてしまう。

「あなたの目の色、私が大好きな【探偵ステファン】みたい！」

「た、探偵ステファン、ですか……？」

「知らない？　この国で一番有名な探偵小説なのだけれど」

そう喋り続けていた彼女が、ハタと言葉を切る。

「間違っていたらごめんなさい。もしかして、あなた、国の外から来た人？」

唐突にあてられて、オリビアは驚きで声が出なくなった。

ジョアンナが、何か察した様子で少し反省するように座り直した。

「ごめんなさい、困らせるつもりはなかったの。きっと、何か理由があるのね」

もうその話はしまいにするように言うと、ようやく口を閉じた。一連の流れにポカンとしてしまったものの、彼女があっさりすぐに身を引いたのが気になった。

「……あの、どうして『何か理由がある』とお思いに……？」

「だって、あなた、一瞬すごくつらそうだったから。ビビッと勘にきたというか。いえ、恐らく経験からきている部分の方が強いかもしれないわね」

「経験……？」

「長く生きていると、色々と経験するものなのよ。私は相談所をやっているのだけれど、実は事件解決アドバイザーの一人にもなっているの」

彼女が教えてくれたのは、王都警備部隊が速やかに民間に直接協力を求められるようになっていることだった。そこには、推理作家や個人探偵などの協力者一覧もあるのだとか。

「それもあって、色々と見て経験してきたの」

「民間に寄り添えるなんて……この国の王都の軍の体制と姿勢は、すごいですね」

「うん。私も、とても誇らしいわ」

会場の様子を眺めながら、彼女が貴婦人らしくない自然な背伸びをした。まるで自分のことのように嬉しく思っているような、とても穏やかな微笑みが浮かんでいた。

ふと、オリビアは会場の方を歩くブライアンの姿に気付いた。クラウスともう一人の男性と、少し年上の大柄な男性と話しながら移動している。

どこか大人びた笑みを浮かべて言葉を交わしている彼は、普段見ている神父の時と印象が違っていた。

　まるで知らないハンサムな一人の凛々しい男性に見えた。つい、ぼうっとなって目で追ってしまっていると、少しもしないうちに人の向こうへ見えなくなって残念に思った。

「彼のこと、好きなの？」

　心を読んだようなタイミングで隣から問われ、オリビアは肩を強張らせた。ハッキリそう指摘されてしまったら、もっと見ていたかったと思った気持ちを偽れない。

　でも、その質問に対して『イエス』とは答えられなかった。

　私は、ブライアンさんに恋をしている。けれど、芽生えたこの想いを育むことは、許されていないのだ。もし、焦がれるほどの恋に落ちたとしても、自分は想いを伝えることは出来ない。

「あらあら、どうしたの？」

　オリビアが胸元を握り締めると、ジョアンナが間伸びした声で訊いてきた。

「悩んでいることがあるの？　少しでも私が力になれるのなら、話を聞くわ。だから、そんなにつらそうな顔をしないで」

「……どうして、そんなに優しいんですか？　初対面の私なのに」

　別れと失恋の予感を覚え、心がバラバラになってしまいそうな悲鳴を上げている。そう痛む胸を押さえ、オリビアは縋るような目で彼女を見つめてしまった。

　するとジョアンナが、強い意志の宿った目で優しく微笑んできた。

「私がそうしたいと思うからよ。すぐそこに困っている人がいたのなら、私は無視するなんて出来ないわ。力になれるのなら、いつだって心から全力で応えたいの」

オリビアは、そんな彼女を眩しく感じた。心から助けになろうとしてくれて、正面から人のためにぶつかっていける女性なのだろう。

この国の人達は、みんな優しくて、親切で温かくて胸が苦しいくらいだ。でも、もう少し「ただのオリビア」としているために、この秘密は彼女にも打ち明けることは出来ない。

「…………ごめん、なさい」

目を落として謝った途端、不意にぎゅっと抱き締められた。彼女の身体は、柔らかくて温かくて、どうしてかオリビアは安心するような気持ちにさせられた。

「ああ、どうか俯かないで。あなたが話せないのなら無理に聞かないわ」

「……あの、どうして抱き締めるんですか……？」

「ふふっ、こうしていると、少しは元気が出るものよ」

ああ、彼女は『お母さん』なんだと、唐突にオリビアは気付かされた。

こんな風に『母』から抱き締められた記憶はなかった。でも、彼女がどんな風に我が子達を愛しているのか、この国で他の家族達の光景を見ていたから分かる気がした。

「ありがとうございます。もう、大丈夫ですから」

少し元気が戻ったのを感じて、その腕から離れた。

その時、見つめ返したジョアンナの目が、不意に小さく見開かれた。その藍色の瞳の奥で何か、不思議な色合いの光が動く。

「——ああ、そうなのね」

そう独り言を呟いた彼女が、ふっと表情を戻して笑いかけてきた。

「あなたは大丈夫よ。だから、どうか顔を上げて前を向いてね」

「あの、それは一体……？」

何がなんだか分からない。

するとジョアンナが、「うーん」と少し考える間を置いた。

「もし、私が『時々未来を見る』と言ったら信じてくれる？」

唐突にそんな言葉を投げられて、オリビアは驚いた。聖なる魔力を持った聖女一族のサンクタ大家でさえ、そんな風に魔力が作用する者などいなかった。

ジョアンナが「まぁ普通はそういう反応よね」と言って、気分を害した様子もなく椅子に座り直し、会場の方へ目を向けて話し出した。

「いつも前触れもなく、パッと映像が見えてしまうのよ。昔はよく分からなかったけれど、多分、必要な時に、必要な人のために見せられている未来、みたいな？」

「本当なんですか？　そのことを、旦那(だんな)様は……？」

「本婚約した後、別の事件に首を突っ込んでしまって。その時に、今の夫に『全部受け止めるから』と言われて打ち明けたの。そうしたらあの人、なんだか腑に落ちたみたいな顔で『なるほどな。分かった』で、すんなり納得しちゃって」

思い出したジョアンナが、くすくす笑った。

ふと、向こうを見た彼女が「あっ」と言って立ち上がった。その方向から、「ジョアンナ」と呼ぶ落ち着いた男性の声が聞こえてきた。

「今行くわ、あなた」

そう答えた彼女が、またしても貴婦人らしくなくドレスのスカート部分を持った。数歩進んだところで、パッと再びオリビアを見た。

「じゃ、またね」

また再会出来るとでも言うように、そんな別れ言葉を投げられた。不思議に思って尋ね返そうとしたものの、彼女はそのまま走り去っていってしまった。

人々の合間から、羽みたいな色合いをした男性の美しい髪が見えたような気がしたけれど、それもジョアンナの後ろ姿と共に、すぐ見えなくなっていった。

「なんだったのかしら……」

不思議な女性だったけれど、声をかけられてからの様子を思い返せば、貴族の妻、そして大企業の社長の妻としても、申し分ない素晴らしい社交性や行動力が窺えた。

オリビアは、自分には何もかも遠い素質だと憧れを覚えた。それを考えたら、またしても胸が苦しくなった。自分は、誰かと結婚出来る資格さえないのだ。

『お前をもらいたがる家や人など、あるものか』

自国で、何度も聞かされた言葉が脳裏を過った。聖女一族の落ちこぼれ。風呂や着替えのたび目に留まる、烙印のような痣を思ってドレスのスカート部分を見下ろした。

「……私に未来があれば、どんなに良かったか」

分かっている。誰も、こんな自分などもらいたがらないだろう。その相手が貴族であるのなら、尚更だ。

オリビアは、先程見た貴族の衣装を着たブライアンを思い出して胸が痛んだ。考え出したら気持ちがずるずる沈んでしまいそうで、意識を無理やり切り替えて自分に言い聞かせる。

「今、私が出来ることは、付き添いとして彼の恥にならないよう努めることよ」

自国で、受けるべき教育は一通り全て身に付けた。令嬢として最低限恥のない振る舞いなら出来る。自分はここで、まずはブライアンを待って——。

その時、視界の端に黒いコートが映った。

かなり予想外のことで、緊張が走って咄嗟にそちらを見た。視線を移動してすぐ、華やかな会場を移動する『黒い男』の姿がパッと目に飛び込んできた。

その黒い後ろ姿は、楽しむ素振りもなく人々の間を俯き加減に大股で過ぎていく。

帽子を深く被っていて顔は分からない。けれどその姿を目に留めた途端、覚えでもあるみたいな嫌な予感に心臓が大きくはねて、オリビアは思わず椅子から立ち上がっていた。

「黒い、コート……」

脳裏に過ったのは、先日に聞いたメイソンの話だった。第一王子の結婚の関係で不穏な動きがあるのではないか、という推測がされているらしいとは覚えている。

不安にドクドクした胸を押さえて急ぎ辺りを見回すが、ブライアンの姿はどこにもない。

「どうしよう。一度ブライアンさんに相談した方が」

だが、その黒いコートの男の姿が、人混みの中に見えなくなってしまいそうになった。見失ってしまってはいけないと、オリビアは咄嗟に後を追った。

不安で胸がドクドクと脈打っていた。男は、脇目も振らず会場内を移動している。不審に思う参加者はいないようで、彼は黒いコートの裾を揺らしてどんどん進んでいく。

一体、どうしてこんなところに『黒いコートの男』が？

焦る気持ちで考えた時、ふと、向こうにも一人、黒いコートで全身が真っ黒になっている男がいるのに気付いた。

一人じゃなくて、二人……？

そう訝った途端、オリビアはとても嫌な予感に心臓を掴まれた。この状況と、よく似ているものに覚えがあった。

まさかと思って目を走らせると、人々の間に、少なくとも四人以上の『黒い者達』が目に付いた。それらはすぐにでも、正面まで道を作れる位置に立っている。

その時、会場内に司会進行の大きな声が響き渡った。

「皆様こちらへご注目ください！　早速、本日主役のお二人に壇上へ上がって頂きましょう！　まずはご結婚予定の第一王子殿下達に、前祝いの乾杯を贈りたいと思っておりますので、どうぞグラスをご準備くださいませ！」

直後、後を追っていた男が、その声の方向へ走り出した。

「あっ、だめ」

唐突に全て察したオリビアは、真っ青になって慌てて駆けた。

他の黒いコートの男達が、不自然に佇んで参加者達の立ち位置を巧妙にずらした。その男は一人分が通れる道を、目的の場所を目指して真っすぐ進んでいく。

「お願い……っ、誰か」

彼に追い付こうと必死に走りながら、オリビアはどうにか言おうとした。しかし、喉がカラカラに渇いてうまく声が出ない。

こんな光景は、生まれ過ごしたエザレアド大国で目にしていた。「黒コート」はもっとも多く使われていることで、グループの仲間を撃たないようにするための目印だ。

それは、刺客や暗殺だった。

その時、黒コートの男が懐に手を入れるのが見えた。オリビアは、銃の存在が頭に過って血の気が引いた。もし、これがただの勘違いだったとしたのなら大事だが、それでも動かずにはいられなかった。

好きになったこの国の、優しい人達に、もし何かあったとしたら――。

私はきっと、今動かなかったことを後悔するだろう。

「あなた！　何をしているの!!」

オリビアは追いながら、ありったけの声を張り上げた。こんなに大きな声を出したのは初めてだったが、それでも周りの賑わいに比べればまだまだ小さくて。

ハッとしたように男が振り返ってきた。懐から引き抜かれた手の銃に、オリビアが息を呑むと男が「チッ」と大きな舌打ちをした。

「畜生ッ、邪魔するな！」

怒声と共に、真っすぐ銃口を向けられて恐怖に身体が強張った。心臓がドクンッと大きくはねた。逃げなければ、という思いが全身を走り抜ける。

だが、直後、オリビアは「あ……」と気付いて足から力を抜いた。この状況で咄嗟に頭に浮かんだのは、今も周りにいる会場の人達のことだった。

――私が避けてしまったら、後ろの誰かにあたってしまうわ。

込み上げたのは、悟りか絶望感なのか分からない。ただ、こんな自分でも盾として誰かを救えるのなら、逃げてはいけない。

そんな思いが、臆病なオリビアの足を留まらせてくれた。

「わ、私は逃げません。ここにいる人達の、誰にも、あてさせない」

男に向かって震える手を広げると、恐怖でガチガチになった口を動かした。

その時、横から素早く一人の給仕が飛び出してきた。気付いたオリビアが「あっ」と驚いている間にも、彼は男の銃に食らい付いていた。

「もしもの応援要請だ、と指示を受けて協力と護衛に来てみれば、コレですか」

獣歯が突き刺さった銃が、そのままバキリと噛み砕かれる。

それは先程、ブライアンと別れたあとに、何度かドリンクを持って来てくれていた男性給仕だった。男が「な⁉」と目を剥く中、彼が冷静な獣目を向けて淡々と続ける。

「初めまして。俺は王都警備部隊の隊長直属、一班のリーダー、アルクライドと申します」

「王都警備部隊だと⁉　何故、こんなところにッ」

喚いた男が、獣のごとき速さで動いたアルクライドによって、床に叩き付けられてそのままうつ伏せでねじ伏せられた。

「まぁ、驚くのは早いですよ。ウチは今回『助っ人』ですからね。まんまとおびき出されたことにも気付かないとは、意外と今回のグループは、阿呆なんですね」

オリビアは呆気に取られていた。発砲されなかったことへの安堵感から、一気に力が抜けてうまく思考が追い付かないでいると、彼の獣目がこちらを向いた。

「お嬢さん、お怪我は？」

「えっ、……あ、いえ私は大丈夫、です」

もう大丈夫なんだ。そう思ったら、どうしてか声が震えてしまった。困惑したオリビアに彼が「それは普通の反応ですので、お気になさらず」と言った。

「あなたはとても勇敢でしたよ」

勇敢……？　私が？

オリビアは、そこでようやく会場内が騒がしくなっていることに気付いた。けれど、それは自国であったような騒ぎやパニック状態とはまるで違っていた。

黒いコートの男達が、呆気ないほど次々に取り押さえられていっている。茫然と辺りを見やれば、「第一王子殿下達を別室へ」という冷静な行動指示の他は、動揺の全くない色々な声が飛び交っていた。

「軍人諸君、加勢は必要かい？」

「一体何事ですの？　わたくし、咄嗟に沈めてしまいましたわ」

「なんだか分からんがいいぞ！　実に楽しい捕り物だ」

「ははは、どんどんやれ！」

その時、オリビアは「くそっ」と吐き捨てる声を聞いた。一人の男が黒いコートを脱ぎ捨てて、空いたスペースを抜けるべく走り出すのが見えた。

「待……っ！」

その姿を目で追いかけた一瞬後、見慣れた人が飛び出してきて驚いた。

唐突に現場へ滑り込んできたのは、ブライアンだった。別の黒いコートの男を片手で持ち上げている彼が、その逃走男を獣目でロックオンする。

「ここにいたのか、『リーダー』め」

そう口にしたかと思うと、近くにいた別の青年に黒いコートの男を投げて寄越した。そして一気に間合いを詰め、その男を腕一本で掴んで引き倒してあっと言う間に取り押さえた。

「ったく、こんなところで動き出すなよ」

ブライアンがイラッとした顔で、吐息交じりに告げる。

その後ろから、不敵な笑みをたずさえてクラウスが悠々と進み出てきた。床にねじ伏せられた男が、ハッと気付いて目を向ける。

「貴様らの動きは、下手（へた）な『入場』から既に把握済みだ」

「くそったれめ！」

「おやおや、口を慎みたまえよ『外国からの招かれざる客人』。この俺、第二王子クラウスの御前であるぞ」

第二王子、と聞こえてオリビアは目を丸くした。しかし対する男は、侮辱だと言わんばかりに顔を真っ赤にして、ニヤッとするクラウスに怒鳴り返していた。

「くそッ、たかが王子と警備部隊に、他国の俺らを直接裁く権利はないはず――」

「悪いが、ここにいるのはそこのクラウス第二王子殿下や、第一王子殿下だけじゃねぇ。王都警備部隊にしろ、助っ人にと数人くらいしか借りてない」

不意にブライアンが冷静に口を挟んだ。

「お前らを取り押さえている連中は、部隊員ではなく団員だ」

「団、員……」

「そう。ここにいるのは、王族直属【聖ガルディアン騎士団】だよ」

ねじ伏せられていた男が、青い顔でピタリと静かになった。ブライアンは、視線を合わせたまま淡々と告げる。

「俺は団長のブライアン・ジョセフバーナード。陛下と神の名のもと、俺はジョセフバーナード家の名においても、この場でお前達に死刑を与える権限を有している」

取り押さえられている中で、まだ悪あがきをしてもがいていた男達が、その家名を耳にした途端に大人しくなった。

その様子をニヤニヤと見守っていたクラウスが、「さて」とシメのような声を出した。

「兄上と、俺の未来の姉上に手を出そうとした罪は重いぞ。指示に従わないようであれば、今回の件を陛下から任されている俺が、ブライアン騎士団長に命じることになる」

何を、という明確な言葉は出されなかった。けれど先の説明もあって、それが処刑執行を指

していることは明白だった。

「………こ、降伏する」

数秒の沈黙を置いて、リーダーの男が小さく両手を上げた。

直後、ブライアンが指示を出し、取り押さえた男達の連行を始めた。その後ろで、クラウスがふと動き出し、王都警備部隊員が連れている最後尾の一人のもとへ寄った。

「そういえばな？　陛下達が、何やらお前達に少し訊きたいことがあるそうだ。不思議だよなぁ。そこには外交大臣もいたんだが、俺も理由を知らないでいてな」

囁きかけたクラウスが、そこで男の反応を見た。何かを察したのか、真っ青になった顔で見つめ返された彼は「ふうん」と言ってほくそ笑む。

「俺は、なんの話かは伺っていない。ただ、お前達の身はブライアン達に内緒で、王都警備部隊に引き渡された後、とある特別な場所に移動されることになっている、とは伝えておこう」

「特別な、場所……」

「いいか、これは善意からの俺のアドバイスだ。あとで仲間達にも言っておけ。陛下達が、何を知りたがっているのかは知らないが――『命が惜しいのなら隠さない方が身のためだぞ』、と」

クラウスはそう耳打ちすると、男からそっと離れた。

場が鎮圧されてすぐ、オリビアは、先程のアルクライドという警備部隊員に「こちらへどうぞ」と促されていた。

「ブライアン騎士団長が迎えにきますので、ここで少しお待ちください」

案内されたのは、壁際に置かれていた休憩用の椅子だった。エスコートするように丁寧に座るのを手伝った後、彼は一礼して部隊員のもとへ戻っていった。

黒いコートの男達が、私服に身を包んだ聖ガルディアン騎士団の者達、そしてサポートに入っていた王都警備部隊の数人と一緒になって、連行されていく。

オリビアは、その様子をしばしぼうっとなって見送った。

「乾杯出来なかったわねぇ」

「まっ、次があるさ」

終わりになってしまった会の撤退指示が出されるまではと、紳士淑女が一休憩のごとく引き続き飲食を楽しんでいる。

会場内は、騒ぎがあったにもかかわらず椅子やテーブルも無事だった。参加者達（かれら）が、それだけ余裕で男達の取り押さえの協力に当たったのが伝わってくる。

「……なんだか、すごい国ねぇ……」

直前にあった緊張感の疲労もあって、オリビアはそんな感想しか出てこない。

どれくらいそうしていただろうか。しばらくすると、向こうからブライアンが走ってくるのが見えた。目が合った際、やや困ったように微笑む表情にドキリとする。

「騒がしいことになってしまって、すまなかった」

長身なので、座っているオリビアを気遣ったのだろう。目の前まで来た彼が、片膝（かたひざ）をついてそう言ってきた。

オリビアは、立ち上がるタイミングを逃してしまったと気付いた。彼を意識してしまって、そんな何気ないところにもドキドキしてしまう。

「いいえ、大丈夫です。あの、私の方こそ、この前は騎士団のお仕事で動いていたとも知らずに、ごめんなさい」

黒いコートの男達とは関わりがなく、騎士団として追っていた。もうそれだけで安心していたから、謝罪は不要ですと伝えるように微笑み返した。

「ブライアンさんって、騎士団長様でもあったんですね。獣人貴族のお家関係で？」

「……その、」

何かを言いかけたブライアンが、呑み込むようにして困ったような笑顔をみせた。

家のことは、尋ねない方が良かったのかもしれない。先程のやりとりで、恐らくはそれなりに名前を知られている獣人貴族の一族だろうと推測はしていた。それでいて、特別な権限を持った王族直属の騎士団長を務めてもいる人――。

オリビアは、自分にとって遠い人であるのだと感じて胸が苦しかった。それを紛らわすように明るい話題を選んだつもりだったのに、失敗してしまったらしい。

一族のことに関しては、軽々しく打ち明けられない何かがあるのかもしれない。

それを尋ねる資格は自分にない。オリビアこそ、秘密を抱え持っている。遠い人であるという悲しみ、そうして後ろめたさで目を落とした。

それをどう受け止めたのか、彼が「あ」と思い出し、すまなそうな顔をした。

「その、騎士団のことは、教会の者は知っているんだ。ただ、町の人達にはあまり大々的には伝えてはいないというか……。騎士団の窓口にもなっていると分かったら、来づらいこともあるかもしれないし」

焦ったようにブライアンが言う。彼は先程だって、とても素敵で勇敢でかっこ良く仕事をしていた。それなのに自分が騎士団長であったのを詫(わ)びているみたいだった。

「本当にすまなかった。君を巻き込んだ」

オリビアが声をかけようとしたら、彼が先に謝ってきた。

どうやら先程、黙ってしまっていたことを誤解されたらしい。ブライアンは一層心配したような顔をして、オリビアを覗き込んでくる。

「ずっと連中の動きはマークしていたんだが、まさかココにきて動き出すとは、正直思ってもいなかった……。怖がらせてしまったか？」

「どうか謝らないでください。少し驚きもありましたが、私は大丈夫ですよ。騎士団長様をしていたブライアンさんも、とてもかっこ良かったです」

オリビアは、正義のために動いていた彼を思って微笑んだ。彼の勇姿を思い出して会場へ目を向けてみれば、直前の騒動も感じないくらい明るい空気がある。

「………かっこ、いい……」

向こうを見ているオリビアの前で、ブライアンが小さく繰り返してじわじわと赤面した。今なら、と呟いた彼の手が、スカートの上に置かれている彼女の手へそろりと伸びる。

その時、オリビアは「それにしても」と彼に目を戻した。

「皆さんが、こうして落ち着いているのにも驚きました」

「獣人族は、戦闘種族だからな」

先に手を引っ込めたブライアンが、そわそわと立ち上がって咳払い(せきばら)いをする。

「それに、今回はタイミングも良かった。この会を支援しているディーイーグル伯爵家が、軍部総帥であるベアウルフ侯爵とは個人的に繋(つな)がりがあってな。向こうの方から先に、何かあればいつでも協力を、という知らせがクラウスに届いたらしい」

それもあって、応援要請もスムーズにいって精鋭部隊班を借りられた。そう語って落ち着いてきたのか、次第に彼の表情から緊張が抜けていった。

「ディーイーグル伯爵家が絡んだことは、これまでもたびたびあったんだが。思い返してみると、まるで未来も知っているかのようなタイミングに感じることもあるんだ」

ブライアンが、場の空気を解そうと冗談を言って笑いかけてくる。

その話す横顔に見惚れてしまっていたオリビアは、目が合った途端にドキドキした。続けられる話も理解半ば、どうにか顔が熱くならないよう意識するのに必死だった。

昼食会場から送り届けられた翌日。

公爵邸の使用人達は、何やら朝からそわそわと落ち着かないようだった。何かあったのかと尋ねてみると、「これから旦那様より話がございますので……」とのことだった。

オリビアは支度を整えると、どこか心配そうな使用人の一人に案内されて一階に下りた。

そこには、既に軍服姿に着替えたザガスが待っていた。

昨日、彼は昼食会の一件を心配して、仕事の途中で一旦帰宅して話を聞いてくれていた。けれど今日は、それ以上の心配を浮かべて、緊張気味に組んだ手に口をあてている。

「どうかされたんですか……？」

執事長であるジェイミーに勧められ、椅子に腰掛けながらオリビアは尋ねた。

ようやくザガスが目を合わせてきた。まるで昨夜からずっと悩んでいたかのように、その顔には少し睡眠不足のような疲労まで見て取れた。

「オリビアちゃん、どうか落ち着いて聞いて欲しいんだが、……その」

ザガスが、途端に言葉に詰まった様子で、喉仏を上下させて言葉を切った。

オリビアは、滅多にない彼を前に緊張した。彼自身が『どうしてこんなことになっているのか』と苦しんでいるように見えて、たまらず声をかけた。

「ザガスさん、いいんです。何があったのか教えてください」

「…………実は、大神官長と大神官達の一行を、友国訪問として寄越すと、エザレアド大国から正式に知らせがあった」

長い逡巡（しゅんじゅん）を置いて切り出したザガスの言葉に、オリビアはひどく動揺した。

「ど、どうして」

「分からない。これまでほぼ貿易のみだった。そんな中、うちの国と繋（つな）がりがある国々へ、自国も親愛国であると示すうえでの訪問が目的である、らしいが……」

苦渋の様子でザガスは語る。

エザレアド大国の大神官は、聖女一族を国から任された大聖堂のトップ達である。滅多なことでは自国を出ない『最上級国民』に指定されているのだが、使者から知らせが届けられた日には、既に出国していて、数日後には到着する予定になっていた。

だから、イリヤス王国にとっては急な知らせでもあった。外交の交渉やこちらの承認も経ないまま、一通だけ知らせを寄越してきた今回の件については、簡単に言えば、「もう向かっているので準備をしておいてくれ」という、やや強引な内容でもある。

それでいて、あちらは友好国訪問を行うにあたって『条件』まで提示してきた。

——公式の場に、我が国の聖女一族『五姫のオリビア』も出席させるように。

実は昨日、その件でオリビアの留学入国を知る者達が王宮に集められ、国王から直接「個人的な意見でいい」「どう思う?」と問いかけがあったのだという。

知らせの通り、国同士の繋がりを周辺国へ示すための訪国。経済的な国交利益増へ繋げるつもりがあるのだと考えれば、大神官長達が自ら訪国し、より強く親交を示すのは互いに利点である。

だが陛下としては、そこに政治的権限のない『国宝』扱いの『聖女』を、必ず同席させる必要性はあるのか、と、手紙を読んだ際の印象が個人的に少し気になったのだとか。

国王の直感は、だいたいは間違っていない。

オリビアは、ザガスの話を聞きながら思った。とくに、一族の中で出来損ないとされている自分が出席するのは、全く政治的にもアピールにならないからだ。

「どうして、今頃になって……」

ザガスと同じく、オリビアにも向こうの意図が考え付かない。

——だが、一つだけ、思い浮かんでいることはある。

自国を出てから、しばらく経ったこのタイミングでの訪国だ。それを考えると、オリビアはこれまでにも受けたことから覚えのある絶望感も抱いていた。

やってくる相手は、お前を受け入れるところなどあるものかと、サンクタ大家の汚点としてことごとく自分を公共の場で侮辱してきた大神官達だ。そして彼らは、オリビアを許さないとばかりに、いつだって同じことをした。

「俺だって、今頃おかしいだろうと思った。君の一族が自国を出るなんてなかったし、友好国として強く示したいのなら、アピールしたいという考えがあってもおかしくはないだろうと陛下達も……普通に考えれば、そうだ。でも、俺は……」

ザガスが言葉を詰まらせ、その顔に珍しく悔しそうな表情を浮かべた。

「俺は納得出来ない。だって、おかしいだろう。この急な訪問で『オリビアちゃんを絶対に出せ』だなんて、まるで、オリビアちゃんの存在をわざと一番目立つ場所で、大々的に知らしめるみたいじゃないか」

この留学の件は、全てイリヤス王国側に任せるとされていた。外国文化やその暮らしを学べる良い機会なので、知らせるのは一部だけにするという内容についても、外交大臣達側の書面で伝えられている、とは以前ザガスから聞いていた。

後者の内容については、この国交に必要があっての唐突の終了だ。国同士のことを考えると、式への出席を断れないとは、ザガスの深刻そうな表情からも察せた。

ああ、それで彼は苦しそうにしていたのね。

ようやくオリビアは気付いた。留学先の保護責任者として、決定したことを伝え、確認してくることを彼は任せられているのだろう。

オリビアも、国が関わると色々と難しいとは分かっていた。思惑が掴めない大神官長達と会うのは、とても怖い――でも、彼のためにも逃げてはいけないのだ。逃げられない。

「こう見えて、私もサンクタ大家の娘です。……だから、公式の場への出席も平気なんです」

優しい彼に、そんな表情をして欲しくなくてそう言った。不安でいっぱいだった。震えてしまいそうになる手を、テーブルの下でこっそり握り締めて耐えた。

その日が来てしまったら、恐らくはこれまで通り過ごすことは出来なくなってしまうだろう。

「ですから、出席の意思はあるので問題は何もない、と皆様にはお伝えください」

「オリビアちゃん……」

気遣うように名を呼ばれて、つい縋りたい不安に涙腺が緩んだ。しかしオリビアは、涙を見せたくなくて無理やり微笑んで見せた。

「私、ザガスさん達を困らせたくないの」

ねぇ、お願い、と微かに震える声で本心を言った。

もう、自分は十分幸せだった。ザガスという初めての友達が出来て、生まれた国では手に入らなかった形のない素晴らしいものを沢山もらった。

温かい時間があると知れた。人の温もりを知った。普通の女の子みたいにびっくりして、笑って、美味しさに胸がほかほかとして、そして初めての恋心も……。

長い沈黙があった。朝食の料理を運び入れるタイミングを待つ給仕達が、コック達と一緒になって見守っていた。同じく待機中の執事長ジェイミーとメイド達も心配そうだった。

黙り込んでいたザガスが、やがて長すぎる黙考を終えて口を開いた。

「………分かった。陛下らにもそう伝えておく」

どうにか声を絞り出す様子は、自分の無力さを悔いるかのようだった。自分の決断がそうさせているのだろうと分かって、オリビアは潤んだアメジストの瞳で申し訳なく微笑み返した。

「ありがとう、ザガスさん。……それから、ごめんなさい」

そう小さな声で続けた。

もし何かあったとしても、もう十分だ。だって、こうして自分があの大国を出られて、この国に来られたことが奇跡なのだから――。

「――あれ？」

ふと、違和感を覚えた。あの大国で叶ったことなんて自分にあっただろうか。そう考えたところで、オリビアは先日のことが蘇って心臓がドクリとした。

「そもそも、どうして私、彼らが刺客だと一目で気付いたのだったかしら……？」

その呟きを聞いたザガスが、僅かに肩を強張らせた。

オリビアは、今更になってようやく思い出した。あの時、自分は「黒コート」の目印を付けるという特徴的な方法を、この国の誰よりも知っていると分かったから動いたのだ。

これまでだって、自国でよく見ていたじゃないか。

神に愛されし完璧な国だと謳っておきながら、見栄と権力と覇権の奪い合いで、内部の物騒なことも日々多かった、あの大国のやり方を。

「私の、せいだ」

なんてことを、とオリビアは胸に広がる絶望感に気が遠のきそうになった。

自分の留学は、たまたま認められたわけではない。あの暗殺騒動の一件も、これからの大神官長達の訪国の流れも、当初から大国では計画されていたことで……？

「ごめんなさい。――ああ、ごめんなさい、ザガスさん。も、もしかしたら、わ、わた、しのせいで殿下の元へ刺客が」

ひゅっと喉がしまった時、不意に力強くかき抱かれた。

椅子から立ち上がったザガスが、駆け寄ってオリビアをぎゅっと抱き締めていた。その温かさに包まれて、彼女はパニックになりそうだった心がほんの少し落ち着いた。

「知ってた。知っていたんだ。もしかしたら、そうくるかもしれないと可能性を考えたうえで、俺達は向こうから出された留学許可の話に乗ったんだ」

「え……？　待ってください、どうして……それに『俺達』って？」

「俺と、陛下と、相談していた外交大臣と。そうして貴族界の、俺の一部の友人達と」

ぎゅっ、とザガスはオリビアを強く抱きしめた。

「それが君を、あの国から引っ張り出せる、唯一のチャンスだったから」

　それを聞いた途端、オリビアはじわりと涙腺が緩んだ。優しすぎて心配になる。

「ザガスさん、どうしてそこまでして……私っ、ザガスさんを困らせるまでの迷惑を、かけたくないんです」

「大丈夫だ。先日の浅はかな襲撃も、あの通り防いでいたろ？」

　ザガスは腕を解くと、オリビアの涙を拭(ぬぐ)った。

「俺らの国は、あーんなのへっちゃらなんだ」

　ニカッと貴族らしくなく笑った彼が、そこで「よし！」と元気のいい声を出した。

「この件に関しては、もうしまいだ」

「でも、もしザガスさんに不利になるような動きを、大神官達がしてきたら――」

「そんなのは、今は考えない。きっと大丈夫――さっ、まずはメシにしよう！」

　いつもの貴族らしくない軍人っぽい言い方だ。オリビアは、元気いっぱいの大きな声に一瞬びっくりして、それから「ザガスさんらしいわ」と弱った笑みをこぼした。

　早速というように、給仕達とコック達が飛び込んできた。

「よし来た旦那様ッ、今日の朝食は超絶重いガッツリメニューです！」

「俺の故郷の料理でして、牛肉丸々一塊を使いました！」

「それはかなり胃に重そうな料理だな、上出来だっ！」

席に戻ったザガスが、次々にテーブルに並べられていくメニューを前に真剣な顔で褒めた。

屋敷内の時間が、いきなり流れ出したみたいだった。

慣れたその賑やかさを感じている間にも、オリビアはメイド達に残る涙を拭われたりしていた。他のメイド達は、執事長であるジェイミーと一緒になって忙しなく動き出している。

「旦那様。時間が押しましたので、紅茶も先にご用意しておきました」

「うむ。さすがだな」

「旦那様すみません。伯爵家執事のセバスさんが、本日にも突撃してきそうです」

「ごほっ」

さりげなく混ぜてきたジェイミーの謝罪報告を聞いて、ティーカップに口を付けていたザガスが激しく咽せた。

◆

公爵邸にいつもの朝が戻り、そうやって普段と同じ時間に屋敷を出た。

いつも通り教会の手伝いに来たものの、オリビアは今朝の知らせが頭を離れないでいた。

ほとんど自国から出ることがない大神官達が、わざわざ遠いこの国に来る。それは国交が始まって以来、初めてとなるエザレアド大国からの正式訪問だった。

もし刺客の一件に大国が絡んでいたとしても、たった数日で調査が進むはずもないからと、今のタイミングだったのかもしれない。だがそうすると、その責任をオリビアに押し付けて自国での『断罪』に持ち込むという線も難しい。

――どちらにせよ、彼らの訪問の目的は自分だろう。

オリビアは、彼らが自ら帰国する形を取らせる方向で動いてくる気もしていた。大国から出すことのない聖女一族。それでいて大神官達は、公的な場で「お前の居場所はどこにもない」と何度も侮辱し、神罰を下すかのように絶望を与えてきた。

両国の友好を示す王宮での式だ。入場の際に、自分は『サンクタ大家の五姫』としての家名と身分が明かされて、陛下の御前まで進まなければならないだろう。

だからその時には、正体が明かされてしまう。

ぼうっと考えてしまっていたオリビアは、しばらくは集中出来なかった。掃除担当表も見間違えてしまい、シスターから親切に教えてもらうまで気付かなかった。

「ふふ、オリビアさん珍しいですね。この時間は、礼拝堂の掃き掃除担当ですよ」

「え!?　あ、ごめんなさいっ」

オリビアは、慌てて自分の掃除担当の場所へと向かった。

礼拝堂が見える位置の掃き掃除をしていると、祭壇側でブライアンが来訪者の対応にあたっていた。先日の昼食会で『もう一方のお仕事』は一区切りついたのか、寝不足も解消されて朝からずっと調子が良さそうに動き回っている。

オリビアは、つい掃除する手も止まり、きびきびと動いている彼の凛々しい顔や、たくましい姿にしばし見惚れてしまっていた。

神父様なのに、その一方で騎士団長としても活動している人。

どうやら聖ガルディアン騎士団は、王族関係直属の組織であるらしい。それでいて彼の一族自体、それなりに名を知られている獣人貴族でもあるようだ。

その三男である彼が、この教会にいるのも理由があったりするのかしら？

ふと、そう今更のように考えたところで、オリビアは自分には関係のないことだと小さく首を振った。だって、そんなこと関係なしに、神父の彼に想いを寄せてしまっていた。

こうして遠くから彼の姿を目にしているだけで胸は高鳴った。ドキドキして身体の芯まで温かくなるみたいに、好きな気持ちが溢れてふわふわしてくる。

ああ、彼がこちらに目を向けてくれればいいのに――そう思って見つめていたオリビアのもとへ、元気のいい足音がバタバタと迫った。

「新入りのシスターの姉ちゃん！　ぼうっとしてどうしたんだ？」

「きゃっ」

不意に声をかけられて驚いた。振り返ってみると、そこにはブライアンと同じアッシュグレーの髪と、翡翠の獣目をした彼の弟ベネットがいた。

年頃は十一、二歳くらいで、まだ大人になっていない彼の頭には獣耳が付いている。兄とは違うふわっふわな癖毛頭は、モコモコとした熊の獣耳が大変よく似合った。

それを数日振りに見た途端、オリビアは感極まって声も出なくなった。

「どうしたんだ？　シスターの姉ちゃん」

ぶるぶるしているオリビアを見て、彼が身体ごと小首を傾げて尋ねる。その愛らしい獣耳が感情と直結して、ピコピコと揺れて動いていた。

――やっぱりどの獣耳よりも可愛い。

直後、ズキューンっと胸に突き刺さって、オリビアは頭の中にあったアレやコレやも飛んで口を押さえた。こんな子が欲しい、という母性本能にまで達していた。

「可愛いっ！」

「あ～……うん、はいはい。その反応をされると思ってたよ。しかも声、全然抑えられてないからな」

ベネットが悟ったような表情を浮かべつつ、諦め交じりに指摘する。

オリビアは、彼の頭を見つめたまま、ふらりと動き出して箒を近くに立てかけた。

「今日はどうしたの？　お兄さんに会いに来たの？　耳に触ってもいい⁉」

「向かってきながら動かされている手が、既にあやしいぜ。ちょっと落ち着けって。兄ちゃん達もみんなそうだったし、別に珍しい耳でもないいんだけどなぁ」

「あなた達の家系って、みんなこんなに可愛らしい耳なの？」

「『可愛らしい』……えっと、うん、まぁ形とかは同じかな」

　感想を繰り返したベネットが、思い返す表情をする。

「父さんも同じだって聞いたけど。ああ、父さんと爺ちゃんは『尻尾』もあったみたいだぜ。獣人族はさ、血の強さで幼少期の個性とかも色々違ってくるんだ」

「他にも小さい子はいる？　あっ、待って、今の耳の動きすごく可愛い！」

「うん、だから姉ちゃん落ち着けって。俺の話ちゃんと聞いてる？」

　はぁ～やれやれ、とベネットが片手を腰にあてた。

「俺以外にちっさい子いないけどさ、まぁ、なんつうの？　もし姉ちゃんが、兄ちゃんと一緒になったら、生まれる子は俺と同じ耳付きだよ。そしたら、姉ちゃんは俺の尊敬する兄ちゃんの嫁で、俺の本当のお姉ちゃんになれるんだけど……どうかな？」

　彼が期待の眼差しを向けて、もじもじとそれとなく勧める。しかしオリビアは、またしてもピクピクと震えた熊耳に釘付けになっていた。

「はぁ。なんて可愛いのかしら」

「両手組んでうっとりするレベルなのか？　言っておくけど、俺のこと、可愛い可愛い連呼するのもどうかと。ほら、男としては『かっこいい』って言われたいもんなんだぜ」

　そうは言うものの、ベネットは得意げに鼻を擦ってもいた。どんな子よりもオリビアの『可愛い』を独り占めしている彼は、その反応にまんざらでもない様子だった。

「兄ちゃんに勉強を見てもらったのを、自慢してやろうと思って、様子見がてら立ち寄ってみたんだけど。そんなに言うなら、先に俺の頭をポンポンさせてやってもいいぜ！」

甘えたい盛りの彼は、偉そうにしつつもオリビアに『撫(な)でて』と頭を向けた。

その様子を、ブライアンがまたしても悔しそうに見つめていた。礼拝堂の支柱の陰から覗(のぞ)き込み、ギリィッと全力の悔しそうな表情で弟の方を睨(にら)み付けている。

「くそっ、もう少し早く出ていれば……！」

ようやく指示を終えて向かおうとした矢先、ベネットがオリビアに突撃したのが見えて咄嗟(とっさ)に隠れてしまった。

一歩出遅れたのを感じて、朝からの慌ただしさに殺意を覚えているところだ。ギリギリ歯を鳴らしながら呻(うめ)いている後ろで、男性聖職者が思わず足を止めて声をかける。

「ブライアン様、弟に本気で悔しがるのやめてください……。あなたの容姿と強さに憧(あこが)れている全女性が、ドン引きします」

彼は既婚者の立場からも、本気でそう言った。

だが、ブライアンは聞いていなかった。向こうにいる二人は楽しげで、しかもオリビアは笑顔が弾けていて、もうとにかくめちゃくちゃ可愛い。

「くっ。俺がオリビアの一番の『可愛い枠』を取るには、一体どうしたらいいんだ!?」

「あなた、私の話を聞いていませんね？　というか、ご自分が『可愛い枠』に収まれると本気で思っているんですか？　絶対無理でしょ」

男性聖職者は、諦め顔で指摘する。

でも当のブライアンは本気だった。子供達が日頃甘やかされているのを見て、めちゃくちゃ羨ましいと思っていた。

だから自分も、オリビアに甘やかされたい。その顔を正面から見られる体勢で、彼女の手で触れてもらいたいのだ――その時、ベネットがオリビアに頭を撫でられたのが見えた。

「あッ、あいつ……！」

相手は成長変化も迎えていないどころか、二次性徴だってまだの幼いオスの子供で、しかも彼の実の弟である。

しかし、出会い頭に恋に落ちた恋愛初心者の、意外と初心なところがある二十九歳、神父のブライアン・ジョセフバーナードは強烈な感情に苛まれた。

「クソ羨ましい」

彼は、心からの低い呟きをこぼして膝から崩れ落ちた。大きな彼が膝をつく音に気付いて、近くを通り過ぎようとしていた別の男性聖職者らも「え」と目を向ける。

昨日、昼食会に参加した際、少しだけ彼女との距離が近付いたような気がしていた。お互い普段とは違う衣装で、いい感じのムードが漂っていたようにも思う。

それでいて、騎士団長としての働きを「格好良い」とも褒めてもらえた。

だが、まだまだブライアンは自信がなかった。目の前で見せ付けつけられた『オリビアに頭をポンポンされた弟ベネット』を前に込み上げたのは、強烈な焦りだった。

「………弟じゃなかったら、多分ぶっ飛ばしてる」

両手を床につき、ふーっふーっと尋常ではない荒い獣の呼吸音で低く呟く。別のオスに少し先を越されたような焦燥(しょうそう)感に襲われ、嫉妬(しっと)で胸が張り裂けそうだ。

遠目で見守っていたシスター達が、今にも暴れ出しそうな気配にそそくさと逃げた。あとを任された男性聖職者達は、もはや呆気(あっけ)に取られた目で彼を見つめている。

――彼女に頭を撫で撫でされるとか、最高じゃないか。

ブライアンは、それをされている自分を妄想して思った。

しかしながらその想像は、またしても一気に飛躍した。恋人同士の触れ合いを通り越し、そして夫婦としてイチャイチャ出来るようになった新婚風景まで飛んだ。

おかげで彼は、「ぐはっ」と腹のあたりを押さえて丸くなった。

神聖なる教会で、ブライアンの頭の中では、二人の濃厚な愛の触れ合いが思い起こされていた。

自分が彼女と子作りを、と考えただけで鼻血が出そうになった。咄嗟に口を押さえると、カッとなった下半身の熱を「うおぉぉ……」と獣の呻きをこぼしつつ抑え込む。

「イイ、最高だ」

至極真剣に考え、震える声で彼は呟いた。めくるめく妄想に興奮している雰囲気に気圧されて、後ろで男性聖職者達が揃ってドン引きして、一歩後退したのにも気付かない。

彼女に甘やかされたい。

まずは是非、その第一歩として頭を撫で撫でして欲しい。

ブライアンは、ぷるぷる震えながら己の欲望を再確認した。そんな彼に、一番近くからずっと青い顔で見守っていた男性聖職者が、死にそうな表情で声をかけた。

「ブライアン様？　頼みますから、あなた様に全っ然似合わない『可愛い枠』に収まるという計画については、絶対に実行に移さないでくださ――」

「よしッ、今度こそやるぞ！」

「え」

直後、ブライアンは、アドバイスという名の話も聞かないまま、ガバリと立ち上がるとオリビアの元へぐんぐん向かった。

ふと、唐突にベネットが目を輝かせ、向こうを見やった。

「あっ、兄ちゃん！」

オリビアはドキッとした。彼がここで兄と呼ぶ人物は、一人しかいない。そう思って目を向けてみると、そこには堂々とした足取りで向かってくるブライアンの姿があった。

軍人でもあると知ったせいか、その高い背丈と、神父にしては服越しにも逞しく引き締まっている体を、いつも以上にドキドキしてじっくり見つめてしまった。

こちらを真っすぐ見つめ返してくる彼の獣目は、とても凛々しい。

まるでただ一点、自分だけに向けられているような錯覚さえ受けて、オリビアはより強く高鳴ってしまった胸を押さえた。

都合良く考えてしまってはいけない。彼はいつだって素敵な眼差しをしている人だ。誤解してはいけないと自分に言い聞かせて、いつも通りを心掛けた。

「ブライアンさん、お疲れ様です。向こうの方のお仕事は、一旦落ち着かれたんですか？」

「まぁ、ひとまずは、といったところかな」

向かってくる彼が、柔らかな苦笑を返してきて、慣れたように後ろへ髪を撫で付けた。

一見すると大雑把なその仕草も、不思議と品があるように感じてオリビアは見惚れた。今となっては、強面を印象付けるようなその髪のセットも、心身共に強くある彼の魅力を引き立てているとしか思えない。

少しだけセットが崩れたのを見たことはあるけれど、もしかしたら髪を下ろすと、もっとハンサムになったりするのかしら？　オリビアはこっそり妄想してしまった。

と、ベネットが駆け出して彼の腹辺りに抱き付いた。

「兄ちゃん！　えへへ、今日も俺の兄ちゃんはかっこいいぜ！」

「それで、なんでまたお前がここにいるんだ？」

よく分からんな、という表情で褒め言葉を受け止めたブライアンが、弟の頭を大きな手でぐりぐりしながら問いかける。

「あまりオリビアに迷惑をかけるな。今日は母上と一緒にいるはずだろう？」

「その用事まで時間があったから、ちょっと顔を出しにきたんだぜ。だって進展とか全っ然聞かないから、兄ちゃんのこと、俺が姉ちゃんにアピールしてやろうと思って！」

その途端、ブライアンが真面目(まじめ)な顔で「よし」と言って、より強めに弟の頭をぐりぐりと撫でた。

その様子を見守っていたオリビアは、不意に彼の真剣な目が向いてドキリとした。一旦弟を自分から離したブライアンに、そのまま向かってこられてドキドキが増す。

「あの、えっと……どうしたんですか？」

気付けば、心の準備もなく、あっという間に目の前に立たれてしまっていた。好きだと気付いてしまったせいか、いつにもなくその強い眼差しにくらりとした。

正面から見下ろしてくるブライアンが、真面目な顔でずいっと背を屈めて頭を寄せた。

「甘やかしていいぞ」

「え」

唐突に、真剣な声でそう言われて、オリビアは頭の中が真っ白になった。

「甘、やかす……？」

思わず言葉を繰り返せば、手で触れられる距離にいるブライアンが、真っすぐこちらを覗き込みながら「どうぞ」と更に寄ってきた。

「さっき、ベネットの頭も撫でていただろう」

「え？　あ、確かに撫でていましたけど……でも、どうして？」

「よく来る子供達にもやっているし、もしかしたら甘やかすのが好きなんじゃないかと思って。だから、どうぞ」

彼は至極真剣な様子で、目線の高さを合わせてオリビアへ自分の頭を勧める。

――あのブライアンが、マジで『可愛い枠を取る作戦』に出た。

そう気付いて、男性聖職者達が「ごほっ」「げほっ」と激しく咽せた。弟のベネットだけが「兄ちゃんかっこいいっ！」と頬を染めて二人を見守っている。

チラホラ入ってきた年配の礼拝者達も、「あらま」と二人に目を向けていく。

「……あの、私が、ブライアンさんの頭を撫でるんですか？」

オリビアは、ブライアンを異性としてすっかり意識してしまっていたから、遅れて彼の提案を理解し恥じらいに頬を染めた。

教会に来てくれる子供達に関しては、母性本能を刺激される可愛らしさもあって、個人的にも甘やかしていた。しかし、ブライアンは立派な大人である。

「えっと、その、紳士の頭を撫で撫でしてしまうなんて、そんな」

込み上げた熱で頭の中がぐるぐるして、言葉もうまく出てこない。

ふと、先日に体調不良で発揮された彼の、獣人族らしい動物的な仕草が頭に浮かんだ。それは以前、彼自身が説明を恥ずかしがっていたものである。

「えっと……、もしかしてこれは、この前お話ししてくださった、獣人さんの性質だったりするんですか？」

もしやと思って尋ねてみた。彼の顔が同じ目線の高さにあるせいで、その端整な男らしい顔立ちがよく目に入って、思考が沸騰してしまっているのを感じた。

するとブライアンが、瞬きもせずこちらを凝視したまま答えてきた。

「撫でられるのを好む種族はいる」

「あ、そうなんですね、それで……。でも、私は、その」

彼に触れることを考えたら、どうしてか顔が更に熱くなってきてしまった。オリビアは、なんと答えていいのか分からずしどろもどろになる。

その時、ベネットが頭の後ろに両手をやって、横から口を挟んできた。

「やってあげればいいじゃん。俺の頭だって楽しそうに撫でてたのに」

「それは、あなたがまだ、ふわモコの獣耳まである子供だから……」

言いかけて、オリビアは嬉しそうに撫でられていたベネットを思い出した。

獣人族は、幼い頃はそのスキンシップの強さがとくに出ている。でもそれは、大人になっても残されていることなのだ。

以前ブライアンも、種族的には好きであるようなことをチラリと語っていた。そう考えてみると、戦闘種族と言われている獣人族も、人懐っこい動物みたいでなんだか可愛い。

「えっと、じゃあ……少しだけ失礼しますね」

もしかしたら彼も、種族的に撫でられたくなったのかもしれない。オリビアは、目の前でじっと待っているブライアンへ緊張気味に手を伸ばした。

少し触れたところで、気になって紳士である彼の反応をチラリと確認してみると、ブライアンは真面目な顔で引き続き大人しくしていた。

彼のセットされている髪型が崩れてしまわないよう、そっと撫でてみた。初めて触った彼の髪は、しっかりとした手触りだった。思っていたより柔らかめの整髪剤が付けられていて、ほんのりと優しげで清潔な香料が鼻先を掠(かす)める。

「オリビア、もっとしっかり触れてくれても構わないよ」

男性の頭に触れていることにドキドキしていると、不意に声をかけられた。

「えっ、あ、分かりました」

遠慮がちに触っていたオリビアは、緊張しつつも、ベネットにしていた時のことを思い出して「いい子、いい子」と言い聞かせるように手を動かした。

こちらを見つめているブライアンの目が、どこか感動したみたいに潤んだのが見えた。そんなに嬉しいようだ。撫でられ癖がある彼が愛らしくて、オリビアは微笑んだ。獣人族である彼の新たな一面を知れて、嬉しいと感じている自分がいた。

「午後のお仕事も、一緒に頑張りましょうね、ブライアンさん」

ああ、日々頑張っているこの人を、そばでもっと手伝えたら良かったのに。

あと数日で、もしかしたら自分は教会に通えなくなってしまう。そんな思いを抑え込んだオリビアは、彼へのせいいっぱいの好意を込めて儚(はかな)げに笑いかけた。

ブライアンが、一層感激した様子で目を潤ませた。

「なんて、なんてかわっ――」

「『かわ』?」

顔の下を手で押さえた彼を見て、オリビアは小首を傾げる。

「いや、なんでもないんだ、うん……。ああオリビア、仕事の疲れも吹き飛ぶくらいだ。君に撫でてもらえて、俺はとても嬉しいッ」

手を離した直後、ブライアンが目の前で片膝をついて力強く言ってきた。それがなんだか可愛いと感じてしまって、オリビアはくすりと笑った。

「そんなに喜んでもらえるとは、思ってもいませんでした」

「もしよければッ、いや是非！　また俺を撫で撫でしてくれないだろうか!?」

ブライアンが心からの叫びを上げた。見守っていた男性聖職者達が、教会内の空気感を壊さないよう努めながら、一斉に顔を伏せて控え目に「げほっ」と咽せた。

片膝をついた彼に、ずいっと見上げられてオリビアは目を丸くする。

「また今度も、私がこうやってブライアンさんを？　でも、ご迷惑では――」

「俺は君に撫でられたいだけなんだ！」

必死に叫び返された。

「そうなんですか？　それなら、別にいいですよ」

オリビアは、獣人族としてのスキンシップを微笑ましく思ってそう答えた。そんなに力いっぱい言ってくるとは、彼も弟と同じくらい撫でられるのが好きなのだろう。

いつも通りの笑顔を返されたブライアンが、うーんと考える。

「…………、まぁ、いっか」

呟いた彼の顔に、はにかんだ笑みが浮かんだ。君が特別だから君に撫でられたいのだ――とは伝わらなかったオリビアが、つられてにこっと微笑み返した。

その様子を後ろから眺めていたベネットが、頭の獣耳をピコっと動かして「なぁんだ」と安心したように呟き、そっと離れ出した。

「なんやかんやで、兄ちゃんと姉ちゃんうまくいってるじゃん」

本当の姉ちゃんになってくれるまで、そんなにかからないかも。彼はくふくふ笑って独り言をすると、いい雰囲気の兄を残して上機嫌に教会を出た。

◆

それから数日、まるで悪い知らせなどなかったかのように日々は過ぎていった。

でも歓迎の式の準備は進んでいて、大神官長達の訪問が刻々と迫っているのを感じ、オリビアの緊張は増していってもいた。

既に日中の舞踏会については、王宮から正式に開催時間の知らせが出されていた。王都の各新聞会社も「エザレアド大国、初の訪国！」「今後、両国の取引利益増の狙いか!?」など、わざとらしいくらいに大々的に取り上げている。

その間にも、大国から持ってきていたドレスは、秋用に美しく仕立て直された。ずっとしまっていた装飾品も取り出されて、職人に丁寧に磨かれて一緒に部屋に用意が整った。

「明日の正午には、正体が知られてしまう……」

王宮の舞踏会を明日に控えた日、オリビアはよく眠れなくて早めに目覚めた。不安で心臓がドクドクとしていて、ベッドに腰掛けた彼女の顔は緊張に強張っていた。

大神官長達は、明日には予定通り王都入りすると、追って知らせが来ていた。彼らはその足で真っすぐ王宮へと向かい、そのまま賓客として会場入りするという。

この数日間、ザガス達が普段を心掛けて過ごしてくれているのは感じていた。その話題に触れることになるたび、目と表情からも気遣いが見て取れた。

これ以上心配させてはいけない。オリビアは、ここ毎日続いている起床時の日課のように、自分の頬をぴしゃりと叩いた。

「残る日数を、いつも通り笑って過ごそうって、そう決めたじゃない」

いつも通りの時間に動き出し、起床を知らせに来てくれた使用人達に朝の挨拶をして、公爵邸の朝をスタートさせた。

身支度を整えて一階に下りてみると、メイン・フロアに私服姿で力なく佇むザガスの姿があった。彼の向かいには、違う軍服に身を包んだ一人の中年男が立っている。

「仕事のスケジュールが詰まってしまいまして、どうか治安部隊にもお力添えを頂きたい。このままだと、ウチの王都警備部隊が破壊されてしまうかもしれない危機なのですッ」

「…………うん、だからさ、俺関係ないし自分らの隊で解決しろって言ったよね」

やや間を置いて、そう諦め気味にザガスが言った。

「うちの隊長は、今やゆとりスケジュールじゃないと殺気が半端ないんです！」

「そこで力説してくる？　というか、それ、俺の管轄じゃないよね？」

勘弁してくれよ俺も色々と忙しくて疲れ半端ないんだよ。ザガスが髪をかき上げ、自分より一回り上の彼に続ける。

「治安部隊は、人員が少ないせいで日頃から多忙なんだよ。そのうえ、今ハードスケジュールで俺の部下が可哀(かわい)そうなくらい頑張ってくれてるんだけど？」

「それをもう少し頑張らせることは出来ませんか!?　午前中だけでいいんで、二班ほど貸して頂きたいッ」

「お前鬼なの？　二班分も持っていかれたら、ウチはたまらないんだけど？」

だが言葉も聞かず、中年男は頭を下げて「この通りです！」と手で拝んでまでくる。それを眺めるザガスは、続く問題で頭痛がするといった表情だ。

「というか、俺が公爵だって知った時の驚きっぷりも、どっかへいったよなぁ……」

「旦那様がお優しいからなのでは」

そばに控えている執事長のジェイミーが、しれっと口を挟んだ。

どうやら相手は王都警備部隊の人間で、治安部隊長のザガスに用があって来ているようだ。

オリビアは、気になってそちらへと向かった。

「何かあったんですか？」

そう声をかけてみると、ザガスが少し遅れて振り返ってきた。

その時、相手の軍人が、機敏な動きで頭を起こした。白髪交じりの髪をサッと片手で撫で付けて直すと、素早く片手を上げて別れのポーズを決めた。

「それじゃっ、よろしくお願いしますザガス隊長！」

そう告げたかと思うと、男が一目散に玄関へ向かってダッシュした。気付いたザガスが、ハッと彼へ目を戻す。

「あっ、ちくしょ、俺引き受けるなんて言ってねぇぞ！」

しかし制止の言葉も間に合わず、中年男が屋敷を出ていってしまった。

溜息をこぼしたジェイミーが、中途半端な位置で止まった扉を閉めるべく向かう。入れ違いに歩み寄ったオリビアは、やや引き攣っているようにも見えるザガスの横顔を見上げた。

「ザガスさん。今の人、軍でも仲良くされているお知り合いなんですね」

「オリビアちゃんには、仲良く見えたのか……まぁ、この前話した部下が、仮婚約していた時に色々と連絡をする必要性が出てからの知り合い、というか」

なんだかなぁ、とザガスが首を傾げる。

仮婚約、と口の中で繰り返してオリビアは思い出した。獣人族の婚姻習慣で、婚約者候補として気に入った相手に『求婚痣』を刻んで求愛するというものだ。

その際には少し噛む、と思い返したところで、ふと引っかかりを覚えた。そういえば先日、ブライアンに噛みたいと言われたのだけれど、あれは噛み癖であって――。

その時、ザガスが「やれやれ」と言ってオリビアを見た。

「まっ、先に朝食を済ませるか」

それを聞いたオリビアは、直前まで考えていたことも忘れて口元に手をあてて笑った。

「ふふっ、ザガスさんは、あの人の頼みを聞いてあげることにしたんですね」

「あ～……、オリビアちゃんには、すっかり筒抜けだなぁ」

「だってザガスさん、とても優しい人なんですもの」

出会った時から。そうして今も、ずっと。

オリビアは、彼が普段の調子を意識して「メシにしようか」と笑うのを見つめた。少しだけ元気がないのが分かったけれど、それでも気遣いには気付かない振りをして――。

「はい、ザガスさん」

どうか元気に見えますようにと思いながら、彼女も微笑み返した。


それから朝食を済ませた後、オリビアは普段通りを心掛けて笑顔で屋敷を出た。

でも公爵邸から少し離れたところで、元気を装っていた足も重くなった。明日、ドレスを着て王宮に行かなければならないことが、頭の中でぐるぐると回っていた。

てしまっていた。

　通い慣れた道を黙々と歩き進んだ。気付くと、いつもより早くガルディアン教会に辿り着いてしまっていた。

　もしかしたら、今日で最後かもしれない。

　オリビアは正面扉の前で、教会を目に焼き付けるように見上げた。心の中で「よし」と意気込んでから扉に手をかけた時、不意に向こうから勢いよく開いた。

「オリビアおはよう！　今日は少し早かったんだな」

　開け放つと同時に、ブライアンがそう言ってきた。まるで扉を開ける前から、ここに自分が来たことを分かっていたみたいだ。

　オリビアは、今日も彼に会えたことにドキドキしてしまった。

「あの、えと……おはようございます、ブライアンさん」

　真っすぐ見下ろしてくる彼に、恥じらいつつ挨拶を返した。恋心を彼に知られてはいけない。育ててはいけない想いなのよ、といつもの調子を意識した。

「どうして私だと分かったんですか？」

「ん？　ああ、前にも教えたろう？　獣人族は嗅覚も鋭くて、誰が誰かを見分けられるんだ」

「あ……。そういえば、以前おっしゃっていましたね」

　ザガスの屋敷で、そう教えられたことを思い出す。彼が訪ねて来てくれた方の印象が強かったことを自覚して、また少し恥ずかしくなってしまった。

「あ～っと、その……実は今日、来月の結婚式の打ち合わせに出掛けるんだが…………もしよければ一緒に行かないか？」

会話が途切れたところで、ブライアンが頭の後ろをかきながらそう切り出してきた。

「え？　私がご一緒してもいいんですか？」

誘われたことが嬉しくて、つい声が弾んでしまった。けれど仕事であることを考え、一緒に出歩けるかもしれないと喜んだ自分に反省した。

「でも、私はあまりお役に立てないでしょうし、ご迷惑になったりするんじゃ――」

「全然構わないッ、俺は、むしろ君と一緒に行きたくてたまらないというか、君を誘いたくて朝からずっと待っていたというか！」

そう勢いよく喋った彼が、「あ」と言葉を切って、じわじわと頬を染めた。

神父として外に行く彼に付き合うのは、初めてのことだ。誘われたことを嬉しく感じたせいだろう。もしかしたら彼も一緒の時間を過ごしたいと思ってくれているのかも、と勘違いしそうになってオリビアも小さく恥じらった。

二人の間に、そわそわとした空気が漂った。ふと、少ない通行人の視線に気付いたブライアンが、まだ出入口で立ち尽くしている自分達を確認して笑った。

「立ち話もこれくらいにしておこうか」

「あっ、そうですね」

答えたオリビアは、目の前に出された手に足を止めた。見上げてみると、ブライアンがまだ少し照れたような顔で、こちらに向かって手を差し出していた。

「俺が、君の手を引いてもいいかな」

はにかみながらそう言われた。

神父というよりは、一人の貴族の男性みたいだ。オリビアは、彼の紳士な物腰を眩しげに見つめ——彼の手に、そっと指先を重ねて少しだけおかしそうに笑った。

「入口をまたぐだけなのに、なんだか変な感じです」

彼がどこか感極まったように、大事そうにオリビアの指先を握り込む。

「俺がそうしたいんだ。どうか足元に気を付けて」

とても優しげな声だった。そっと指先を握り込む手は、大きくて温かい。オリビアはそんな彼にぼうっとなってしまい、手を引かれるがまま教会へと入った。

◆

教会で少し仕事をした後、打ち合わせの待ち合わせ場所へ向かうべく出発した。

王都は、相変わらずどこもかしこも人で賑わっていた。店の多い通りに出ると、商人達の元気なかけ声も聞こえてきて、オリビアは以前まで日課でやっていた散歩を思い出した。

あの時は一人だったのに、今は隣にブライアンがいる。

並んで歩いているのを意識したら、またしても胸がドキドキしてくるのを感じた。教会でシスター達に見送られてから、ずっと黙っているのに気付いて緊張も高まる。

もしかしたら、彼に不自然がられているかもしれない。そう思って、歩調を合わせてくれているブライアンの方を見てみれば、なんだか不自然に明後日（あさって）の方向を見ていた。

「ブライアンさん……？」

横顔を覗き込んだら、彼がビクッとしてすぐに視線を返してきた。

「おっ、おおお俺は別に、妙なことなどこれっぽっちも考えてはッ」

「え？　あの、なんだか顔色が少し赤いような気がして――」

「いやいやいや気のせいだ。うん、今日はちょっと暑いからな、いい天気だ」

ブライアンが、神父衣装を少しパタパタさせて服の中に風を送る。

確かに良い秋晴れだ。柔らかく吹き抜けていく秋風が、肌に心地いいくらいに日差しはポカポカと暖かい。しかし、暑いというほどではなかった。

もしかしたら、男性用の神職衣装だと暑かったりするのかしら、とオリビアは自分のシスター服を見下ろした。薄紫がかった長い銀髪がさらりと胸にかかって、横目で見下ろしたブライアンが、小さく顔をそむけて「ごほっ」と控え目に咳（せき）をした。

しばし、賑わいのある町並みを眺めながら歩いた。次第に隣にいるのも慣れて、オリビアは落ち着いてきた。一方でブライアンが、そわそわとし始めた。

「オリビア、ちょっといいか……？」

次の通りに入ったところで遠慮がちに呼び止められて、オリビアはきょとんとした。どうしてかブライアンが、視線を泳がせて指先をくっつけたり離したりしている。

「どうかされましたか？」

「えっと……人混みだし、馬車もたびたび通っていて危ないし。君がよければ、手を――」

そう恥じらいながら出された小さな声は、横からかけられた呼び声に遮られた。

「オリビアちゃんと神父様！　こんにちは、お仕事？」

そこにいたのは、たびたび教会に来ている華奢な老婦人だった。今日も上品な日除け帽子を被っていて、ふくよかな顔にニコニコと笑みを浮かべている。

こうして外で会うのは初めてだ。親しげに話しかけられたのも嬉しくて、オリビアはにこっと笑い返してそちらへ歩み寄った。

デカい神父ブライアンが、くっと顔を押さえた。

「またしても邪魔が……っ」

それを耳にした、獣耳と尻尾を持った二人の治安部隊の少年が「なんだ、あれ……？」「さぁ？」と訝しみつつ通り過ぎていった。

「こんにちは、シンディーさん。これから、お孫さん達のところですか？」

「おや。覚えていてくれたのかい？　嬉しいねぇ」

老婦人が表情をほころばせた。とても温かい家族の話を、いつも微笑ましげに聞いていたオリビアは、彼女が持っているバスケットを見て察した。

「もしかして、この前お話しされていたアップルパイでしょうか？」

「ふふっ、そうなのよ。昨日、またねだられてしまってねぇ――神父様も、こんにちは。こんなに素敵なお嬢さんと歩けるなんて、いいわねぇ」

微笑ましげに話を振られたブライアンが、歩み寄りながら頬を染めて「え」「あ」「その」とたじろぐ。すると老婦人が、分かっていますよという表情で「いいのよ」と言った。

「ねぇオリビアさん、神父様、とてもいい人でしょう？」

にこにことした顔を向けられて、オリビアもつられてにこっとした。

「そうですね。ブライアンさんは優しい人です」

「そうでしょうとも。それでいてハンサムだし、二十九歳なのにまだ恋人もいないし」

「ブライアンさん、二十九歳なんですか⁉」

「あら、知らなかったのかい？」

少し余計なことを言っちゃったかしら、と彼女が口元にそっと手を添える。

「オリビアちゃんは、年が離れすぎているとダメだったりする？　二十九歳なんて、働き盛りでまだまだ若いのだけれど――そういえば、あなたはおいくつだったかしら？」

「私は十七歳です、今年の冬で十八歳になります。いえ、改めて年齢を聞いたことがなかったもので、少し驚いただけですから……」

まだ二十九歳と知ってトキメいてしまった。そもそも自分の立場で結婚なんて叶うはずもないのに、でも十歳以上も下だから彼にとっては対象外かも……と、乙女的なことまで考えてしまったのが恥ずかしい。

その後ろで、ブライアンが口を手で押さえて、静かに悶えていた。

「結婚可能年齢なのか……十一歳下。つまり結婚したら、十代の新妻……」

ぶるぶる震えながら呟く声を、聴覚のいい何人かの獣人族が、通りすがりに聞いて「こいつ危ねーな」という深刻そうな目を向けていった。

老婦人は、オリビアの反応に安心して、彼の様子に気付かないまま続ける。

「良かった。ほら、少しの間のお仕事と言っていたでしょう？　オリビアちゃんは田舎から出てきたみたいだから、ずっとはここにいられないかもしれないって、皆で心配していて」

「心配？　えっと、それはどういう――」

「期待して待っているのだけれど、シスター様達に聞いても、ねぇ」

一人お喋りを続けた老婦人が、片頬に手をあてて吐息をこぼした。

一体何を期待して待っているのだろう。話す勢いに押されたオリビアが、よく分からなくてポカンとしていると、彼女が唐突にパッと笑顔を向けて話してきた。

「神父様、本当に素敵でしょ？　とっても優しいし、浮ついた話は一つも聞かないし。私のところの夫に比べても全然スケベじゃないし」

「ス……っ、えぇと、ブライアンさんは、とても紳士的で誠実な人ですから」

スケベ、なんて言葉を初心なオリビアは口に出来なかった。比べられている彼女の旦那様には悪いと思いつつも、ブライアンがどの男性よりも素敵である部分には同意した。

だって彼は、日頃から真面目に仕事に向き合っている。教会に出入りする綺麗な女性に、うっかりでも目を奪われるだなんて姿は見たことがない。

その後ろで、ブライアンが真面目な顔をして聞きに徹していた。近くに居合わせた男達が、何か言いたげな目を寄越しつつひそひそと話す。

「この前、メイソン教授助手が、公共のド真ん中で待ち伏せされて埋められてたよな……」

「…………俺、教会の前で酔って喧嘩していたら、開門一番で足蹴にされたんだけど」

「まぁ、それくらい普段から乱暴だよな」

「俺は礼拝堂のド真ん中で、下心たっぷりにぶつぶつ言っていたのを聞いたぜ」

「邪心の塊じゃないか」

通りすがりの男も加わって、「教会でやめろよドン引きするわ」と彼らの意見が合った。

その時、老婦人がハタとして近くの時計台を見た。

「お仕事の最中なのに、足を止めさせてしまってごめんなさいね。そろそろ行かなくちゃ」

「あっ、いえ。道中お気を付けてくださいね」

オリビアはそう答えると、ブライアンと一緒に彼女の姿を見送った。

打ち合わせの場所を目指して、再び王都の町中を歩き出した。

彼の案内でしばらく進んで、大きな商業通りの結構中まで入った頃、ブライアンが時計店の方をさりげなく見た。

「――……先方は、もう来ているだろうな」

思案気な独り言を聞いて、オリビアは申し訳なく思った。

先程、立ち話をしていたのは短い間だったが、少し約束の時間を押してしまったらしい。自分の歩調に合わせてくれたせいもあるのだろう。

「ごめんなさい、ブライアンさん。私が――」

「ああ、すまない。大丈夫、数分程度だ」

彼は何も悪くないのに、励ますような笑顔まで向けられてしまった。オリビアは不意打ちのような優しさにトキメき、「はい」としか答えられなかった。

胸が高鳴って、体の奥から温かさが溢れた。もう明日には『お手伝いさん』も終わりかもしれないと思ったら、切なさにぎゅっとした。もう引き返せないくらい、こんなにも彼が好きなのだと自覚させられて、ほんの少しのところで涙が出そうになった。

それから少し進んだ先で、彼が言っていた目的の建物が見えてきた。

それは、ガラス張りが美しい三階建ての会社だった。パーティー会場のレウアウトや飾り付けなどを主に行っている企業なのだと、向かいながらブライアンが教えてくれた。

「うちの教会の結婚式で、一番多く使われている会社でもある。今回は結婚衣装に合わせて式場内外の飾り付けを考えることになっていたから、待ってもらっていたんだ」

「それで今回の打ち合わせを？」

「ああ。花嫁側、そして衣装担当の刺繍（ししゅう）店側、教会側、それから今回も担当になっているその会社の人族ルードラーの四者で打ち合わせする——とはいっても、教会としては許容外の発注がされないかを見るくらいだ。難しいことは何もないから、緊張しなくていい」

打ち合わせの席に初参加のオリビアに、彼は余裕のある大人の笑みで説明した。

——だが、その落ち着いた雰囲気は一変した。

到着してみると想定外のことになっていた。会社の前にある待合用のテーブル席を目をした途端、ブライアンのまとう空気が五度下がった。

「…………おい、なんでどっちも『代理人』なんだよ」

オリビアが心配そうに見つめるそばで、ブライアンが、先に来ている二組を見据えたまま低い声で言った。

今回もガルディアン教会の結婚式の担当になった会社の中年男性、ルードラーは大変困った様子で、「あの」「その」としどろもどろに切り出す。

「実は、先方様には簡単な確認作業と伝えてありまして、そうしておりましたところ、急きょ予定が入ってしまった女性陣様達の代わりに、彼らが寄越されたようでして……」

彼は説明しながらも、ハンカチで忙しなく冷や汗を拭っていた。

外に置かれたテーブル席には、オリビアも知っている長身細身の中年男が腰掛けていた。それはドレス制作まで行っている刺繍店の音楽家、ダニエルである。

彼はスケッチブックを胸に抱え、なんとも言えない表情を浮かべていた。

その視線の先には、椅子にも座らず睨み合っている二人の軍人の姿があった。先日も教会前で火花を散らせていた、今回結婚する王都警備部隊の隊長レオルドと、貴族紳士としての品を漂わせた現在婚約中の伯爵、王族護衛騎士のアルフレッドである。

仲はよろしくなさそうなのに、またしてもその二人が一緒にいる。

二人の様子を見守っていたダニエルが、「え～っと……」とぎこちなく口を開いた。

「あの、さ。神父様も来たことだし、打ち合わせしたいから二人とも静まってくれないかなぁ、なぁんて……俺も最近なんかジョシュアの様子が変で気になっているというか。とりあえずジョシュアだけに店番させているから、早く戻りたいというか」

でも聞いてくれないんだろうなぁ、と呟く彼は諦めモードを漂わせていた。

すると案の定、彼の言葉など全く聞いていなかった様子で、レオルドが肩にかけている軍服のコートを揺らして、アルフレッドに向けてこう言った。

「テメーとは一度、決着を付けねぇとな、とは思っていた」

「その意見には同感だ」

冷静な獣目に闘気を滲ませて、黒髪の騎士アルフレッドが頷く。

それを聞いたダニエルが、すぐさま反応して「いやいやいや」と顔の前で手を振った。

「同感するのは駄目だって黒兎伯爵様。エミリアの手作りサンドイッチの最後の一個を食われたのだって、懐いているあの子が『はいどーぞ』って手渡しただけ――」

「そもそもな、俺はルーナの手作り菓子を食い逃したってのに、なんでテメェがちゃっかり食ってんだよ、あ?」

「年上への口の利き方がなっていないな。彼女がエミリアの店に持って来た、だから食べた。それだけだが？」

凶暴な睨み顔と、冷静沈着な顔で二人が牽制し合っている。両者の視線の間には、今にも殴り合いの喧嘩でも勃発しそうな火花が散っているようにも見えた。

おかげで先程から、担当ルードラーは冷や汗が止まらないでいる。空気が一層険悪になったのを肌で感じて、オリビアも見守りながらハラハラしてしまった。

その様子を前に、ダニエルが「もう俺、帰りたい」と哀れな声で呟いた。

「あんたらが、意外と食にも根を持つのは分かった。でもさ、ひとまずどっちも代理を頼まれてきたわけだろ？　だからさ、とりあえず打ち合わせしよう――そうしたら俺は即帰る」

彼は、後半の本音だけ凛々しくキッパリと述べた。

それでも両者は、引き続き殺気をぶつけ合っている。するとどこからか、ブチリと何かが切れる音が上がって、ブライアンが大股で二人に歩み寄った。

「おいコラ。羨ましすぎることで、ごちゃごちゃ言ってんじゃねぇよ」

仁王立ちしてそう告げた彼は、ブチ切れて何本もの青筋が立った凶暴顔になっていた。

「俺はな、菓子どころか、手ぇ握るのも必死なんだぞ。それ以上自慢みてぇに言い合いをするようなら、――神父としてテメェらをぶちのめす」

ブライアンの獣目が、ギンッと殺気量を増した。大きな手の指がバキリと鳴らされる。

レオルドとアルフレッドが、それぞれの獣目で彼を見つめ返した。一人座っていたダニエルが顔を引き攣らせて、呟きを上げる。

「えぇぇ……何この不良神父。それ、もう神父の道から外れてない？」

「武闘派音楽家に言われても、説得力がないのでは？」

「黒兎伯爵、ちょっと黙っていてくれ。……というか、あんたが俺にまで手合わせを求めてきた騒ぎのせいで、まだジョシュアの様子が変なんだからな」

ダニエルは、もはや視線を返す気力もない様子で頭上を仰いだ。

オリビアは堂々と二人を止めに入ったブライアンの、強さと勇気に溢れる逞しい背に見惚れていた。それは先日に知った、もう一つの仕事の彼を思わせるようだった。

ああ。彼の騎士団長としての軍服も見たかった、だなんて、贅沢な望みかしら……？

明日には、もう教会へ行けなくなってしまうだろう。もっと彼のいろんな姿を見て、もっとたくさん一緒に過ごしたかった。

でも、この想いは諦めなければならない。だって私には、彼の隣にいる資格なんてないのだと、オリビアは、スカートの下に隠している足を思って俯いた。

ひっそり心を落ち着けている彼女の表情は、その儚さもある美しさを一層強めた。

その神聖ささえ覚える美麗な横顔は、まるで聖なる乙女のようである。つい見惚れてしまっていた担当ルードラーが、ハタと我に返って「おっほん！」と咳払いした。

「……………えぇと、皆様。打ち合わせをしましょう」

三人の男の訝しげな目を集めたところで、ルードラーは社内へと促した。

◆

どうなるだろうかと心配されたが、打ち合わせは無事に済んだ。

それは接客や営業にかなり慣れている中年男性組、ルードラーとダニエルの手腕もあったように思う。二人が進行し合ったおかげで、予定されている確認項目などもサクサクと進み、式場の飾り付けの雰囲気、衣装替えの際の背景や演出テーマも決定した。

あとは次の打ち合わせで、ルードラーの方が資料を作り、実際に使われる小道具なども用意したうえで、女性陣の意見を聞いて決められることとなった。

「このたびは、どうもお疲れさまでした。色々とありがとうございます」

「いえ、ブライアン様の的確なアドバイスも頂けたおかげですよ」

会社から見送りに出たルードラーに、ブライアンが労い（ねぎら）を込めて神父らしい様子で礼を告げている。少し外へと歩き進んだダニエルが、「ん～」と空を見ていた。

「こりゃあ、雲行きがあやしいなぁ」

「雨の匂いがする。一降りこられそうだ」

獣人族としての嗅覚なのだろうか。すん、と僅かに匂いを嗅（か）ぐような仕草をしたアルフレッドが、ふっとオリビアを振り返った。

「最初に怯（おび）えさせてしまったのなら悪かった。気を付けてお帰り」

夜空みたいな美しい獣目を向けられたオリビアは、彼が伯爵という身分であったのを思い出した。紳士としての気遣いを見て取り、慌てて淑女としての礼を取った。

「ありがとうございます、あの、別に大丈夫でしたから」

そう口にした時、レオルドがバサリと軍服のコートを揺らして、その間を通っていった。ずんずん歩き出しながら、ぶっきらぼうに言う。

「そっちの神父に、ちゃんと送ってもらえ」

それを見たダニエルが、ちょっと苦笑を浮かべて「んじゃ」と片手を上げた。レオルドは答えないまま歩き続け、アルフレッドも視線を返すこともなく足を進め出し――。

三人の男達は、そうやって全く別々の方へと去っていった。

あっさりとした別れだった。仲が良いのか、悪いのか。どこかよく互いを分かっている感じもあり、なんだか不思議な組み合わせに思えた。

「皆さん、帰っていく方向がバラバラなんですね……」

「それぞれで来ているからな」

ルードラーが会社の中に戻るのを見届けたブライアンが、オリビアの隣に立った。

「さて。それじゃ、俺達も帰ろうか」

ブライアンに労うような笑みを返された。教会に戻ろうと言っているのだと分かっているのに、その落ち着いた大人の優しげな眼差しに「夢」を見てしまった。

彼と同じ場所へ、帰れる未来などあるはずもない。

それなのに一瞬、「帰る」という言葉が、そのままの意味でストンと胸に落ちてきて「同じ家に」という想像が、オリビアの頭の中を駆け抜けていった。

ああ、自分は一体、何を馬鹿なことを想像してしまったのだろう。鮮明に思い描いてしまった分だけ胸も痛んで、彼に応える笑顔も少し儚げになった。

「はい。ブライアンさん、教会へ戻りましょう」

雲行きがあやしい空の下、教会へと引き返す道のりを少し急ぎで歩いた。

通りを行き交う人達も、雨が降りそうな気配に空を気にして足並みを早めていた。外に商品を出している店々が、念のためといった様子で店内へと移動する姿もあった。

移動している最中も、どんどん空が曇天へと変わっていった。

次第に、視界が全体的に暗くなってきた。ふと、オリビアは頭に触れた感触に気付いて空を見上げた。

「あ。……雨だわ」

一粒、二粒肌に触れたかと思ったら、頭上からざーっと雨が降り始めた。ブライアンが慌てて神父衣装の飾り布を肩から外し、頭に被るよう言ってオリビアに手渡した。

「オリビア、走れそうかッ？」

「ええ、大丈夫です」

雨具を売っている店も近くにはない。他の通行人達も慌ただしく移動する中、オリビアは手渡された装飾の布を頭の上に掲げ、ブライアンと一緒になって走った。

しばらくもしないうちに、地面は水浸しになってバシャバシャと足音が上がっていた。あっという間に土砂降りになり、辺りはすっかり暗くなった。

視界は悪くなって、もう先が見通せない。するとブライアンが叩き付けてくる雨に負けないよう、大きな声で言ってきた。

「近くに小さな礼拝堂があるッ。そこに一旦避難しよう！　週末にしか開かない場所だが、鍵なら俺が持っている」

「ブライアンさんは別の教会なのに、そこの鍵まで持っているんですかっ？」

オリビアは避難に賛成だったが、少し疑問を覚えた。必死に後に続きながら同じように声を張り上げて尋ね返すと、ブライアンが冷静な表情で視線を前へ戻していった。

「──一応、王都の、全神事場所の鍵を俺が、管理している」

彼が、気になるようなニュアンスで何か言葉を続けたような気がした。でも耳に入り続けているひどい雨の音で、オリビアはほとんど聞こえなかった。

更に激しさを増した雨の中、近くにあるという小さな礼拝堂を目指し、息を切らしながら走った。全身は冷たく水に打たれて、水分を含んだ衣服がとても重く感じた。

やがて土砂降り風景の中、ぼんやりと『小さな教会』のような建物が見えてきた。

「あれだ！」

ブライアンが指を差して教え、先に向かって鍵を開けた。到着したオリビアを入れると、自分も中へ入り、横殴りに叩き付けている雨を遮るべく慌てて扉を閉めた。

直後、館内は鈍く響き渡る小さな雨音しかしなくなった。

薄暗くて見えづらい。オリビアは上がってしまった呼吸を整えながら、手に持っていた被り布を下ろして辺りを見渡した。

「暗いが怖がらなくていい。そのまま待っていてくれ、今、灯りを付けよう」

ブライアンが館内を進み、慣れたように一つずつ小さな灯りを灯していった。

灯りに浮かび上がったその礼拝堂は、三十数人が入れる小さな教会のようだった。窓は閉められていて、数日分の換気のされていない空気がひっそりと満ちている。

その時、こちらを振り返ったブライアンが目を丸くした。シスター服の裾から雨水を滴らせていたオリビアも、同じく彼が全身ずぶぬれになっているのを見て驚いた。

「ブライアンさん、すごく濡れて――」

「うわあああああオリビア!? すっかり濡らしてしまって本当にすまないッ! このままだと、君に風邪をひかせてしまう……!」

「え? あの、私は大丈――」

「まずは拭こう! 確かタオルがあったはずッ」

すっかり動転したブライアンが、話も聞こえない様子で走り出した。すぐに奥からタオルを持って戻ってくると、呆気に取られているオリビアの頭を慌てて拭った。

「すまない、すっかり冷たくさせてしまった」

ざっと髪の水分を拭った彼が、一旦、礼拝用のベンチへ座るよう促した。しかし、案内するように手を取ったブライアンの顔が、その冷たさに気付いて真っ青になった。

オリビアは、手から彼の熱い体温が伝わってきてビクリとした。

自分の身体が、雨で冷え切ってしまっていることにようやく気付いた。でもまずは、彼を安心させるためにも『平気です』『大丈夫』と答えようとした。

だって、目の前にいるブライアンは、まだ自分の髪一つだって拭っていない。セットされている髪型も半ば崩れて、少し落ちた前髪からはいまだ水が滴り落ちている。

このままでは、あなたが風邪をひいてしまう。

そう伝えようとしたのに、不意に寒さが込み上げてオリビアは唇が震えた。少し言葉が遅れたせいで、ブライアンが先に動き出してベンチに座らされていた。

「こ、こここんなに寒い思いをさせてしまって、本っっっ当にすまない！」

彼が、大慌てで腕や首をタオルで拭い出した。服の水分を少しでも減らそうとタオルを押し付け、自分の体温で温めるように、オリビアの両手を包んでまた拭ったりする。

彼は、先程から謝ってばかりだ。彼が悪いわけではないのに、とオリビアは思った。

「ブライアンさん、私は大丈夫ですから。どうかご自分を拭いてください」

「そんなわけにはいかない。何よりも君が最優先だ」

「でも、こんなにも濡れてしまっているのに」

オリビアは、また彼の頬に雫（しずく）が落ちるのを見て、その頬にかかったアッシュグレーの髪をそっと指先で撫ぜた。

彼の身体がピクッとして、一瞬、緊張に強張った気がした。

「ブライアンさん？」

呼び掛けてみたら、ブライアンの喉仏が上下した。

「——いや、なんでもないんだ」

まるで匂いでも振り払うように、彼が小さく頭を振って髪の雫を払いのける。今度は水分をたっぷり吸ったスカートに、タオルをぎゅっぎゅっと押し当て始めた。

彼が、不意にスカートの下から覗く濡れた靴先へ目を留めた。

「足先からも冷えているだろうから、少し失礼する」

あっと思った時には、手を伸ばした彼が足首に触れていた。

オリビアは、感じた熱にビクリとした。その直後、靴を脱がせようとするブライアンに足を持ち上げられ、全身から血の気が引いた。

「あっ、だめ——お願い見ないで！」

慌てて止めたが間に合わなかった。少し持ち上げられた足からスカートがめくれて、そこに巻き付く黒い紋様の一部がブライアンの目に晒されてしまっていた。

ぐるりと巻き付く濃さが不揃いな痣は、白い肌だと余計に映えた。ただの痣にしては形がハッキリとしており、まるで頭のない蛇が絡み付いて、そのまま呪って焼き付いたかのようでもある。

そんな醜い大きな痣の刻印を、彼にとうとう見られてしまった。

その事実を前に、オリビアは小さく震えてしばらく声も出なかった。

「これは、一体……？」

獣目を見開いたブライアンが、足を持つ手の親指を動かして紋様をなぞる。

彼もうまく言葉が出ない様子だった。ここでは『求婚痣』という黒い紋様が肌にあることは珍しくないが、自分の両足に刻まれているものは、それでも尚、異質――。

ただただ醜く、見る者を気味悪くさせる巨大な痣だ。

彼の反応からもそう分かって、オリビアは堪え切れず泣いた。医者達も遺伝性はないだろうと言ったが、こんな痣を持った自分に後継者をと考える貴族男性もなかった。

「ごめんなさい……、ごめんなさいブライアンさん……」

次から次へと涙は溢れてきた。顔を両手で押さえたものの、指の隙間からボロボロとこぼれ落ちていく。

「オリビア」

片膝をついたブライアンが、宥めるような仕草で、オリビアの俯く頬にかかった髪を耳へとかけた。白い頬と指を濡らす涙を、気遣うように手で拭いながら言う。

「オリビア、どうか泣かないでくれ」

「……こんな、こんなに醜いものを見せてしまって……ごめんな、さ……」

「大丈夫だよオリビア。俺は大丈夫だから、どうか自分を責めないでくれ。一体どういうわけか、話してくれないか？」

窺うように尋ねられ、オリビアはこれまで隠し続けていた罪悪感から、自分がエザレアド大国の聖女一族『サンクタ大家の五番目の娘』であることを泣きながら明かした。

聖女一族の女性なのに聖女としての力が皆無だったこと。その烙印のように、生まれた時から足に痣があったこと。留学という形で、ザガスにこの国まで連れてきてもらったこと……。

溢れてくる涙を何度も拭いながら、彼女は全てを話した。

秘密を見られてしまった。もう隠しようもない。語っている間、ただただ胸が張り裂けんばかりに苦しくて仕方がなかった。

自分の正体のことではなく、もっとも見られたくないと思っていた、初めて好きになった人の目に『醜い烙印の証』が晒されたことがショックだった。

「私は、一族の恥晒しなの。聖女の一族として役に立てない……それどころか『醜い痣』を嫌われて、貴族の娘としても嫁げなくて…………政略結婚の役にも立てない」

オリビアは、まだ彼が手に持っている自分の足へ目を向ける。

「みんな気味悪がった。実の両親ですら……っ、一度だって、抱き締めてくれなかった」

口にしたら、思いの全部が胸に込み上げてきてボロボロと涙がこぼれ落ちた。もうこれ以上何も言えず、オリビアは溢れてくる大粒の涙を何度も手で拭う。

すると、ずっと黙って話を聞いていたブライアンが、「――そうか。そうだったんだな」と腑に落ちたような声で言った。

「君が時々、どこか悲しげな目をしている理由が、ようやく分かった。それをずっと、一人で抱え込んでいたんだな」

彼が足へと目を向けて、スカートから覗くその痣をじっと見つめた。

「俺は気にならない」

「え……?」

直後、オリビアは足を持ち上げられてびっくりした。衣装の下が見えないよう、太腿の間へ咄嗟に手をやってスカートを押さえた。

「ブライアンさん、何を……っ」

ドキドキしてうまく考えられない。その間にも、ブライアンは蛇が巻き付いているかのような白い足に、もう一つの手を滑らせて少しスカートを上へとずらしてくる。

「綺麗だ」

不意に、そう真摯に告げ、彼が大切そうに足へ唇を押しあてた。冷たくなった白い肌に一度目の口付けをすると、痣を辿るように一つずつ丁寧に唇で触れていく。

オリビアは、その光景を見つめてぶわりと赤面した。触れる唇の熱を足に覚え、強く羞恥する。淑女が殿方に足を見せて、そのうえ触れられるなんて有り得ない。

「やだっ。だめ、口付けるだなんて……あッ」

黙って、というように脹脛(ふくらはぎ)の横をちゅくりとキスされた。全く動じる様子もなく、そこからブライアンが視線でオリビアを射抜いてくる。

「どうして駄目だと?」

唇を滑らせ、次第に、柔らかなその温かさは膝まで上がってくる。

軽く吸いつかれるような感触に、オリビアはピクンとはねた。ゾクゾクと妙な感覚が込み上げる中、乱れたスカートを恥じらい必死に押さえていた。

「だって、これは……醜いおちこぼれの烙印だもの」

「どこも醜くなんてない。俺は、君が隠しているところにあるものまでの全部を舐(な)めてしまいたいくらいに、綺麗だと思っている」

もっと足を上げられて、濡れた白い太腿をぺろりと舐められた。熱にビクリと反応してしまったら、目に焼き付けるかのような強さでブライアンが見据えてくる。

凛々しい翡翠の獣目だ。

オリビアは、その眼差しに射抜かれて時を忘れた。見つめ合っていると、彼の目の奥に一つの深い愛情が強まり、そっと足を下ろして顔を寄せてきた。

「君が好きだ」

唐突に、近くからそう言われた。

オリビアは、びっくりして涙も止まってしまった。アメジストの目を大きく見開いた。彼に

想いを告げられているだなんて、夢か、自分の聞き間違いではないだろうかと思った。

「え？　あの、今、ブライアンさん『好き』って……？」

「そう言った。オリビア、俺は君が好きだ」

混乱して質問もあやしいオリビアに、ブライアンは強く言い聞かせる。

「俺は、君が何者だろうとこの気持ちに変わりはない。この痣ごと君を愛してる」

「痣ごと？　あ、愛って、でも私は」

「君が背負っている全てを、受け止める覚悟だ」

そのまま引き寄せられ、次の瞬間、オリビアは唇を奪われていた。

ほんの僅かの間、自分の口に触れている柔らかな温かさが、彼の唇であると気付くのに遅れた。唇を重ね直され、ようやくブライアンとキスしていると知った。

「やっ、だめ……んっ」

つっぱねてすぐ、引き戻されて再びやや強引に口付けられた。唇を重ねる荒々しさと違って、彼の口は、許しを乞うようにオリビアの唇を求めた。

「好きだ」

「ブライアンさん、ぁ、待って」

「好きなんだ、オリビア。さっき少し髪に触れられただけで、こんなにも胸がかき乱されて冷静でいられなくなるくらいに――俺は君が好きだ」

角度を変えて「好きだ」と言いながら、思いを伝えるように何度も口付けられた。彼の腕の温もりの中で、濡れた二人の体温が次第に解け合っていくのを感じた。

鈍い雨の音が響く中、キスと上がった呼吸音にドキドキした。酸素も回らなくなってくらくらしてくる。

オリビアは、彼から向けられている気持ちを実感して、切なさに涙が浮かんだ。炎のような思いを体温でも伝えてくるブライアンに愛おしさが増した。

堪えきれず、気持ちを伝えるように身をゆだね、自ら一度だけ彼の唇に口付けをした。

「私も、好きよ。でも――」

すぐに唇を離したものの、ブライアンが追い掛けてきて、今度は噛み付くような強いキスをされた。

急くように唇を重ねられた。興奮したように身体ごと擦り付けられ、後ろへ押された。口付けをし直した彼に、唇を舐められて小さく震えたオリビアは、彼の顔を手で押し返した。

「でも、ごめんなさい、無理なの」

泣いているオリビアに気付いて、ブライアンは強引に抱き直しかけた手を止めた。

「オリビア、どうして？」

少し掠れた声で問いかけられ、オリビアは彼を近くから見つめ返した。このまま気持ちを受け入れることが出来たなら良かったのに、と、切ない気持ちに一層胸が締め付けられて涙が溢れた。

「きっと結婚なんて出来ない。それに私は、この国の人間でもないのよ」

「国籍なんて――」

「ごめんなさい、もう一緒にいられないの。明日、大神官長達が来る場に、私も『サンクタ大家の五姫』として出席しなさいと、エザレアド大国から条件が……」

貴族同士の結婚は、嫁ぐ先の一族が受け入れてくれなければ成立しない。そして国が違っている場合、家臣である貴族らの承認と国王の受け入れも必要になる。

異国の貴族同士、それでいてとくに名のある家系や立場の結婚となると難しい。

せめて、自分がこの国の人間であったのなら、少しは望みもあったのだろうか。そうすれば二人の意思で、夫婦になれる道も少なからずはあった……？

そう思ってオリビアは苦しくなった。

エザレアド大国は、このイリヤス王国を『獣と生きる下等な人々の国』と下に見て、保身のために必要最低限の貿易をしているだけで相手にする気がない。

もしかしたら自分は、大国の企みもあってこの国に送られたのかもしれないのだ。第一王子の暗殺未遂事件だってあった。……彼を、巻き込めない。

「明日、この国の王と家臣達の前で、私の正体が明かされるの」

別れの決意で胸が張り裂けそうになった。不安と悲しみに涙が溢れたオリビアは、縋るようにブライアンの服を掴んで声をしぼり出した。

「だから、ここでお別れですブライアンさん。どうか私のことは忘れて。大神官長達は、どんな方法も使ってくる。きっと私を逃がしてくれない……私の居場所なんて、どこにもないんだわ……」

ボロボロと涙が溢れた拍子に、つい思いがこぼれ落ちた。

明日には、こうしてそばにいられなくなっているのだろう。そう思うと堪え切れなくなって、オリビアは泣きながら彼の腕を払って、その場から走り去った。

※※※

ひどい雨が降り続けている。

大粒の雨は、容赦なく服や肌を叩いていた。それでも構わず、ブライアンは頭上で雷雲が轟く土砂降りの町中を駆けた。

向かった先の建物で、警備にあたっていた騎士に大変驚かれた。

「こ、これはブライアン様。一体どうし――」

「緊急事態だ。誰にも言うな、とりあえず今すぐ通せ」

有無を言わさず門扉を抜ける。最短ルートで庭園と裏手側を通って、二階の部屋のテラスに飛び乗るとガラス窓を開け、そのまま室内に踏み込んだ。

そこには、一人で紅茶休憩を過ごしている第二王子クラウスの姿があった。

「おい、クラウス。知っていることがあるのなら全部話せ」

睨み下ろすブライアンの髪や衣服から、ぽたぽたと水滴が垂れている。何かあったらしいと察したクラウスが、不敵な笑みを浮かべてティーカップをテーブルへ戻した。

「言っておくが、恐らくは、今のお前より知っていることは少ないぞ。ようやくこれから父上に話を聞けるところだ。どうやら水面下に隠しておけないくらいの急ぎで仕上げたいことがあって、俺の力も借りたいらしい」

「陛下達が、王族直属の軍力を任せているお前に、黙って動いていることがあったのか？」

「みたいだな。物的証拠と捕り物に長けた者を、と、一部に声がかかっている」

言いながら、クラウスが立ち上がった。ずぶ濡れのブライアンを今一度見つめると、口角を引き上げて自信たっぷりに指を向けた。

「覚悟があるのなら待っていろ。今晩、寝る暇もないくらいこき使って、うまくいけばお前の望み通りめいいっぱい暴れさせてやる」

ブライアンは、闘気を放つと不敵な笑みで「上等だ」と答えた。

終章　そして彼女は

その翌日、オリビアは出国して以来となる、正装用のドレスに身を包んだ。

華奢な肩を大胆に見せ、細い腰のくびれを強調するデザインだ。仕立て直された際、純白を思わせる美しい装飾のアレンジも施されていた。

スカート部分を彩る波打つ生地、贅沢な金刺のリボン。足元のたっぷりのレース――その全部が、背中に流された長い薄紫の銀髪をより引き立てて、彼女を聖女のごとく美しい令嬢へと仕上げていた。

メイド達が朝から、湯浴みから着替えまで丁寧に支度を整えてくれた。宝石のイヤリングやネックレスも受け入れたオリビアだが、化粧をされる際には小さく震えた。

「…………あまり、濃くはしないで欲しいんです」

顔色の悪さを隠すのなら、化粧をしっかりした方がいいとは分かっていた。でも自国で受け続けた冷遇が、呪いのように、彼女からあらゆる自信を奪って謙虚にさせていた。

支度が整うと、全使用人達が見送りに出てくれた。玄関先には、既に公爵としての正装姿で、貴族としての品と紳士的な雰囲気をまとったザガスが待っていた。

「綺麗だよ、オリビアちゃん――平気か？」

どうにかといった様子で、彼が気遣う目で微笑んできた。本当は他にもある心配の言葉を呑み込んで、短い言葉で尋ねてきているのだと分かった。

「大丈夫です。…………私は、大丈夫」

深い感謝のもと、オリビアは声を震わせずにそう答えることが出来た。けれど最後は、自分に言い聞かせるような呟きになってしまった。

昨日、泣き帰って、何かあったのかとザガス達に心配された。

どうか詳細を聞かないで、苦しくなってしまうから。そう自分は答えるだけでも泣き崩れてしまって……初めて恋をして、そうして別れを告げてきたのだ、とだけ話した。

『それは、あの神父か？』

『…………』

そう一度だけ尋ねてきた以降、ザガスは何も訊いてこなかった。大変な決意や覚悟があったのだろうと、使用人達も甲斐甲斐しくオリビアの世話を焼いてくれた。

「気を付けていってらっしゃいませ」

執事長のジェイミーを筆頭に、使用人全員が公爵邸の前で頭を下げた。どうかご無事でと祈り、応援する目をした彼らに、オリビアは感謝の気持ちで同じく頭を下げて応えた。

馬車は公爵邸を出発すると、真っすぐ王宮を目指して王都の大きな道を進んだ。

やがて、その全貌が車窓から見えてきて、オリビアはより緊張が増した。馬車に乗り込んでから、自分がずっと黙っているのにも気付かないまま車窓を覗き込む。

遠目から尖塔部分を見掛けてはいたけれど、王宮は想像以上に大きかった。そして絢爛豪華な建物を大国で見慣れている彼女が、ハッと息を呑んでしまうほどに立派だった。

近付いてくる立派な城門は、芸術品のような装飾がされている。敵国を見越した高い城壁もなくて、金の柵越しに開けた美しい王宮と贅沢な庭園が見えて――。

それはエザレアド大国であったような、窮屈で圧倒する感じは全くなかった。

まるで夢の世界の王宮のように、ただただ開放的で、とても美しい。

公爵家の馬車は城門をくぐり抜け、建物まで続く長い大きな道を悠々と進んでいく。カラカラと回る車輪の鈍い振動を聞きながら、オリビアは思わず車窓に手をあてた。

「……これが、イリヤス王国の…………、『王の城』」

ふと、若い騎士が数人、すぐそこを走っている姿に気付いた。一人が降参のように両手を上げて逃げる中、後ろから別の騎士が怒った様子で追いかけている。

その後ろから更に三人、苦笑を浮かべて、仲裁するように後を追う騎士達の姿もあった。そんな彼らを、衛兵達が「またやってるよ」とばかりに見やっている。

オリビアは、そんな光景をじっと見つめてしまった。

「…………まるで本当に、夢の国みたいだわ……」

仕えている軍人であるのに、彼らは誰もが活き活きとして『自由』に見えた。自国では有り得ない光景で、とても平和で長閑なのが伝わってくる。

「あれは、近衛騎士隊の連中だな」

そろそろ馬車が停まる。それまでに少しでも緊張を解そうとしたのか、同じ方向を見ながらザガスが、窓を見つめるオリビアにそう教えた。

「近衛騎士様達なのですね……。怒られたりしないか、心配ですね」

「ははっ、オリビアちゃんらしい感想だなぁ。まぁ、バレたら、上官か先輩にガツンと拳骨でもされて、説教くらうんじゃないかな」

「え……？　それだけなんですか？　王宮で勤務している騎士様なのに？」

オリビアが思わず尋ね返すと、ザガスが不思議そうな顔をした。

「それだけだよ？　だって、やんちゃってだけで『悪いこと』をしているわけじゃないし。俺だって、それくらいで部下を罰したりしないよ」

ああ、本当に夢みたいな素敵な国なのね――。

この国では、兵士を人としてきちんと大切に扱っているのだ。そう思った時、馬車の動きが止まった。

下車してみると、目の前にした王宮の美しい建物は更に大きかった。気圧されたオリビアは、出迎えた騎士の対応を終え、すぐに戻ってきたザガスの存在に救われた。

「さ、行こうか」

「はい。よろしくお願いします、ザガスさん」

どうにか微笑み返して、差し出された彼の腕を取った。

ザガスにエスコートされて、一緒に王宮の中へと進んだ。道のりには警備の者達が配置されていて、彼らを目印に、舞踏会の会場となっている『王の間』を目指して歩いた。

廊下はとても広い。人の姿はあるけれど、大きな物音が他にないせいか、コツコツと歩く足音までよく響いているような印象を受けた。

緊張した自分の心臓の音まで聞こえるようだ。

ピークに達した不安で、ずっと胸がドクドクとして気持ちが悪い。気を引き締めていないと手が震えてしまいそうで、オリビアはザガスの隣で感情を押し殺して耐えた。

その表情は、彼女の繊細で儚（はかな）げな印象がある美しさを増していた。背に流れる薄紫がかった銀髪は、この国にはない色ということもあって神秘的な印象まで与える。神聖さまで感じさせる美しさに目を引かれ、廊下を俯（うつむ）き加減で歩いていくその姿を誰もが目で追った。

ああ、きっと、見知らぬ令嬢がいる、とチラチラ観察されているのだろう。オリビアは緊張が増して、向けられていく視線に足が竦（すく）みそうになった。

やがて二人の警備兵が立つ扉前に辿（たど）り着き、ザガスが足を止めた。

「舞踏会の前に、歓迎の式が行われる。そこでエザレアド大国からの『客人ら』が全て紹介されることになっていて……、式自体はもう始まってる」

客人、というのは来国した大神官長達、そして滞在中の自分だろう。

オリビアは、そう分かって両開きの扉を見つめた。そこからは多くの人達の気配がもれていて、短いファンファーレの音がした後、誰かが演説するような声が鈍く聞こえてきた。

「予定通りに進んでいるとすると、エザレアド大国からの『客達』の入場は終わっているだろう。恐らくは陛下に言葉を賜って、友好国としてのやりとりに入っていると思う」

ザガスが目を向けると、二人の警備兵が真剣な眼差しで肯定の頷きをする。それを見たオリビアは、閉められている扉へ目を戻した。

「そう、なんですね……。この扉の向こうに、大神官長達が」

次は、自分が紹介されて入場しなくてはいけない。

そう想像したら、喉が緊張でカラカラになって言葉も続かなくなった。二人の警備兵が獣目でじっと見つめる中、ザガスが堪え切れなくなった様子でオリビアの腕に触れた。

「大丈夫か？　今にも倒れそうな顔だ。もし無理そうなら、俺がどうにか——」

「私は大丈夫です。自分の国でだって、いつでもやってきましたから」

これ以上負担はかけられない。言葉を遮って笑ってみせたオリビアは、ザガスがますますつらそうな表情をするのを見て、今度は作り笑いではない困った微笑みを浮かべた。

「優しい人ですね。そんな表情をさせてしまって、本当にごめんなさい」

「オリビアちゃん……、でも」

「いいんです。ありがとう、ザガスさん。――私のことなら本当に大丈夫なんです。迷惑をかけないように、しっかりやってみせますから」

その時、扉の向こうでラッパ音が盛大に上がった。

警備兵が、左右からゆっくり扉を開いた。ザガスと共にそれを見つめていたオリビアは、そこから、自分を紹介する声が響いてくるのを聞いた。

「そして最後に、同じくエザレアド大国【聖女一族】サンクタ大家の五姫、オリビア・サンクタの入場！」

そう声高々に伝え、ファンファーレの音が響き渡る。

開いた扉の向こうには、『王の間』が広がっていた。多くの人々が左右に割れて、真っすぐ国王のもとまでの道が出来ている。

こちらを注目し、ほんの少し間、会場内の華やかな賑わいが静まった。

「おや。大国の聖女姫も来ているのかい？」

「訪問団の中に姿はなかったように思いますけれど、あなた、何か聞いていて？」

「事前に知らせはなかったが、特別ゲストなのかな？」

一体なんだろう、と不思議そうに交わされる囁き声が、チラホラと聞こえてきた。

ハッキリ紹介されてしまった。もう後戻りは出来ない。

場の雰囲気に気圧されて足が強張りかけたオリビアは、緊張を呑み込んで会場内へと足を進めた。心配そうに見守っていたザガスが、待っていた係りの者に声をかけられ、彼女を気にしつつも案内されて閲覧側へと向かう。

それを背中の向こうに感じて、オリビアは心細さで緊張感も増した。怖い、不安だ……鉛のように重い足を進めながら、どくんどくんと緊張で心臓まで痛くなってきた。

――何故なら入場した時から、覚えのある刺々しい視線があったから。

ゴクリと唾を飲んで、その先をこっそり盗み見た。王座の一番近く、賓客側の位置に、エザレアド大国の豪華な神職衣装に身を包んだ、大神官達が立っていた。

『最低限失礼のないよう振る舞え』

いつも自国で言っていた言葉を聞かせるように蔑む目で睨まれた。心臓をぎゅっと掴まれたかのような緊張の痛みを覚え、オリビアは慌てて視線を前に戻した。

すると、すぐそこまで近付いていた王座が目に入った。そこに目を留めた瞬間、彼女はアメジスト色の大きな目を見開いて、緊張も忘れて見入ってしまった。

その王座には、白髪の多い貫録ある『王』がいた。王はこれまで出会ってきたどんな人よりも優しい目をした――オリビアと同じ人族で、人間だったのだ。

獣人という最強の種族がいる国だ。てっきり王もそうであるか、強国らしい屈強な者を想像していたから驚いた。けれど彼はオリビアの失礼な視線に対して、機嫌を損ねるでもなく、父性愛を感じるような眼差しでにこっと微笑みかけてきた。

この人が、国王陛下……？

王座に腰掛けたその国王は、オリビアがよく知っている傲慢も威圧もなかった。まるで春風のような空気を漂わせて、とても穏やかな空色の目でこちらを見ている。

国王である彼の周りを見てみれば、守っている騎士の半分も同じ人族で、もう半分は特徴的な獣目をした獣人族だった。会場に集まっている大人達も、半々といったところだ。

ああ、本当に『人』と『獣の人』が共存しているのだと、オリビアは唐突に強い実感に胸を貫かれた。その『王』に心の底から敬意を覚えて、しばし瞬きも忘れてしまっていた。

「あれ？　ねぇアーサー、あの子って確か教会にいた――もがっ」

「クライシス、先に言っておいたろっ。いいから今は静かにしてろ」

事前の知らせもなかった登場を、貴族達が不思議そうに見ている中、ふと、どこからか先日教会でびゃあびゃあ泣いていた声が聞こえたような気がした。

その拍子に、オリビアはハタと我に返った。不興を買ってしまわないよう、歩調を慌てて戻し国王のもとへと向かった。

「我が国に、エザレアド大国のサンクタ大家の姫君が来訪するのは、初めてのことだ」

緊張気味に謁見位置へ立ってすぐ、国王が先に口を開いてきた。

「――ご挨拶が遅れてしまい、申し訳ありませんでした。わたくしは、サンクタ大家の五番目の娘、オリビアと申します」

親しげな声をかけられたことへの驚きを、どうにか隠して深々と礼を取った。

「このたびは公爵様共々、こうしてわたくしに留学のご機会をお与えくださいましたこと、心より感謝申し上げます」

「そうかしこまらなくとも良い。とても勤勉に励んでいる、と聞いておる」

国王は、優しげに微笑んで一つ頷く。

「聖母のようであると町で噂になるのも頷ける。見目の美しさだけでなく、心まで清らかであるのが眼差しや声からも伝わってくる。さすがは聖女一族の姫君だ」

そう褒め言葉を頂いたオリビアは、顔から血の気を引かせた。やめて、そうやって褒めないで。もしかして魔力なしであることが知られていないの？

とすると国王は、エザレアド大国の聖女一族の女性であるとして過大評価しているのだろう。今の彼の表情が、これから強く失望するさまは見たくない、と胸が痛んだ時――。

「そう誇張して褒めなくともよろしいのですよ、陛下」

案の定、大国でよく聞いていた嗄れ声がして、オリビアはビクリと肩がはねた。

どこか辛辣なニュアンスとも受け取れる調子で口を挟んだのは、国王の近く、大神官達の前に立った初老の男――エザレアド大国の大神官長だった。

その一声に、会場の人達の視線が向く。彼は注目を集めることには慣れているように見つめ返すと、そこでわざとらしく眉尻を落として同情の雰囲気で続けた。

「彼女は残念ながら、聖女になれなかった出来損ないなのです。聖なる力を一切持たずに生まれるという、我が国始まって以来のことでございます」

会場を見渡しながらそう述べた彼が、遅れて気付いた、とでもいうかのような演技臭い仕草で口元に手をあてた。

「おっと。身分高き方々もいらっしゃる場で『出来損ない』とは不適切な表現でしたな」

そう言った彼が、誰も疑問など口にしていないのに「んん？」と片眉を上げた。

「おや、皆様はご存じない？　オリビア・サンクタは、サンクタ大家の女性でありながら、国にも一族にも貢献出来ない、と、周辺国でも大変有名なのですが」

あくまで我が国が悪く言っているわけではない、という言い方だった。そうやって一人でべらべら喋っている彼を、会場の紳士達がきょとんとした目で、そうして貴婦人達の一部が扇で口元を隠して「あらま」と見守っている。

オリビアは、顔が上げられなくて俯いてしまっていた。

まるで大神官長の一人舞台のようになってしまった場で、国王が二番目の息子と少しだけ似た、考えの読めない目で「――ふうん」と微笑んだ。

「大神官長殿。あちらの国々では有名なこと、とは？」

「ええ、陛下、お聞きになりますか。とても可哀そうな娘なのですよ。一族の女性として生を受けたにもかかわらず聖女らしい清さも美しさも神から与えられませんでした……それどころか、なんと、おぞましく醜い痣を両足に巻き付けて生まれたのです！」

大袈裟な演説っぷりで、大神官長が「おお、神よ」とまで祈った。感情的になった風を装ってはいたが、姿勢を戻した彼の顔は、いやらしい表情を隠せないでいる。

参加者達の中にいたザガスが、我慢も限界だと怒り顔で床を踏み付けた。

「あの野郎っ、わざわざ公の場でオリビアちゃんの足のことを……！」

「ザガスだめだ落ち着け！」

「堪えろ陛下の御前だぞっ」

二人の貴族の友人が、声を抑えて言いながら慌てて彼を止める。

そのやりとりが聞こえたオリビアは、ザガスに申し訳ない気持ちでいっぱいになって苦しくなった。何も言い返せない、それは事実なので仕方のないことなのだ。

すると大神官長が、後ろの大神官達と共に国王へ神職の礼を取った。

「陛下、失礼致しました。私達は彼女にとても同情しておりますゆえ、少々感情的になってしまいました」

「なるほど。そうであったか」

「はい。彼女は、聖女として生まれなかったせいで聖なる我が国民としても相応しくない心を抱いたりもするもので、哀れに思って仕方がないのです」

「『相応しくない心』？　ふむ。それは喜怒哀楽かな？　人間ならば持つものよ」

はぐらかすように国王が言う。

大神官長が、フッと嫌な笑みを浮かべた。

「人として良くないことを考える、という意味でございますよ。国と神に仕える聖女一族の身でありながら何一つも貢献せず――たとえば身勝手な願いを抱くなど」

その発言がされた直後、他の大神官達が小さく嗤った。気付いた会場の者達の視線を受け止めると「失礼」と表情を戻したが、全く悪びれもない様子だった。

オリビアは、絶望と諦めに包まれて床を見つめていた。やはり彼らは、国の外に出たいと思っていたことを承知の上でこの留学を許可したのだ。

抱いた希望など打ち砕いて、もう二度と期待など抱かせないようにするのが大国と彼らのやり方だった。もしや大神官長が「相応しくない心」や「人として良くないこと」と前置きしたのは、暗殺の件を匂わせているのでは……？

難しいことは分からない。でも、恐らくは、このあと連れ帰る用向きを立ててくるのだろう。

不穏な予感に、スカートの前で合わせている手が震えそうになった。

――一つ分かっていることは、結局オリビアに勝ち目などないということだ。

従えている大神官長達が静かになったところで、大神官長は追って述べる。

「残念ながら彼女は、どこであったとしても貢献など出来ません。……見るに耐えられない醜い両足です、一族の務めになどほとんど……いえ、彼女にやれることがない、と言いますか……。つまり何も出来ないのです」

大神官長は会場の者達と国王へ言い聞かせると、あまりにも哀れなので詳細は、といった風で一度言葉を切った。

こうして公の場で言われるのは、いつものことだ。一族の者として役に立てない自分が悪い。でもオリビアは、溢れそうになる涙を自覚して唇をきゅっとした。好きな国の人達の前でされたくなかった。ここは初めて訪れて、そうしてとても好きになった国だったから。

大神官長が会場の様子を見渡し、意見はないと見て取って悠々と陛下へ向き直った。

「ですから陛下。彼女の身に関しては、このまま我々が引き取――」

その時、会場正面の大扉が不意に力任せに押し開かれた。

「失礼致します！」

突如響き渡った腹の底から出された大声に、会場にいた全員の目が向いた。オリビアは、びっくりしてそこを目に留めた直後――アメジストの目を見開いた。

「え？　ブライアンさん……？」

そこにいたは、頭から足の先まで、高貴な貴族の衣装に身を包んだブライアンだった。神父衣装の時と雰囲気をがらりと変え、毅然とした態度で人々の間を進んでくる。

アッシュグレーの髪は、気合いを入れるようにしつつも品良く上げられていた。その端整な顔立ちの男性らしい凛々しさも、高貴さをまとって大神官達を圧倒している。

「陛下、御前での失礼をお許しいただきたい」

　美しい翡翠（ひすい）の獣目は、普段の優しい彼とはまるで別人みたいな強さだった。

　真っすぐ見据えたまま向かってこられて、オリビアは戸惑った。ブライアンはあっという間に目の前まで来て、真剣な表情で見下ろされドキリとする。

「どうして、ここに……？」

　そう尋ねた途端、両手を取られた。

　その温かい手は、強い視線に対してとても優しく気遣わしげだ。オリビアは、一瞬状況を忘れてドキドキしてしまった。すると、見つめている彼が唐突に口を開いた。

「俺は王族のそばに常にあり、国の神事を任された一族、獣人貴族のジョセフバーナード伯爵家の三男、ブライアン」

　突然、そう作法にのっとって自己紹介した。獣人貴族とは思っていたが、まさかの伯爵家の子息だったらしい。しかも王族にも信頼されている特別な一族であるようだ。

　オリビアは、それより今の彼の様子が気になって、戸惑いがちに尋ねた。

「ブライアンさんの家が、どういう立場であるのかは分かりました。でも、一体どうしたんですか？　なんで、今、ここに――」

「今日はあなたに、正式にプロポーズするために来ました」

「えっ」

聞き間違いかと思ったのだが、ブライアンは真剣だった。きゅっと手を握ってくると、距離を詰めてオリビアを一心に見下ろしてきた。

「俺は王族のための目となり、剣となるため、聖ガルディアン騎士団の団長を拝命し、町の教会へと下りました。サンクタ大家の姫君、どうか俺と結婚してください」

それは、突然のプロポーズだった。周りで見守っていた者達が、彼が始めようとしていることを察したように「いいぞ！」と声援を上げ出す。

どうして、とオリビアは言葉も出ないでいた。昨日、彼に全てを話して別れを告げた。だって、一緒になることなんて、きっと――。

その時、ブライアンが握っていた両手を引き寄せて、顔を近付けてきた。

「――どうか任せてくれ」

頼もしげな優しい目で小さく微笑んだ彼が、そっと手を離していく。

一体何をするつもりなのか。オリビアが慌てて呼び止めるのも間に合わず、彼は続いて国王へと向いて、片手を胸に当てて品良く堂々と礼を取った。

「陛下、突然の発言をお許しください」

「良い。申してみよ、我が王族のための剣ブライアンよ」

国王がそう許可するなり、ブライアンがその目をしっかり見つめ返した。

「俺は、彼女を妻として迎え入れたいと望んでおります」

突然、国王へ直接切り出された要望を前に、会場内が明るくざわめいた。上がる驚きの声はどれも恋に生きる獣人族、そしてその生き方を尊敬し憧れている人族の期待に満ちている。

だがオリビアは、まさか国の王に直接お願いするだなんてッ、と驚きのあまり卒倒しそうになった。大神官長達も、珍しく余裕もなくなって戸惑っている。

国王の目を真っすぐ受け止め、ブライアンが品に満ちた仕草で胸元に片手をあてた。そこにあった、オリビアと同じ瞳の色をした飾り留めの大きな宝石がきらりと光る。

「俺が一族の代表として、聖ガルディアン騎士団の団長の任を拝命した時――」

そう語り出されると、周りの声はピタリと止まった。オリビアと同じく、誰もがその行く先を見守るように各々の囁きをやめたところで、ブライアンは言葉を続ける。

「いつか自分が恋をするなど、全く考えてもいませんでした。運命の誰かと出会うはずもないだろうと、当時婚約中だった兄上達に代わって、その任を進んで拝命したほどです」

けれど、とブライアンは真剣な表情で声を強めた。

「そんな俺が恋をしました。こんなにも愛しいと思えた相手は、初めてです。どうか彼女が、あなた方の剣である聖ガルディアン騎士団の団長、及び陛下や殿下達に代わり城下を見る『王の眼』である俺の伴侶となることを、認めて頂けないでしょうか？」

獣人貴族の中でも、王族に近しい大貴族であると分かる台詞だ。息を呑む大神官達のそばで、大神官長が目の前で起こっていることを必死に頭の中で整理しようとする。

だが、その時間を与えないと言わんばかりに、国王が「ほぉ」と前向きな声を上げた。

「それはとてもめでたい。私に異論はないぞ」

「お、お待ちください陛下！　そのような特別な地位についている方に、サンクタ一族の五姫は相応しくありません！」

大神官長が、弾かれたように顔を上げて大声を出した。

「先程も申し上げました通り、彼女は聖女の資格もない『醜い痣持ちの娘』なのです！　そんな者を、このイリヤス王国で聖なる職を任されている一族に嫁入りなどッ」

その怒鳴るような声を耳にしたオリビアは、確かにその通りだと、強烈な叱りを受けたようにビクッとなった。

会場の貴族達は、突如響き渡った怒声を不思議そうにしている。ブライアンが、冷ややかな表情に抑えつつも殺気をもらす中、国王は聞く様子で黙ったままだった。

それは、エザレアド大国での反応とは大きく違っていた。大神官長がカッとなって、集まっている貴族らへ同意を求めるように叫んだ。

「皆様もご覧になったらゾッとされますよ！　まるで穢れを象徴するような『おぞましい呪いのような痣』なのです！　そのようなものを持って生まれた娘を、この国の重責を担う一族の嫁に迎え入れるなど、皆様とて反対でしょ――」

「一つよろしいでしょうか？」

不意に、よく通る女性の声が上がった。

扇を口元にあてて胸の前で小さく手を上げていたのは、真っ赤な髪を持った美しい貴婦人だった。猫のような印象がある金色の獣目が、冷静に大神官長を威圧している。

話を遮られると思っていなかった彼が、肩で息をしながら訝った。すると国王が許可するように、彼女へ小さく手を上げてみせた。

「良い。発言してみよ、ベアウルフ侯爵夫人」

「ありがとうございます、陛下。わたくしは痣も個性の一つであると思うのですけれど、それがあるだけで、女性としての価値を決めつける物言いに聞こえましたわ」

「いいえ、聖女一族の者なのに、おぞましい痣持ちです。浄化の魔力がなかったばかりに、母の胎内で身体の一部を身代わりにして、どうにか産まれたようなものなのですよ」

大神官長は、侯爵夫人に対しても臆さず答えた。確かにその通りだと思ったオリビアは、反論もなく俯いたのだが――ふと、聞き覚えのある声が耳に入った。

「つまり生まれた家が特殊だから、彼女は駄目である、と決めつけているのですか?」

紳士達の間から、ひょっこり顔を出して小さく挙手したのは、昼食会で声をかけてきたディーイーグル伯爵婦人、ジョアンナだった。

大神官長が、何者だろうかと価値を見定めるように見やる。すると、どこから紳士の呟きが上がって、彼女がむっとした様子で後ろを睨んだ。

「全く、君は黙って待っていられないのかい」

「あなた、少し黙っていてちょうだい」

「はいはい」

そんな声が、オリビアか見える紳士達の向こうで上がって、途切れた。

「それで、どうなんですか？」

ジョアンナが、大神官長へパッと目を戻した。尋ねられた彼が、結論を言い渡すかのように長い袖をバサリと揺らし、大広間に演説し慣れた声を響かせた。

「醜い身体をしたこの娘は、とてもどこかへ嫁げる者ではありません」

自国で『宝』とまで言われている大貴族の娘であるのに、堂々とした発言だ。

貴族達は呆気に取られていたし、二人の友人に抑えられているザガスが、塞がれている口の中で貴族らしくない暴言を吐きまくっていた。ブライアンは場を弁えて静かにしているとはいえ、獣目は嫌悪感と殺気でぐつぐつ煮え滾っている。

ふうむ、と国王が思案顔で顎をさする。

「これは、――なんとも予想以上」

そう独り言を口にした彼は、姿勢を楽に肘かけへ手を置くと、会場にいる者達を眺めやって唐突にこう呼びかけた。

「どうやら、我が国に留学に来てくれたサンクタ大家の五番目の姫君については、双方に少々食い違いや勘違いがあるようだ」

　その一声を聞いて、大神官長達が「は」と間の抜けた声を上げた。国王がしれっと無視して、友人達に抑えられているザガスを見る。

「ウィルベント公爵よ。彼女がどんな娘であるのか、まずはそなたの意見を聞こうか」

「へ？　あ、感謝致します陛下。俺は——私は留学した彼女を預かり引き受けました。この場で、少しお話ししたいと思います」

　二人の友人達が慌てて解放する。ザガスは少し乱れた襟元をざっと整え直しながら、一人称も戻して答えた。

「私は、今日まで彼女と共に生活してきました。彼女は、我が儘らしいことも言わず、学びに励み、使用人にも優しく、今では我が屋敷の全員から好かれております」

　彼は、集まっている者達に聞かせるように声を響かせた。

「彼女は、朝は私を温かく見送り、時には仕事の苦労を心配もしてくれます。屋敷の者達と一緒になって帰りを待ち、微笑みで迎えてくれる優しい娘です。私は……私は、本当の娘か姪のように、こうして彼女を預かれたことを、とても、嬉しく誇りに思っているほどです」

　最後、ザガスは嚙み締めるように、一つずつ言葉を紡いだ。

　オリビアは、思い返す彼を見つめて涙が溢れそうになった。ここへ来てから、彼と今日まで一緒に暮らしてきた思い出が、脳裏を一気に駆け抜けていった。

私の方こそ、あなたと一緒に暮らせて嬉しかったんです……そう、今は声に出せない言葉を思った時、多くいた貴族の中から不意に一つの手が上がった。

「陛下、申し上げます」

「おや、珍しい参加だ。申してみよ――ベアウルフ侯爵家、王都警備部隊隊長レオルド」

国王が述べるなり、周りから小さく驚きの声が上がった。その多くの視線の先を追ったオリビアは、そこに来月結婚するレオルドの姿があるのを見付けた。

「仕事途中での参加をお許しください。実は先日、彼女が勇敢にも我が身を呈し、陛下の家臣達を救おうとしたと、部下達から称賛の声が上がっておりお伝えにまいりました」

「ああ、その件か。実は偶然にも、私も直に本人らから全て話を聞き出していたな。うむ、異国の仲介雇い主をディーイーグル社が特定して、昨日、休みを取った総督の蛇公爵が、たまたま捕まえてしまったのだった」

今になって思い出した、といった風に国王が述べる。

「おや、それは奇遇ですね」

その時、そばにいた第二王子クラウスが演技かかった声で言った。

「俺の右腕であるブライアン騎士団長が、王都を出た異国のとあるグループを、今朝までに全て捕まえましたよ。そうしたら偶然にも、兄上の昼食会に無招待で来ていた者達を知っているようで。あとで話を聞こうと身柄を拘束してあります」

「ほぉ、それは面白い偶然だ。私は、それ以外の者達の話は聞いていてな、どうやら皆ある者を知っているようで——ちょうど『ツァリーヒ大神官長』には、少し聞きたいことがあったのだった」

大国での短縮名を挙げられた大神官長と、後ろにいた大神官達がビクリとした。

あの昼食会の騒ぎがあったのは、数日前だ。それなのに事件の全貌が明らかになっていて、しかも関わった全ての者達と証拠が、既に押さえられている状態なの？

オリビアは、まさかと驚いてブライアンの横顔へ目を向けた。

調査するにしても時間がかかるものだ。でも陛下達の自信があるような雰囲気を見るに、大国が絡んでのものであったと、この場で証明出来るほどの証拠まで既に揃えて……？

気付いたブライアンが、オリビアへ視線を返してきた。考えていることなど全てお見通しとでもいうように、頼もしくも優しげな笑みを浮かべて唇の前に指を立てる。

そのまま、続いて彼に促されて目を戻した。王座にいる国王は、大神官長達の顔色が悪くなったのにも気付いていないといった風だった。しかし、その笑顔は二割増しでニコニコと輝いていた。なんだかすごく楽しそうだと、オリビアは思った。

「レオルドよ。話がそれてしまってすまぬな」

「いえ、陛下」

にこにことした彼の視線を受け止めたレオルドが、こっそり吐息交じりに答えた。

「それから彼女には、俺の婚約者との挙式の件でも、助けて頂いております」

「おぉ、そうだった。そういえば来月には結婚の身であったな。うむ、実にめでたい」

国王がそう話を終わらせたタイミングで、別の方向から違う声が上がった。

「陛下、私も申し上げたいことが」

「許可する。他にも申す者があれば言ってみよ」

「それでは、まずは私の方から。私の母は信心深く、教会に通っております。手伝いに入っている娘に、孫の話などとてもよく聞いてもらえて嬉しいのだと語っておりました。とても珍しい髪色の娘であるとは聞いておりましたから、恐らくそこにいる彼女のことかと」

「町のボランティアに参加していたのを見掛けましたよ」

先程の紳士に続くようにして、別の方向から挙手と共に声が上がった。

「わたくしも、昼食会では楽しくお話しさせて頂きましたわ」

「私は足が悪いのですが、見知らぬ者なのに、道で手を貸して頂きまして」

「まだ『成長変化』を迎えていないうちの子も、教会で『珍しい薄紫をした銀髪の女性』に世話になったと、嬉しく話しておりましたな。親友と何度も世話になったようです」

「部下として、今の今までご事情を存じ上げませんでしたが、ザガス隊長——ウィルベント公爵も、ここずっと毎日がとても楽しそうでした。よほど、彼女はいい娘なのでしょう」

にこやかな談笑のような声が、次から次へと上がっていった。美しい薄紫の銀髪というのはイリヤス王国にはなく、目を引くこともあって覚えていた者も多かったようだ。

しばらく眺めていた国王が、そこでスッと手を上げて場を制止した。

「それでは、ここで当ジョセフバーナード伯爵家にも、意見を聞いてみよう」

オリビアはハッとなって、国王と会場の人達の視線の先を追った。

そこには、ブライアンと同じアッシュグレーの髪をした男が三人いた。白を基調とした神職衣装に近い正装服を揃え、彼と違って非常に落ち着いた翡翠の獣目をしている。

すらりとした背の高い中年男が、視線を受けてゆっくりと神職寄りの礼を取った。息子らしき二人の三十代の男達が、それに続き恭しく頭を垂れる。

「陛下のおそばから離れられない我々のため、王族の剣として今や第二王子殿下とご活躍し、城下の件を任せている息子です。その彼の意思であれば、一族としては反対などございません」

「ほぉ。ジョセフバーナード家としては、一族で全面的に賛成の意である、と?」

国王が、穏やかながら、先を見通しきった目で確認する。

するとジョセフバーナード伯爵の隣にいた、美しい長髪の男が「発言をお許しください」と今度は軽めの礼を取ってから、父の発言に続いた。

「我が弟、ブライアンは、結婚でさえ自由にならないという、その重き立場を理解したうえで聖ガルディアン騎士団の任を受け教会へ下りました。そんな弟が選んだ女性です、不安を感じる要素がどこにありましょうか？」

躊躇なく淡々と紡がれる言葉には、兄弟として、家族として、強い絆で結ばれた強い信頼が伝わってきた。

その一族の公での意思表明を前に、大神官達が茫然として佇んでいる。大神官長が、どうにかといった様子でふらりと一歩前に出て進言した。

「へ、陛下、しかし我が大国の五姫オリビアは――」

「陛下。我が息子のことより、外交大臣は何やら話したくてたまらない様子。ここでごちゃごちゃ続くようであれば、私が先にうっかり喋り出してしまいそうなのですが」

「おや、それは困ったね。私も同じ気分だ」

ジョセフバーナード伯爵が口を挟み、国王があっさり脅迫紛いな相槌まで打つ。すると大神官長は、とうとう真っ青になって動かなくなってしまった。

そこで国王が、笑顔なのに冷ややかな空気を放って目も向けず言った。

「ツァリーヒ大神官長殿。我が国は、そちらが思っているほど愚鈍ではないぞ――このまま大人しくするなら、この後別の部屋で、今後も続く両国の友好を平和的に話そうではないか」

「は、はい……そのように……」

青い顔で床を見つめている大神官長の後ろで、大神官達が、いつの間にか背後に控えている騎士達に気付いて小さく震えた。

それに対して、会場内は既にリラックスした雰囲気が漂っていた。メインの舞踏会のために待機している演奏家達も、スカッとした様子で「さて次は」と出番に備え出している。

続く展開にポカンとなってしまっていたオリビアは、国王に笑いかけられて我に返った。

「エザレアド大国のサンクタ大家の五姫、オリビア・サンクタよ」

「はっ、はい！」

名を呼ばれて、反射的にビクッと背が伸びた。

すると国王が、先程までの威圧も感じさせずにっこりと笑った。

「そなたは、母の中で既に聖女としての役目を担ってきた素晴らしい姫君だ。神の慈悲と慈愛の心を持った、優しい五姫オリビア。そなたを、我が国は歓迎する」

国民として迎え、結婚を公に認めるという発言だった。それでいて『聖なる力を持たなかったため』と言った大神官長の説明を上げて、だからこそ聖女の証として労い、痣を褒めたたえているのだ。

そう気付いたオリビアは、涙が溢れそうになった。これまでずっと自国で責められ、嫌われて、両足の痣を神罰か醜い罪の烙印であると思っていた。でも――。

「……そんな風に考えてもいいのですか……？　私、ほんの少しだけでも、そうやって自分で、自分を赦してしまってもいいのですか？」

ぽつりと、オリビアは震える唇でもらした。

ずっと神に、そうして誰かに赦されたいと思っていた。自分を受け入れてくれる人さえないのだと、あの頃は諦めていたのに、ここで、その痣ごと愛してくれる男性にも出会えて――。

「君って謙虚だなぁ！　いいんだよ、君は君のままで!!」

不意に、会場のどこからか元気な一声が上がった。

そこには、先日教会で大泣きしていた貴族の男性がいた。前置きもなかった唐突の主張に「おや」「あれは？」とざわつく人々の中で、彼は平気そうに大手を振って笑顔で叫んでくる。

「生まれる前から頑張っていたとか凄いよ！　僕は、そんな頑張り屋でとても優しくってシャイな君のこと、足のことも含めてぜーんぶ好きだなぁ！　――いったあああああ!?」

「クライシス様、空気も読まずおバカな面を晒すのは、おやめなさいな」

先程の真っ赤な髪をした貴婦人が、持っていた扇で彼をしたたかに叩いていた。

すると会場内から、その彼の明るさに感化されたみたいに「いいんだよ！」「うちの国にようこそ！」「君は頑張った！」と次々と声が上がって、たくさんの拍手も起こった。

国王が、片手を上げて会場の者達を一旦落ち着けた。それから、慈愛溢れる微笑みで、彼女に問いかけられていた言葉に肯定するよう、頷いた。

「オリビア、君はとても優しい娘だ。このような素晴らしい聖女一族の娘も、他にいないであろう。――さて、皆の者、彼女を花嫁として迎えるジョセフバーナード家に祝福を！　一族には今後、一層の恩恵があることだろう」

その途端、会場中から割れんばかりの賛同する大歓声が上がった。

祝福の言葉が飛び交い、盛大な拍手で満ちた場を見て、国王が満足そうに座り直した。まだ茫然としているオリビアに目を留めると、ふふっと微笑みかけて手でも促した。

「どうぞ、末永くお幸せに」

そう言われて、オリビアはようやく遅れて実感が込み上げた。ハッと向こうを見れば、ザガスが腕を顔に押し当てて、安心しきったように小さな声で泣いていた。

「良かった、本当に良かった……ッ、陛下、みんな、本当にありが、とうっ」

「うん。お前もすごく頑張ったよ、ザガス」

二人の友人達が、ザガスの肩を叩き、そこへ他にも人達が続々と集まっていく。

その時、オリビアはブライアンに手を取られた。

「行こう、オリビア」

そのまま手を引かれた。彼はどんどん歩いて、係りの者が一つだけ開けた扉へと向かう。

「え？　ブライアンさん……？　あの、一体どこへ」

戸惑う声を上げている間にも、オリビアは彼に連れられて会場から出されていた。日中の廊下だというのに、一旦人払いがされて警備の姿もない。

後ろで、パタンと扉が閉まった。その向こうからは国王の舞踏会の開催の言葉が、続いて優雅な演奏が鈍く流れ出すのが聞こえた。

「オリビア」

廊下でようやく立ち止まったブライアンが、そっと手を離して、正面から誠実そうな獣目で見下ろしてきた。

オリビアは、先程の告白を思い出した。だから廊下に他の人がいないのだ。そう周りの配慮にも気付いた途端、平常心でいなくちゃと思うのに、じわじわと顔に熱が集まり出した。

「出会った時から、ずっと君に恋をしていた。好きなんだ、オリビア」

今更のように頬を染め、ブライアンが真摯に言う。

その凛々しい声を耳にしただけで、一気に体温が上がってしまった。私も好き、と答えたくなったオリビアは、おかげでドキドキが増して一層顔が赤くなった。

「その、ブライアンさん、私……」

どうにか切り出そうとしたものの、その声は弱々しくて恥じらう乙女みたいだった。

おかげで、すっかり恋心を察せられてしまったらしい。彼の端整な顔も恥じらいに染まるのを見て、オリビアは『可愛い』と込み上げた愛おしさに、かぁっと赤面した。

直後、彼が顔を真っ赤にして、ガバリと頭を下げて手を差し出してきた。

「結婚を前提にッ、まずは俺と、仮婚約してくれませんか!!」

そう力いっぱい言われた。てっきり『結婚してください』と言われるかと思っていたオリビアは、少しだけ拍子抜けしてしまった。

そういえば、獣人族はまず婚約者候補として仮婚約を結ぶのだ。求愛の証に少し噛んで『求婚痣』というものを刻んでから、本婚約を経て結婚するのだったと思い出した。

つまりは、ゆくゆくは正式に婚約して、この人と結婚する――。

そう考えた途端、身体の芯から幸福感が込み上げた。ああ、もう自分の気持ちを隠す必要などないのだ。こうして彼と、想いを通わせられるようになれたんだ。

そう思うと、もう嬉しくて平然としていられなくなった。

「ふふっ、会場内での立派なプロポーズはどこにいったんですか？」

オリビアは嬉し笑いをもらし、信頼しきった表情で言った。自分と同じく初恋であることが伝わってくる彼に、そんな愛おしい感想まで込み上げてきたのだ。

「ブライアンさん。実は私も、ずっとあなたに恋をしていたの」

「え!? そ、それは本当か？」

「はい。だから、とても嬉しいんです」

オリビアは今の想いを口にして、差し出されている彼の手にそっと触れた。するとブライアンが、その手を両手でしっかりと包み込んできてくれた。

「きっと君を、世界で一番幸せにする。君を愛する一人の男として、そばに居続けるよ」

言いながら、大事そうにぎゅっと手を握られた。

その言葉だけで、もうオリビアはとても幸せだった。自分の足の痣に躊躇わずに触れてくれて、綺麗だと祝福の口付けを贈ってくれた彼が愛おしい。

「私、あなたの妻になれるのなら、きっとそれだけで十分幸せなんです」

「それだけじゃ、俺は納得出来ないよ」

そのまま引き寄せられて、今にも身体が触れそうな距離で見つめられた。

「俺が愛し尽くして、君を世界で一番甘やかして幸せにしないと、俺の気がすまない」

オリビアは、覗き込んでくる彼の優しくて強い獣目に、しばし見惚れた。優しいのに自信も浮かぶその端整な彼の笑顔に、触れてしまいたくなった。

「ここに、俺の求愛の証を贈ってもいいかな」

そっと手の甲をなぞられ、あっと思い出した。

「はい。でも、その……痛くしないで、優しくしてください…………」

オリビアは、恥ずかしさに潤んだ目を逃がした。そこに口を寄せられて歯を立てられるのを想像したら、噛まれる怖さよりも触れられる羞恥を覚えてしまった。

直後、彼が「ぐはっ」と背を屈めた。握った手を離さないまま、何やら堪えるかのように「ぐおぉぉぉ……ッ」と苦しげな声を出している。

「ブライアンさん大丈夫ですかっ？　もしかして、どこか痛いところでも――」

「どこも痛くないから大丈夫だ、気にしないでいい。…………痛いというか息子の方が勝手に苦しくなっているだけで、俺は今、理性に負けてはいけないわけで……っ」

何やら呪文のようにぶつぶつ言った彼が、唐突に背を起こした。気合いを入れるように、「ふぅっ」と息を吐き出す。

「よし、大丈夫だ。うっかりでも絶対反応させないようにする。俺は神父だ。それでいて紳士だ。鍛えられた精神力で、乗り切る」

「精神力？」

自分に言い聞かせているような彼が気になった。しかしオリビアは、首を傾げてすぐ、ブライアンの逞しい腕に腰を引き寄せられていた。

「今からここに、求婚痣を贈るから」

握った手を口元に近付けたブライアンが、宣言するように告げてくる。凛々しいその獣目の奥には、燃えるような熱が灯っているような気までした。

オリビアは、先程と違った真剣な表情に胸が大きく高鳴った。わざわざ片腕で抱く必要はあったのかしらと思いながらも、コクリと頷くしか出来ない。

ドキドキしながら見守っていると、彼が手の甲を口へと持っていった。その動きが手前で少し止まり、何やら思案する間を置いてペロリと舐めてきた。

「えっ、なんで舐めるんですか⁉」

「君から、とてもいい『匂い』がするから。つい」

「『つい』で舐められても困りますッ」

舐められた温かい感触も、なんだか恥ずかしい。初心なオリビアの反応を見たブライアンが、ちょっと考えるような間を置いて、それからチラリと頬を染めた。

「えっと、その、恋人同士ならいいのかなって」

「……こ、恋人……でも、あの、舐められるのはすごく恥ずかしいのですけれど……」

「そうか。うん、ごめん。なら口付けるのはいいか？　求婚痣は少し噛むから傷になる。それを塞ぐためにも、口で拭う必要があるんだ」

それなら、とオリビアは恥ずかしくない方を選んで頷いた。

ブライアンが、手を優しく口元へ引き寄せた。甘噛みするようにパクリとされたかと思ったら、柔らかな感触と湿った熱が伝わってきて――直後、チクッときた。

「あっ……」

ほんの小さな痛みだったけれど、オリビアは慣れず身体がはねた。手の甲に唇を押し当てている彼が、ピクッと反応し、僅かに動きを止めて再び動き出した。

湿った水音を上げて、ブライアンは続けて手の甲にキスを落としてくる。恐らくは、約束を守って舐める代わりに口付けているのだろう。ちゅ、ちゅっとされるのを感じていると、傷口らしき痛みや違和感もなくなった。

けれど、それでもキスは続いた。オリビアは、彼に片腕で抱き寄せられている状況もあって、次第に恥ずかしくなってきた。

「あの、ブライアンさん、もう傷は塞がったように感じるのですけれど……」

「すまない。俺の求婚痣が付いたのが、嬉しくて」

唇を離した彼の、熱い吐息が手の甲に触れた。気のせいか、彼が少し興奮しているようにも感じたオリビアは、ふと、そこに求婚痣があるのに気付いた。

手の甲には、王都の町中で見掛けていたような小さな黒い紋様が入っていた。一族で違うと聞いていた通り、それは、これまで見たどんな求婚痣とも形が違っていた。

「まるで魂が結晶になったみたい……これが、獣人族の求愛の証なんですね。まるでブライアンさんの想いが、そのまま形になったみたいで、とても綺麗です」

両想いになれた嬉しさもあるのだろうか。感極まってしまって、なんだかロマンチックな気持ちまで込み上げた。

その時、オリビアは、取られている手ごと強く引き寄せられた。目を戻してみると、ブライアンが熱い眼差しでこちらを見下ろしている。

「ブライアンさん？　なんだか息が荒く――」

「もっと噛んでしまいたい」

えっ、と少し驚いて身体が強張った。無意識に逃げかけたオリビアの腰を、ブライアンは片腕で抱き直して「大丈夫だオリビア、どうか逃げないで」と少し掠（かす）れた声で告げる。

「怯えさせてしまってすまない。大丈夫、噛まないようにする」

「はい……。あの、こうして求婚痣を残したのに、また噛みたくなるんですか？」

「獣人族は、好きな相手ほど噛みたい欲求があるんだ。本婚約の際に、深く噛んで大きな求婚痣を贈るのもあって……それは『初夜の前の婚約式』と呼ばれているもので……」

不思議に思って尋ねてみたら、彼がごにょごにょと言ってきた。

オリビアとしては、噛まないと言われたのに、先程よりも抱き締められて落ち着かない。恥ずかしくなって彼の顔から目をそらしたら、不意に髪を流し梳かれた。

「こうして、君の髪にも触れたいと思っていた」

そう囁かれる声だけで、触れ合っている体温が急上昇するのを感じた。

胸が高鳴って仕方がない。頭の横をすっぽりと覆う彼の大きい手にドキドキしていると、「こっちを見て」と、彼の手で顔の位置を正面に戻されてしまった。

熱を持ったブライアンの視線とぶつかった。一気に恋人らしい空気が漂っているのを感じて、オリビアは、人の気配もない廊下で二人きりなのを思い赤面した。

「ブライアンさん、あの、恥ずかしい、です……」

「俺だって、ずっとドキドキしてる」

そう言った彼が、そのまま指を滑らせて唇をなぞってきた。

「すまない。……キスをしてもいいか？」

唐突にそう問われて、オリビアは先日のキスを思い出した。

自分の口を塞いでいた柔らかな唇。求めるように何度も重ねられたことを、自分が嫌だと感じていなかったことまで思い出されて、かぁっと耳まで熱くなった。

「あの時、無理やり奪う形で君に口付けてしまった。ここでやり直したい。だめか？」

「えと……だめ、じゃないです……でも、すごく恥ずかしいんです」

求愛の証である『求婚痣』までもらったオリビアは、好きな彼に打ち明けた。

「だって私、この前までキスしたこともなくて。でもブライアンさんは大人で、神父様で……」

「俺だって、君を前にしたら、ただの男だ。君にこうして触れたくて、恋人みたいなことをたくさんしたくて、たまらなくなる」

言いながら、またするりと唇を指先で撫でられた。

「オリビア、キスをしてもいいか？」

抱き締めた腕で引き寄せて、ブライアンが顔を寄せてくる。近くからねだるように唇の横を撫でられたオリビアは、彼の眼差しの熱さにくらくらした。

どこか色っぽい彼の形のいい唇に目が行けば、あの雨音の中で交わしたキスが思い起こされた。実は何度も思い返していた。もう、自分の今の気持ちを偽れなくなる。

「私も、ブライアンさんと……ちゃんと恋人らしいキスがしたいです」

恥ずかしくて消え入りそうになった声も、彼はきちんと拾ってくれた。くすりと優しげに笑うと、そっと唇を重ねてきた。

一度、二度、三度……ほんの少しだけ角度を変えながら、穏やかに口付けが繰り返された。

柔らかな熱にゆっくりと唇を愛撫(あいぶ)され、ふわふわと幸せな気持ちが込み上げてくる。

うっとりしていたオリビアは、不意に、チロリと唇を舐められてビクッとした。

「ああ、すまなかった」

――君には、まだ早いか。

そんな呟きが聞こえたような気がした。けれど再び塞がれた口の熱と、互いの熱い吐息でよく分からなくなった。

キスがじょじょに大胆になる。抱き締める腕の力が強くなったのを感じたら、持ち上げられて驚いた。気付けば壁に押し付けられて、オリビアは彼から口付けを受けていた。

「ん、ンン……っ、あっ、ブライアン、さ」

先程より荒々しく唇を求められて、酸素が足りなくなって喘(あえ)いだ。そうしたら、ようやく唇を離してくれたブライアンが、噛み付くようにして首にキスをしてきた。

「オリビア」

掠れた声で名前を呼ばれた。ちゅくりと首を愛撫されて、オリビアは耳元で聞こえる獣のような吐息に震えた。舐められても不思議と嫌ではない。

「あっ……、ブライアンさん、そろそろ戻らないといけないんじゃ」

「もう少しだけ、今の君の声を聞きたい」

「今の私の声って――んッ」

ちゅっと吸われた感触に、ゾクリとした途端、彼が「オリビア」と呼んで身体を擦り付けてきた。髪を梳くようにかき上げると、より激しく首を愛撫してきて――。

直後、聞き覚えのある男の声が近くで上がった。

「私の仕事を増やすな」

ブライアンが脇腹を蹴られて退かされた。それは騎士服に身を包んだ獣人伯爵のアルフレッドで、彼は上がった足を戻すと、呼吸を整えているオリビアを見た。

「君、大丈夫か」

「え？　あ、はい」

オリビアは、どうして無事を問われたのか分からなくて小首を傾げた。体勢を戻したブライアンが、ピキリと青筋を立てて彼の向かいに立つ。

「兎野郎、俺と手合わせの決闘でもしてぇようだな」

何邪魔してくれてんだよ、と睨み付ける。アルフレッドは動じず、腰に差している剣の柄に手を置くと、少し年上の紳士としてブライアンに言った。

「仮婚約したばかりの淑女を襲うとは、紳士の風上にも置けない」

そう指摘された途端、ブライアンが赤面した。先程までの大人びた雰囲気は、どこへ行った

のか。ぷるぷると震え出し「お、俺はなんてことを」とごにょごにょ呟く。

きょとんとしていたオリビアは、なんだかおかしくなって、くすりと笑った。

「私、ブライアンさんと踊ってみたいんです。だから会場に戻りませんか？」

「え⁉　そ、そそそれは本当か⁉」

ブライアンが、途端に感激した目を向けてオリビアの前に戻る。

その様子を、アルフレッドが言いたいことがあるような、ただ観察しているだけのような美しい夜空色の獣目で、じーっと見つめていた。

オリビアは、恋人同士になれた彼に少し大胆な気持ちになって、背伸びをして内緒話をするように耳元で囁いた。

「実は私、こういうところで、ダンスをしたことがないの。幼い頃から憧れていて……だから、ブライアンさんが一緒に踊ってくれたのなら、とても嬉しいです」

自分から顔を近付けるなんて、と、オリビアは遅れて恥じらい離れる。

ブライアンが、真っ赤な顔で耳を押さえ、翡翠の獣目を見開いた。

「オリビア！　今のすごくイイ！　もう一度やってくれ――いてッ」

「何を言っているんだ不良神父。紳士として、彼女の望みを叶えるためにさっさと会場に行ってこい。あの煩い大神官達なら、もう陛下達と別室に移動している」

「自称紳士な武闘派兎に、紳士論を解かれても説得力ねぇわ」

ぶたれた頭をさすりながら、ブライアンが唇を尖(とが)らせる。

オリビアは、幸せな気持ちでいっぱいで、初めて恋した人を見つめて微笑んだ。今、こんなにも舞踏会を楽しみに思っている自分がいる、まるで夢みたいだと思った。

あとがき

百門一新です。このたびは多くの作品の中から、本作をお手に取って頂きまして誠にありがとうございます！

獣人シリーズも、嬉しいことに第五弾となりました！　楽しんでお読み頂いている皆様のおかげです。こうして本作をお届けできたこと、大変嬉しく思います。

今回は、初の異国の令嬢がヒロインで、これまで以上に恋愛レベルがゼロ（だけど!?）な神父がヒーローの、求愛騒動です。

まさかの、カティ世代のヒーローが揃いました。そして、なんと第一弾の「ザガス隊長」が登場です。そんな本作を、お楽しみ頂けましたらとても嬉しいです！

このたびも、イラストをご担当頂きました春が野様！　とても美麗で素敵なイラストをありがとうございました！　挿絵の二人にもキュンキュン致しました！

今作でも大変お世話になりましたご担当者様。そして校正様、素敵なデザイン、本作にたずさわってくださいました全ての方々に感謝申し上げます。

読者様、本当にありがとうございます。またお会いできますように。

百門一新

IRIS ICHIJINSHA

獣人神父の求愛騒動
熊獣人は、おちこぼれ聖女に求婚したくてたまりません

2020年９月１日　初版発行
2021年９月６日　第２刷発行

著　者■百門一新

発行者■野内雅宏

発行所■株式会社一迅社
〒160-0022
東京都新宿区新宿3-1-13
京王新宿追分ビル5F
電話03-5312-7432（編集）
電話03-5312-6150（販売）

発売元：株式会社講談社
（講談社・一迅社）

印刷所・製本■大日本印刷株式会社

ＤＴＰ■株式会社三協美術

装　幀■小沼早苗（Gibbon）

ISBN978-4-7580-9294-4

この本を読んでのご意見
ご感想などをお寄せください。

おたよりの宛て先

〒160-0022
東京都新宿区新宿3-1-13
京王新宿追分ビル5F
株式会社一迅社　ノベル編集部
百門一新 先生・春が野かおる 先生

第11回 New-Generation

IRIS ICHIJINSHA

アイリス少女小説大賞

作品募集のお知らせ

一迅社文庫アイリスは、10代中心の少女に向けたエンターテインメント作品を募集します。ファンタジー、時代風小説、ミステリーなど、皆様からの新しい感性と意欲に溢れた作品をお待ちしております！

金賞　賞金100万円　＋受賞作刊行

銀賞　賞金20万円　＋受賞作刊行

銅賞　賞金5万円　＋担当編集付き

応募資格　年齢・性別・プロアマ不問。作品は未発表のものに限ります。

選考　プロの作家と一迅社アイリス編集部が作品を審査します。

応募規定　●A4用紙タテ組の42字×34行の書式で、70枚以上115枚以内（400字詰原稿用紙換算で、250枚以上400枚以内）
●応募の際には原稿用紙のほか、必ず ①作品タイトル ②作品ジャンル（ファンタジー、時代風小説など） ③作品テーマ ④郵便番号・住所 ⑤氏名 ⑥ペンネーム ⑦電話番号 ⑧年齢 ⑨職業（学年） ⑩作歴（投稿歴・受賞歴） ⑪メールアドレス（所持している方に限り） ⑫あらすじ（800文字程度）を明記した別紙を同封してください。
※あらすじは、登場人物や作品の内容がネタバレも含めて最後までわかるように書いてください。
※作品タイトル、氏名、ペンネームには、必ずふりがなを付けてください。

権利他　金賞・銀賞作品は一迅社より刊行します。その作品の出版権・上映権・映像権などの諸権利はすべて一迅社に帰属し、出版に際しては当社規定の印税、または原稿使用料をお支払いします。

締め切り　2022年8月31日（当日消印有効）

原稿送付宛先　〒160-0022 東京都新宿区新宿3-1-13 京王新宿追分ビル5F
株式会社一迅社 ノベル編集部「第11回New-Generationアイリス少女小説大賞」係

※応募原稿は返却致しません。必要な原稿データは必ずご自身でバックアップ・コピーを取ってからご応募ください。※他社との二重応募は不可とします。※選考に関する問い合わせ・質問には一切応じかねます。※受賞作品については、小社発行物・媒体にて発表致します。※応募の際に頂いた名前や住所などの個人情報は、この募集に関する用途以外では使用致しません。